Wolfgang Teltscher

Blutholz

Wolfgang Teltscher

Blutholz

Kriminalroman

zuKlampen!

Herausgegeben von Susanne Mischke

info@zuklampen.de · www.zuklampen.de

Umschlag: »In Zeiten wie diesen« – Büro für Kommunikation, Konzept & Kreation, Hannover
Satz: thielenVERLAGSBUERO, Hannover
Druck: CPI - Clausen & Bosse, Leck

ISBN 978-3-86674-143-0

Bibliografische Information der Deutschen Nationalbibliothek
Die Deutsche Nationalbibliothek verzeichnet diese Publikation in der Deutschen Nationalbibliografie; detaillierte bibliografische Daten sind im Internet über ‹http://dnb.d-nb.de› abrufbar.

Prolog

Im Deister gibt es in jedem Jahr Unwetter. Mensch und Tiere wissen, wo sie sich verstecken können, um einen Sturm zu überstehen. Die Bäume biegen sich und reiten den Wind aus. Gelegentlich fällt ein alter oder kranker Baum auf den Waldboden. Das nennt man natürliche Auslese und ist von der Natur so vorgesehen. Als *Kyrill* vom Meer über die norddeutsche Tiefebene in den Deister kam, setzte er alle Regeln, wie sich ein Sturm zu verhalten habe, außer Kraft. *Kyrill* war ein Mörder.

1.

Kyrill war ein Killer. Er hatte sich aus dem Nordwesten auf das Land geworfen, keine Zweifel an seinen zerstörerischen Absichten gelassen, auf seinem Weg Sorgen und Furcht verbreitet. Bevor er sich ausgetobt hatte, raste er durch die Wälder des Deisters und schlug wütend auf die Ortschaften an beiden Seiten dieses Bergzuges ein.

Anja nahm den Orkan kaum wahr. Wenn sie, wie heute Abend, in düsterer Stimmung war, hielt sie die Welt und die Menschen, mit denen sie zu tun hatte, für bösartig und ungerecht. In diese Stimmung verfiel sie immer öfter seit ihre Eltern tot waren. Ihr Vater war ein schwermütiger und wortkarger Mann gewesen, der nach dem Beginn des Ruhestands keinen Sinn mehr in einem Leben ohne Arbeit sah, und hatte es sich an einem Teich genommen. Seinen Tod hatte sie noch verkraften können, auch wenn es ihr schwergefallen war, seine Entscheidung zu verstehen. Ihre Mutter hatte nach dem Tod ihres Mannes, von dem sie sich innerlich lange vorher losgesagt hatte, eine neue Liebe gesucht. Als sie glaubte, diese gefunden zu haben, wurde sie von dem Mann bitter enttäuscht, außerdem noch verhöhnt. Da schien ihr das Leben ebenfalls nicht mehr lebenswert zu sein, und sie setzte ihm ein gewaltsames Ende. Von dem Zeitpunkt an war es in Anjas Leben bergab gegangen. Ihr Leben geriet aus der Bahn und sie konnte sich nicht daran erinnern, wann sie das letzte Mal glücklich gewesen war. Immer öfter überkamen sie depressive Stimmungen. Immer öfter wurde sie einfach wütend und fing an, die Menschen in ihrer Umgebung zu beschimpfen und ihnen Vorwürfe zu machen. Kein Wunder, dass die Beziehungen zu den Menschen, mit denen sie zusammenlebte, eine nach der anderen in die Brüche gegangen waren. Übrig geblieben waren Trostlosigkeit und Verzweiflung.

Sie blickte auf den Bildschirm des Fernsehers. Sie sah Bilder und hörte Worte, die ihr Bewusstsein nicht erreichten. Es gab für sie keine andere Welt, außer der, in der sie lebte, in der sie unglücklich war.

Wie sollte es weitergehen?

Das Telefon klingelte, es riss sie aus ihrer Hoffnungslosigkeit. Sie brauchte eine Weile, bis sie merkte, dass das schrille Geräusch nicht aus dem Fernseher kam. Sie ließ es klingeln, sie war nicht in der Lage mit jemandem zu sprechen. Wahrscheinlich war es ohnehin nur Bertram, ihr Bruder, der wie immer über das Geld reden wollte, das sie ihm angeblich schuldete. Er war ein Schwächling – anders konnte sie ihn nicht sehen, auch wenn er ihr Bruder war. Es wäre besser, überhaupt keinen Bruder zu haben als gerade diesen. Sie war sich bewusst, dass er sie verachtete. Das war okay, das beruhte auf Gegenseitigkeit. Nur, dass er in seinen Anschuldigungen und Forderungen immer aggressiver und rücksichtsloser wurde.

Sie hörte, wie im Treppenhaus die Haustür geöffnet wurde. Der Wind presste sich in das Haus und drängte selbst durch die geschlossene Tür in ihre Wohnung. Mit einem Knall schloss sich die Haustür wieder. Schritte kamen die Treppe herauf und verschwanden hinter der Tür auf der anderen Seite des Flurs. Das war offensichtlich eins der beiden Mädchen, die dort wohnten. Was für ein entsetzlicher Gedanke, die beiden nur eine Wand entfernt ertragen zu müssen. Wie widerlich, sich vorzustellen, was die in ihrem Schlafzimmer oder sonst wo in der Wohnung trieben. Was hätte sie nicht gegeben, wenn sie die beiden Typen aus dem Haus treiben könnte, und was hatte sie nicht alles versucht, um das zu erreichen. Sie war sich sicher, dass die beiden Frauen sie bis aufs Messer hassten, und sie hatte keine Ahnung, wozu die in ihrem Hass fähig waren.

Ihr Blick fiel durch die offene Schlafzimmertür. Das Bett war nicht gemacht. Sie hatte heute Morgen keine Lust und auch keinen Grund gehabt, das Schlafzimmer in einen appetitlichen Zustand zu bringen. Schließlich kam Einhardt schon seit einiger Zeit nicht mehr zu ihren nächtlichen Vergnügungen. Eigentlich war sie froh, ihn los zu sein, aber sie war sich klar, dass das nicht die ganze Wahrheit war. Sie war dabei, ihn aus ihrem Leben zu löschen, und sie wünschte ihm nichts Gutes für den Rest seines Daseins. Sie wusste etwas über ihn, womit sie ihn in der Hand hatte, und eines Tages würde sie ihn erbarmungslos zerquetschen. Aber sie wusste auch, dass er wusste, dass sie das wusste. Das machte ihr Sorgen. Wer weiß, was der in seiner Angst tun würde, um seine Zukunft vor ihrem Wissen zu schützen? Vermutlich würde Johanna dabei helfen.

Johanna, diese miese Type, die es nicht einsehen wollte, wenn sie verloren hatte. Hatte sich früher als ihre Freundin ausgegeben, später war die Freundschaft in Hass umgeschlagen. Der natürliche Lauf der Dinge war eben gegen Johanna gewesen und es war totaler Unsinn, dass sie ihr die Schuld dafür gab. Jetzt kocht Johanna in ihrem Unglück und überlegt wohl, wie sie ihr die ganze Sache heimzahlen kann. Dabei würde sie vor nichts zurückschrecken, diese hysterische Ziege.

Anja ging in die Küche. Obwohl sie weder Hunger noch Appetit hatte, musste sie endlich essen, sie hatte den ganzen Tag nichts zu sich genommen. Irgendetwas würde sich im Kühlschrank finden lassen, das noch essbar war. Sie entdeckte ein Schälchen mit Spagetti und Tomatensauce, das mit einer Klarsichtfolie abgedeckt war und erst zwei oder drei Tage dort gestanden hatte. Das würde, kurz in der Mikrowelle aufgewärmt, als Mahlzeit reichen.

Als sie die Tür des Kühlschranks schloss, bemerkte sie eine Postkarte, die mit einem Magnet daran befestigt war. Die Karte hing dort seit Jahren. Es war eine Karte aus dem Harz von Burt Brenner, der sie ihr von einer Tagung der Kriminalpolizei aus Bad Harzburg geschickt hatte. Sie nahm die Karte und riss sie in kleine Stücke, die sie wütend in den Papierkorb hinter dem Küchentisch warf. Sie hätte diese Karte längst entsorgen sollen, sie hatte es nur deshalb nicht getan, weil sie sie nicht mehr wahrgenommen hatte. Die Karte war ein Bestandteil des Kühlschranks geworden, so wie das Logo der Firma, die das Gerät hergestellt hatte. Sie wollte nicht an ihre Zeit mit Burt Brenner erinnert werden, dieser Mann war der größte Fehler in ihrem Leben gewesen. Was der jetzt wohl machte? Ob er mit ihr ebenso abgeschlossen hatte wie sie mit ihm? Wahrscheinlich nicht.

Es war elf Uhr, der Wind ums Haus heulte lauter als zuvor und schien nicht nachlassen zu wollen. Anja erinnerte sich nun, dass es eine Orkanwarnung für den heutigen Abend gegeben hatte. Der angekündigte Sturm schien in voller Stärke eingetroffen zu sein.

Anja war erschöpft. Sie nahm sich vor, bald zu einer Entscheidung zu kommen, wie es weitergehen sollte, wenn überhaupt. Aber nicht mehr heute Abend. Sie zwang sich, ihre Kleidung auszuziehen und ein Nachthemd überzustreifen. Burt hatte es ihr vor Jahren geschenkt, und sie fragte sich, warum sie es nicht längst in den Müll geworfen hatte. Sie legte sich ins Bett und versuchte gegen den Sturm anzuschlafen. Als der Wind gegen Morgen nachließ, träumte sie von einer langen Reise, an die sie sich nach dem Aufwachen nicht mehr erinnerte. Aber in der Nacht war ihr klar geworden, was sie als Nächstes zu tun hatte.

2.

Meine Mutter saß im Straßengraben und weinte. Das ist der erste Moment meines Lebens, an den ich mich bewusst erinnern kann. Alles, was davor geschah, versteckt sich im Nebel der frühen Kindheit und ist nur schemenhaft in meiner Erinnerung vorhanden: Eine große Bauernstube, die ich nur für den Augenblick zurückrufen kann, als ich unter dem Tisch sitze und mich vor dem Nikolaus und seinem Knecht Ruprecht fürchte. Ich sehe mich undeutlich unter einem Baum in einem Innenhof, der von Gebäuden an drei Seiten umgeben ist und zur Dorfstraße hin von einer Steinmauer mit einem Eisengitter in der Toreinfahrt geschützt wird. In den äußersten Winkeln meiner Erinnerung nehme ich Leiterwagen wahr, die vollgepackt mit Menschen in den Hof ein- und ausfahren. Später erzählte man mir, dass es Flüchtlinge waren, die noch weiter im Osten gewohnt hatten, und sich vor der näherrückenden Front in Sicherheit brachten. Und da ist die Wiese neben dem Haus, die zum Bach hin abfällt. Hier war alles grün und friedlich, warm und barfuß. Hinter dem Haus lagen Obstwiesen und dahinter gab es einen großen Fluss.

Nach der Szene im Straßengraben verschwindet meine bewusste Erinnerung wieder. Es gab nur Bewegung. Bewegung auf Landstraßen ohne Anhaltspunkte für das Gedächtnis eines Vierjährigen. Lediglich der Geschmack von Kartoffelscheiben, auf einer heißen Ofenplatte geröstet, ist hängen geblieben. Vielleicht war ich damals sehr hungrig und es war meine erste Mahlzeit nach längerer Zeit. Vielleicht habe ich wegen dieser Mahlzeit eine Schwäche für Kartoffelgerichte behalten.

Marder griff nach dem Kaffeebecher, der neben seinem PC

stand, er hatte ihn über das Schreiben vergessen. Der Kaffee war kalt. Das passierte ihm selten, kalter Kaffee schmeckte belanglos, er trank ihn lieber so heiß, dass er aufpassen musste, sich nicht zu verbrennen.

Für wen schreibe ich das eigentlich? fragte er sich. Spielt es eine Rolle, ob ich mein Leben festhalte? Warum sollten meine Erinnerungen etwas Besonderes sein, etwas, das wert ist, aufgezeichnet zu werden? Gibt es nicht Tausende, Millionen von Schicksalen, die wichtiger und interessanter sind als mein eigenes?

Marder blickte auf den Bildschirm, dem er den Anfang seines Lebens anvertraut hatte. Ich sollte alles wieder löschen, dachte er, bevor es Gestalt annimmt. Wenn ich zu lange damit warte, wird es zu spät sein – dann käme das Löschen einem heimtückischen Mord gleich.

Die Geschichte meines Lebens ist, wenn überhaupt, lediglich für Generationen in der Zukunft von historischem Interesse, für Menschen, die keine persönlichen Beziehungen zu der Zeit haben, in der wir heute leben. Sollten Altertumsforscher im vierten Jahrtausend nach Christus – wenn Christus dann noch das Maß der Zeit ist – das alte Stade aus den Wattflächen an der Elbe, die die Klimaveränderungen produziert haben, ausgraben und meinen Laptop mit seiner gut erhaltenen Festplatte finden, können sie sich ein Bild über das Leben in unserem Jahrhundert machen. Vielleicht wird man von den *Marder-Dokumenten* sprechen.

Er schrieb weiter:

Die Reise durch die Kindheit geht weiter. Ich finde mich in einem Dorf an den Hängen eines deutschen Mittelgebirges wieder. Meine Mutter, meine Schwester und ich leben in einem klei-

nen Zimmer auf einem Bauernhof. Das Leben ist friedlich und dörflich. Der Bauer, bei dem wir untergekommen sind, ist den Flüchtlingen gegenüber tolerant und großzügig. Ich darf sogar mit aufs Feld und Rüben auf einen Wagen werfen, der von zwei Kühen gezogen wird. Ein Mann geht täglich durch das Dorf, und nach dem Anschlagen einer Glocke in seiner Hand verliest er die neuesten Nachrichten.

Es ist ein Leben ohne jeden Überfluss, aber ich kann mich nicht daran erinnern, je hungrig gewesen zu sein. Eines Tages stand ein Mann im Zimmer. Meine Mutter sagte: »Manfred, das ist dein Vati.« Ich lief auf ihn zu, umarmte ihn, weil ich wusste, dass so etwas einem Vater zusteht, aber ich konnte nur die Gefühle eines verwirrten Kindes empfinden.

Marder hatte Schwierigkeiten, sich zu erinnern, wie es danach weitergegangen war. Er war müde. Es war Zeit zum Schlafengehen, am Ende dieses langen Rentnertages sperrte sich sein Gehirn gegen weitere Aufträge – es war schließlich sein erster Tag als Schriftsteller. Er befahl dem Computer, die Datei zu schließen. Die Maschine fragte ihn, ob er den Text speichern wollte. Natürlich, erst speichern. Der Computer war nachsichtig und stellte seinem vergesslichen Nutzer diese Frage auch zum x-ten Mal in einem unaufgeregten Ton. Zum Glück war seine Frau ebenso tolerant, wenn er etwas vergessen hatte, was er vor kurzem gesagt hatte, oder wenn er sich nicht daran erinnern konnte, was er ihr am Tag vorher versprochen hatte.

Es war elf Uhr, Iris war vor einer halben Stunde im Schlafzimmer verschwunden. Schlafengehen war ein kostbares und kostenloses Vergnügen, wenn man im Ruhestand war. Er beugte sich mit Mühe zu den Füßen hinunter und zog seine

Socken aus, danach setzte er sich auf seine Seite des Doppelbettes und begann sein allabendliches Ritual: Er nahm verschiedene Medikamente ein, gemeinsam sollten sie ihm helfen, noch eine Reihe freudvoller Jahre auf der Erde zu erleben. Abgesehen von den beginnenden kleineren und größeren Beschwerden des Alterns, fand er, dass alt zu sein, durchaus seine Vorteile hatte. Vor allem brauchte man nicht mehr auf alles Mögliche zu verzichten, in der Hoffnung, alt zu werden, man war schon alt. Er nahm seine Arzneien dennoch gewissenhaft jeden Abend vor dem Schlafengehen, nur die Pillen gegen hohen Blutdruck schluckte er morgens, um auf die Aufregungen des neuen Tages besser vorbereitet zu sein. Er hoffte, durch diese vorbeugenden Maßnahmen zumindest das Durchschnittsalter der männlichen deutschen Bevölkerung zu erreichen, vielleicht mit dem Bonus einiger zusätzlicher Jahre. Er beendete seine Gesundheitsvorsorge mit einer heißen Tasse Kräutertee, auf deren Verpackung die Zusicherung einer geruhsamen Nacht stand.

3.

Die Dämmerung hatte eingesetzt, von den Bäumen tropfte Nässe. Es waren die Reste des Schnees, der vor kurzem gefallen war, vielleicht der letzte dieses Winters. Bis zum Ende des befestigten Weges waren es noch wenige Meter, dann würde sich der Weg als Pfad zwischen den Bäumen verlieren. Ein junger Mann und eine junge Frau kamen Anja Hand in Hand entgegen. Sie grüßten oberflächlich, als ob sie sie nicht wirklich wahrgenommen hätten. Sie waren ineinander vertieft, glücklich, ohne wahrzunehmen, wie unglücklich die einsame Spaziergängerin war. Dann waren sie hinter der nächsten Biegung verschwunden.

Ein Mann kam aus einem Seitenweg. Sie ging langsamer. Der Mann kreuzte ihren Weg, ging auf der anderen Seite wieder in den Wald. Ihr schien, er trug einen Gegenstand unter seiner Jacke, den er verborgen hielt. Er hatte sie nicht angeschaut und sie hatte sein Gesicht nicht sehen können. Für einen kurzen Moment hatte sie das Gefühl gehabt, er käme ihr vertraut vor. Hatten seine Schritte nicht für einen Augenblick gezögert? War er nicht zusammengezuckt, als sie sich annäherten? Im gleichen Moment hatte sie einen Anflug von Angst gehabt. Sie fragte sich, warum er gerade jetzt und hier aufgetaucht war. War es wirklich nur ein beliebiger Zufall? Unsinn, dachte sie, du fängst an Gespenster zu sehen. Als sie die Wegkreuzung erreichte und nach links schaute, war der Mann in der Dunkelheit bereits verschwunden.

Es war düster geworden, die Welt existierte nur noch wenige Schritte um sie herum.

4.

Das Messer stach durch die Haut. Es dauerte nur Sekunden, bis das Blut kam, Blut aus der Wunde, die das Messer geöffnet hatte, erst Tropfen, dann ein kleiner Strom. Ein Teil des Blutes tropfte auf einen Baumstamm, der auf dem Waldboden lag. Es sah aus, als hätte der tote Baum Blut geweint, dann drang das Blut in das Holz ein und hinterließ einen rotbraunen Fleck auf seiner Oberfläche.

5.

Iris seufzte.

Marder bemerkte, dass seine Frau nicht wie gewöhnlich vor dem Einschlafen ein Buch las, sondern sich mit offenen Augen gegen das Kopfende des Bettes lehnte. Sie blickte auf ein Gemälde von Vincent van Gogh an der Wand gegenüber, die Kopie eines Bildes des halb wahnsinnigen Künstlers, das Sonnenblumen in der gleißenden Hitze auf einem Feld in der Provence zeigte. Sie hatten das Bild während der letzten Ferien in einem Museumsshop in Südfrankreich gekauft, es war ihr erster Urlaub im Süden Europas gewesen. Solange er arbeitete, hatte Marder darauf bestanden, ans Meer oder nach Dänemark in den Ferien zu fahren. Dabei zog er die Nordsee vor, denn an der Nordsee fühlte er sich frei, dort fing das Meer an – an der Ostseeküste hörte lediglich das Land auf. Iris hatte seit Jahren gesagt, sie würde gern auch einmal ans Mittelmeer fahren, und im letzten Sommer hatte sie sich endlich durchsetzen können. Marder musste nach dem Genuss von täglicher Sonne und täglichem Rotwein zugeben, dass er viel zu lange auf dem Nordmeer bestanden hatte.

»Warum liest du nicht?«, fragte er.

»Ich kann meine Lesebrille nicht finden.«

»Du hast doch drei.«

»Die anderen kann ich auch nicht finden.«

»Ich sage doch, du solltest die Brillen immer an dieselben Stellen legen, dann findest du sie auch wieder.«

»Das habe ich ja getan, aber sie liegen nicht mehr dort.«

»Soll ich dir beim Suchen helfen?«

»Nein, danke, ich will im Moment sowieso nicht lesen. Ich denke lieber nach.«

»Worüber denn?«

»Über dich und mich, die Kinder und die Enkel.«

»Machst du dir Sorgen?«, wollte Marder wissen.

»Nicht wegen dir oder mir, aber ein bisschen wegen der Enkel.«

»Was ist denn mit den Enkeln?«

»Eigentlich nichts Besonderes. Mir fällt halt auf, dass sie ganz anders erzogen werden, als wir es mit unseren Kindern gemacht haben. Manchmal beunruhigt mich das.«

»Ich denke, dass unsere Kinder gute Eltern sind, es kann nicht alles falsch sein, was sie von uns gelernt haben. Oder?«

»Ich weiß nicht … ich denke nur, dass die Kleinen zu oft fernsehen dürfen. Anstatt die Welt selber zu entdecken, wird ihnen alles ins Haus geliefert. Außerdem glaube ich, dass sie mit zu viel Sicherheit aufwachsen. Sie werden vor allem geschützt und total behütet.«

Während Iris das sagte, zog sie die Bettdecke bis ans Kinn hoch, als wolle auch sie sich schützen.

»Was meinst du damit?«

»Na, zum Beispiel, an jeder Treppe im Haus ist ein Kindergitter angebracht. Selbst wenn sie im Garten auf dem Kinderfahrrad herumfahren, müssen sie einen Helm tragen.«

Iris rutschte im Bett ein Stück nach unten. Marder rutschte nach.

»Was soll daran so schlimm sein? Das ist doch eher vernünftig.«

»Ich denke nur, sie lernen nicht, selbst aufzupassen und Gefahren zu erkennen. Später, wenn sie mal größer sind, müssen sie das auch tun … aber vielleicht sollte ich so was nicht sagen. Es wäre furchtbar, wenn sich einer von ihnen verletzen würde, nur weil ich gesagt habe, sie brauchen beim Radfahren keinen Helm.«

»Ich sehe das ähnlich wie du, mein Schatz. Aber als Großmutter hast du darauf ebenso wenig Einfluss wie ich als Großvater. Früher war das Leben für kleine Kinder zwar interessanter, heute ist es dafür sicherer, und ich weiß nicht, was besser ist. Aber unsere Kinder lassen sich da sowieso nicht reinreden.«

Iris setzte sich wieder aufrecht, lehnte sich an die Kopfstütze des Bettes, lächelte ihren Mann zustimmend an.

»Weißt du«, meinte der abschließend. »Es ist alles nicht so wichtig, was wir denken. Das Wichtigste ist, dass die Eltern die Kinder lieben und umgekehrt.«

Marder liebte alle seine Enkel mit gleicher Inbrunst, auch wenn sie ganz unterschiedlich waren. Torsten war robuster als der sensible Darius, den er meistens Manfred nannte, weil die Eltern dem Jungen als zweiten Namen »Manfred« angehängt hatten, um dem Großvater eine Freude zu machen. An den Tag, als Manfred Darius … na ja … genau genommen … Darius Manfred getauft wurde, dachte er mit Freude zurück.

Er hatte sich damals gefühlt, als wäre er selbst zu neuem Leben erweckt worden.

Miriam war in nichts zu vergleichen mit … mit … Das schlechte Gewissen packte ihn, es war nicht das erste Mal, dass ihm der Name seiner jüngsten Enkeltochter nicht einfallen wollte. Es war eine Krux mit den Namen, die Eltern ihren Kindern heutzutage gaben. Wenn man die Namen der Neugeborenen in der Zeitung las, konnte man zu dem Schluss kommen, dass Stade am Bosporus oder am Chinesischen Meer lag.

Es waren nicht nur die Namen seiner Enkel, die ihm gelegentlich nicht einfallen wollten. Manchmal konnte er sich am Morgen nicht erinnern, was er am Tag zuvor getan hatte, dann versuchte er durch unschuldige Fragen den vorigen Tag wiederzufinden, ohne dass seine Frau merkte, warum er diese Fragen stellte. Er war überzeugt, dass Iris keine Ahnung von seinen gelegentlichen Kämpfen mit seinem Gedächtnis hatte. Wenn sie sich über »früher« unterhielten, hatte er nur selten Schwierigkeiten, sich an die Ereignisse in seiner Jugend oder seines Mittelalters zu erinnern, oft auch an die unwichtigen, überflüssigen, oder noch schlimmer, peinlichen Momente. Die waren ihm im Gegensatz zu den Erlebnissen in der jüngsten Vergangenheit stets gegenwärtig. War diese zunehmende Vergesslichkeit der Grund, warum es ihn drängte, seine Memoiren zu schreiben? Dabei war *Memoiren* bestimmt das falsche Wort. *Memoiren* waren Bücher, die prominente Leute schrieben. Vielleicht würde sein Freund Erich Falkenberg einmal zu diesen Berühmtheiten zählen, denn er war der wichtigste Mann der Kriminalpolizei in Niedersachsen. Wer weiß, wo der noch enden würde?

Nathalie hieß sie. Jetzt fiel es ihm wieder ein. Der Name seiner Enkelin war ihm wie von selbst zugeflogen.

Die Frau neben ihm im Bett, die er seit fünfzig Jahren kannte und deren Namen er nie vergessen hatte, war noch nicht eingeschlafen.

»Sage mal Manfred, worüber grübelst du die ganze Zeit?«

Marder wollte gerade protestieren.

»Und sage nicht, dass du nicht grübelst. Beim Grübeln atmest du nämlich ganz anders als beim Schlafen.«

»Über nichts Besonderes.«

Das war eine Antwort, die zum Nachfragen aufforderte.

»Du denkst doch wohl nicht schon wieder über deine Probleme mit dem Kurzzeitgedächtnis nach?«

Richtig. Darüber hatten sie sich gestern unterhalten. Das hatte er ganz vergessen. Marder legte einen Arm um seine Frau und schob sich näher an sie heran. Iris fiel noch etwas ein, das sie ihrem Mann vorher mitzuteilen hatte.

»Übrigens, bevor ich es vergesse. Gisela Falkenberg hat heute angerufen und gefragt, ob wir am Wochenende zusammen Rad fahren wollen.«

»Um diese Jahreszeit? Es ist doch fast noch Winter. Gestern hat es sogar ein bisschen geschneit.«

»Ja, aber heute ist alles wieder geschmolzen und am Wochenende sollen es über zehn Grad werden.«

»Und was hast du Gisela gesagt?«

»Dass ich erst einmal mit dir sprechen will und ich sie morgen wieder anrufe.«

»Und was wirst du ihr sagen, wenn du sie anrufst?«

»Dass wir uns beide sehr darauf freuen, mit ihr und Erich Rad zu fahren.«

»Aber du hast mich doch gar nicht gefragt, ob ich mich darüber freue.«

»Warum sollte ich das? Ich weiß immer, was du willst, ohne dich zu fragen.«

6.

Es war ein ganz gewöhnliches Messer, ein Messer wie es tausendmal vorkommt. Es hatte seine Arbeit getan, seine Schneide war von Blut verschmiert. Blut, das noch nicht trocken war, als das Messer neben dem toten Baumstamm auf den Boden fiel. Die Hand, die das Messer fallen gelassen hatte, trug Gummihandschuhe, an denen ein Finger fehlte. Die Person, der das Messer gehört hatte, steckte die Handschuhe in eine Plastiktüte. Sie wollte nicht riskieren, dass sie gefunden wurden.

7.

Die Marders waren zweimal für Kurzurlaube zum Wandern im Deister gewesen, dabei hatten sie jedesmal in der Pension *Marianne* bei Frau Thann übernachtet. Von Stade in den Deister war es eine Fahrt von zwei Stunden, sie hofften, dadurch den Winternebeln am Ufer der Elbe für eine kurze Zeit zu entkommen, vielleicht sogar einen ersten Frühlingstag am »nördlichsten Berg Deutschlands« zu erleben. Die

Autobahnausfahrt nach Barsinghausen hatte sich seit ihrem Besuch verändert. Nicht zu ihrem Besten, fand Marder. Für ihn gehörten Sexshops und Spielhallen in die dunklen Ecken einer Stadt, hier boten sie sich offen und freizügig dar. Zielgruppe waren wohl die Fahrer, die ihre Lastwagen auf dem Autohof abstellten und während ihrer Ruhezeiten einen sinnvollen Zeitvertreib suchten.

Iris saß am Steuer und ignorierte die verwerflichen Etablissements. Das Auto bog in die Landstraße nach Bantorf ein. Die kleinen Ortschaften, durch die sie auf dem Weg nach Barsinghausen fuhren, waren ihrer dörflichen Vergangenheit treu geblieben. Hier schien die Zeit still zu stehen. Lediglich die Schaufenster der Lebensmittelgeschäfte, die es früher gegeben hatte, waren mit alten Zeitungen verklebt. Kurz vor dem Ortsschild von Barsinghausen verlangsamte Iris die Geschwindigkeit und wandte sich an ihren Ehemann.

»Bist du ganz sicher, dass Frau Thann uns heute erwartet? Nicht dass du das Datum durcheinander gebracht hast.«

»Du kannst ganz beruhigt sein. Ich habe erst vor ein paar Tagen das Zimmer bei ihr gebucht und gestern habe ich sie noch einmal angerufen und ihr gesagt, wann wir heute ungefähr ankommen. Und sie hat gesagt, sie freut sich sehr darauf, uns noch einmal zu sehen, bevor sie die Pension zumacht. Wir werden uns in Zukunft eine andere Unterkunft suchen müssen, wenn wir Ferien in den Bergen machen wollen.«

»Eigentlich schade, dass es die *Marianne* bald nicht mehr geben wird. Aber ich kann gut verstehen, dass es Frau Thann langsam zu viel wird und sie keine Lust mehr dazu hat. Sie ist ja auch nicht mehr die Jüngste«

Marder nickte zustimmend.

»Mehr als die Pension werde ich Frau Thann vermissen. Sie war wirklich eine ideale Herbergsmutter, wenn man sie so bezeichnen darf.«

»Das glaube ich dir aufs Wort. Du hast ja schon von ihr geschwärmt, als du wegen Matuscheks Tod zum ersten Mal in Barsinghausen warst. Erst dachte ich, ich müsste eifersüchtig sein.«

»Ein bisschen Eifersucht kann nie schaden.«

»Im Prinzip schon, aber bei Frau Thann war das wohl nicht nötig. Außerdem schwärmst du sowieso eher für jüngere Frauen, so wie mich.«

»Ich habe doch immer gesagt, dass es außer dir keine Frauen in meinem Leben gibt – jedenfalls keine, die ich liebe.«

»Das hat auch der Prinz zu Dornröschen gesagt, bevor er Aschenputtel hinterherlief.«

»Der Trick mit dem Schuh war ja auch perfide. Pass auf, da vorne musst du rechts rein. Marianne liegt oben am Hang.«

»Ich fahre erst mal geradeaus.«

Marder war verwirrt.

»Warum denn das? Wenn ich sage *rechts*, kannst du mir es glauben, ich kenne mich hier aus.«

»Wenn wir schon das letzte Mal bei Frau Thann wohnen, können wir ihr wenigstens ein paar Blumen mitbringen«, verkündete Iris. »An solche Kleinigkeiten muss immer ich denken?«

Marder seufzte. Iris hatte recht, aber sie war in der Familie immer für auswärtige Angelegenheiten zuständig gewesen. Ihm unterstanden vor allem die Ressorts Finanzen und Verteidigung.

Im Stadtgebiet lenkte er seine Frau zu dem kleinen See, wo

sein Kollege Matuschek vor einigen Jahren gestorben war. Er wusste, dass es dort einen Parkplatz gab, der selten voll belegt war, da er für die meisten Besucher der Fußgängerzone am falschen Ende der Stadt lag. Drei Autos standen auf dem Platz, wo es Raum für fünfzehn oder mehr gab. Unter den Scheibenwischern von zwei von ihnen klemmte ein Strafbescheid. Neugierig nahm er einen davon in die Hand. Dem Fahrer wurde eine Strafgebühr aufgebrummt, weil er keine Parkscheibe hinter der Windschutzscheibe ausgelegt hatte. Die dementsprechende Anweisung stand kaum lesbar auf einem verschmutzten Schild, das zur Hälfte von einem Busch verdeckt wurde. Ähnliches war Marder in Stade auch passiert, es ärgerte ihn vor allem dann, wenn es keinen Mangel an freien Parkplätzen gab, er also lediglich wegen einer unbarmherzigen Politesse eine Strafe zahlen musste.

»Lächerliche Bürokratie«, schimpfte er. Vorsichtshalber legte er die Parkscheibe in seinem Auto deutlich sichtbar aus. Dabei schummelte er um eine halbe Stunde.

Der Weg zur Fußgängerzone führte zwischen Rathaus und Stadtkirche den Hang hinab und endete auf dem zentralen Platz des Ortes. Marder und seine Frau blieben stehen, um nach einem Blumengeschäft Ausschau zu halten. Er spürte einen heftigen Stoß in den Rücken und wäre gestürzt, wenn er sich nicht geistesgegenwärtig an seiner Frau festgehalten hätte. Ein Inline-Skater hatte beim Überspringen einer flachen Mauer die Kontrolle über seine Skates verloren, war durch die Luft getaumelt, hatte nach einem Halt gesucht und dabei Marder mit einem Arm getroffen. Der junge Mann rollte weiter, ohne sich darum zu kümmern, ob er dem älteren Herrn Schaden zugefügt hatte.

In einem Blumengeschäft kauften sie einen Strauß Tulpen, der trotz seiner langen Anreise aus Holland frisch und munter aussah. Frau Thann würde sich bestimmt darüber freuen.

Marianne befand sich am Hang zwischen der obersten Straße des Ortes und den untersten Bäumen des Waldes, der die Hügel des Deisters bis zum Kammweg bedeckte. Das Gebäude wirkte herrschaftlich, war aber zu klein, um es tatsächlich zu sein. Die für diese Gegend ungewöhnlichen Fensterläden gaben dem Haus einen eigenständigen Charakter. Das Schild am Gartentor, das noch im letzten Jahr mit silbernen Buchstaben auf die Pension *Marianne* hingewiesen hatte, war bereits abmontiert worden. Frau Thann meinte es also ernst mit der Schließung des Hauses. Aus dem Rasen vor dem Haus sprossen Tulpen, strahlten jedoch nicht in gleicher Pracht wie ihre Geschwister aus Holland. Iris meinte leise, sie hätten lieber andere Blumen nehmen sollen.

Frau Thann freute sich über die Ankunft der Familie Marder. Sie umarmte Iris, traute sich nicht, das Gleiche mit Marder zu tun. Sie schien seit dem letzten Jahr kaum älter geworden zu sein, eher jünger. Marder fragte sich, ob sie sich wohl liften lassen hatte. Er konnte es sich nicht vorstellen, es passte nicht zu dieser naturverbundenen Pensionsmutter, sich von einem Schönheitschirurgen renovieren zu lassen. Wahrscheinlich war es die Vorfreude auf den Rest ihres Lebens, die sie aufblühen und verjüngt wirken ließ – die Zeit, wenn sie nicht länger Gäste in ihrem Haus beherbergen würde und sich die Tage nach ihren eigenen Wünschen einrichten konnte. Dieselbe Vorfreude hatte ihn überkommen, als er kurz davor war, den Dienst bei der Kriminalpolizei zu quittieren, obwohl er immer Spaß und Genugtuung bei seiner Arbeit empfunden hatte.

»Schön, dass Sie gekommen sind. Sie können dasselbe Zimmer haben wie im letzten Jahr. Aber, wenn es Ihnen lieber ist, können Sie sich gern ein anderes aussuchen. In dieser Woche sind Sie meine einzigen Gäste, da kann ich mich Ihnen voll und ganz widmen. Das ist mir mehr als recht, ich lege keinen Wert mehr auf ein volles Haus und die ganze Arbeit, die damit zusammenhängt. Sie wissen ja, dass ich in ein paar Wochen die Pension zumachen werde. Danach werde ich ein Leben als eine einsame alte Frau beginnen.«

Das sagte Frau Thann fröhlich, ohne Bitternis. Marder vermutete, dass sie sich eher auf ein Leben als lustige Witwe vorbereitete als auf das einer einsamen alten Frau. Sie gehört bestimmt zu denen, die erkannt haben, dass man sich dem Heiteren im Leben bewusst zuwenden muss, während das Tragische von allein kommt.

Eine schwarze Katze sprang zwei Stufen hinauf, welche die Terrasse vom Garten trennten. Sie trug weiße Turnschuhe vorne, weiße Stiefel hinten. Über der Nase leuchtete ein ebenso weißes Ausrufungszeichen. Die Katze raste durch die offene Verandatür, drehte zwei unsinnige Runden im Wohnzimmer und kam vor dem Kühlschrank in der Küche zu stehen. Neben dem Kühlschrank stand ein Fressnapf, der zu ihrer erkennbaren Enttäuschung leer war – sie hatte sich offensichtlich in der Fütterungszeit geirrt. Die Katze blickte Marder auffordernd an, Marder schaute betont lässig zurück. Brisbane sah um Jahre jünger aus als bei seinem letzten Besuch. Damals schien er bereits auf dem Weg in den Katzenhimmel zu sein … Nein, Brisbane konnte es nicht sein, dieser Kater war ein Junior, so um die zwei, höchstens drei Jahre alt, notfalls vier. Marder hatte genügend Erfahrung mit Katzen, um das beurteilen zu können.

Er schaute Frau Thann fragend an.

»Ich weiß, was Sie denken«, sagte seine Wirtin. »Sie denken, Brisbane hat eine Verjüngungskur gemacht. Oder dass er wiedergeboren wurde.«

»Ich vermute eher etwas anderes.«

»So ist es. Brisbane ist leider im letzten Herbst gestorben. Es beruhigt Sie vielleicht, dass er friedlich eingeschlafen ist, soweit man das bei einer Katze beurteilen kann. Er bewegte sich in den letzten Wochen immer langsamer, hören konnte er seit Monaten so gut wie nichts mehr. Zum Schluss verlor er das Interesse an seinen Gegnern in den Gärten um uns herum. Eines Tages hat er einfach aufgehört zu fressen und ist nach einer Woche gestorben. Als ich merkte, dass es soweit war, habe ich ihn an seinen Lieblingsplatz im Garten in die Sonne gelegt, und nach einer Stunde hat er aufgehört zu atmen. Sie können sich vorstellen, wie tief mich das berührt hat.«

Marder konnte das gut nachfühlen. Auch er und Iris hatten ihren Kater *Tatze* innig verehrt, wie es einer Katze zusteht, auf deren Grundstück und in deren Haus man wohnen darf. Sie waren sich einsam vorgekommen, nachdem sie gestorben war.

Iris blickte Frau Thann mitleidsvoll an, als wolle sie ihr Beileid aussprechen, tat es aber nicht. Schließlich war eine Katze eine Katze und kein Mensch, außerdem lag der Todesfall mehr als ein halbes Jahr zurück.

Frau Thann musste die neue Katze erklären.

»Zwei Monate nach dem Tod von Brisbane bin ich trotz

schlechten Gewissens wegen der kurzen Trauerzeit zum Tierheim des Tierschutzvereins gegangen, um mir eine neue Katze zu holen. Dieser Kater saß ganz vorne am Gitter, als ich kam, so als warte er bereits auf mich. Er sah aus wie Brisbane, und wie ich bald festgestellt habe, hat er einen ähnlichen Charakter, beziehungsweise die gleiche charmante Charakterlosigkeit. Er hat absolut keine Hemmungen, meine Gutherzigkeit auszunutzen. Manchmal glaube ich fast, dass Brisbane in ihm wiedergeboren ist, aber natürlich nicht ernsthaft.«

»Sie haben ihn hoffentlich nicht auch Brisbane genannt?«

»Nein, dieser Kater heißt Sydney. Das ist nahe genug an Brisbane, um mich zu trösten, aber weit weg genug für eine eigene Persönlichkeit.«

8.

Marder erinnerte Frau Thann daran, dass er am Nachmittag einen Kaffee brauche, um bis zum Abend durchzuhalten. Nur für Marder erkennbar, rümpfte Iris die Nase, sie war der Ansicht, Kaffee putsche unnötig auf, Kräutertee sei gesünder. Sie ließ sich nicht auf seine Beteuerungen ein, neue wissenschaftliche Untersuchungen hätten bewiesen, dass Kaffee keineswegs so schädlich sei, wie oft behauptet wurde. Erstens würde er dem Körper nicht Wasser entziehen, wie früher immer behauptet wurde, und zweitens wirke er sogar als vorbeugende Medizin gegen eine Reihe von Leiden. Um welche es dabei ging, hatte Marder vergessen. Er lese ohnehin nur medizinische Berichte, die seine Ansichten bestätigten, meinte seine Gattin.

Während Frau Thann die Getränke in der Küche aufbrühte, griff Marder nach der lokalen Zeitung auf dem Tisch. Es war ein spontaner Akt, wie immer, wenn sich eine Zeitung in seiner Reichweite befand. Zeitunglesen war eine Leidenschaft, die er nie ablegen würde, egal wie alt er werden sollte. Seine Frau teilte sie bis zu einem gewissen Grad. Beim Lesen der Morgenzeitung lasen sie die Sektionen gern in unterschiedlicher Reihenfolge, das ließ den Tag in Harmonie beginnen. Er informierte sich zuerst über Politik und Wirtschaft, Iris studierte als Erstes die Seiten mit Kultur und Lokalem. Dann tauschten sie. Den Sportteil las ausschließlich Marder, den vernachlässigte Iris, so wie Marder es mit den Horoskopen tat. Die Klischees über die unterschiedlichen Interessen von Frau und Mann trafen auf das Ehepaar Marder beim Zeitunglesen zum Frühstück hundertprozentig zu.

»Tanken und Heizen wird bald noch teurer«, sagte Marder. »Die OPEC-Länder haben beschlossen, die Fördermengen von Rohöl zu senken und zum Ausgleich die Preise zu erhöhen. Das finde ich völlig logisch.«

»Dann sollten wir öfter mit dem Fahrrad fahren und nicht für jede kleine Besorgung im Ort das Auto nehmen«, antwortete Iris. »Und das Thermostat im Haus um ein paar Grad heruntersetzen.«

»Das mit dem Fahrrad sagen wir schon seit Jahren, tun es aber nur selten, eigentlich nie, und das mit den Temperaturen halte ich für eine schreckliche Idee. Ich will nicht im Alter in einer frostigen Wohnung sitzen.«

Marder schüttelte sich, der Gedanke an ein kaltes Wohnzimmer jagte ihm einen eisigen Schauer über den Rücken.

»Vielleicht sollten wir uns an der Börse an den Spekulationen ums Erdöl beteiligen – mit unserer Rente könnten wir da jederzeit einsteigen. Wir würden dann jedes Mal ein bisschen Geld verdienen, wenn wir Auto fahren oder die Heizung anmachen. Und je höher wir die Temperatur stellen, umso mehr sahnen wir ab.«

»Schatz, lass das lieber, damit bringst du nur den Weltmarkt durcheinander.«

Die Erörterung der Neuigkeiten aus der großen Welt war damit abgeschlossen. Das Aroma frischen Kaffees wehte aus der Küche und Marders gute Laune bekam einen Schub.

»Guck mal«, meinte Iris, als sie die Überschriften auf der ersten Seite des Regionalteils las. »Das Böse in Barsinghausen schläft nicht. Hier steht, dass ein Mann vorgestern ein blutiges Messer im Wald gefunden hat. Es lag bei einem Parkplatz auf der Erde.«

Marder war sofort bei der Sache. Das hörte sich nach einem Verbrechen an. Kriminalität und deren Aufklärung waren früher der Sinn seines Lebens gewesen. Seit seinem Ruhestand war er nicht länger als Jäger des Bösen unterwegs, den wesentlichen Verbrechen und den damit verbundenen Ermittlungen folgte er in den Medien jedoch mit dem Interesse eines Experten. Gelegentlich behauptete er seiner Frau gegenüber, dass er einen Fall schneller gelöst hätte als die aktive Generation der Kriminalbeamten. Iris lächelte dann nachsichtig und meinte, er könne nur nicht akzeptieren, dass er zum älteren Eisen gehöre, das bei der Bekämpfung der modernen Kriminalität nicht mehr zu gebrauchen sei.

»Gib doch bitte mal her«, sagte er und nahm seiner Frau die Zeitung aus der Hand, bevor sie die Chance hatte, sie ihm freiwillig zu geben.

Die Polizei in Barsinghausen hatte gestern die Presse informiert, dass am Nachmittag zuvor, um circa 16 Uhr, ein Jogger ein blutiges Messer im Wald am Rande eines Parkplatzes bei der Freilichtbühne entdeckt hatte. Der Mann rührte das Messer klugerweise nicht an, sondern hatte die Polizei über sein Handy zu dem Parkplatz gerufen. Er erklärte den Beamten, er habe das Messer gesehen, als er sein Auto ganz am hintersten Ende des Platzes abgestellt hatte und ausgestiegen war. Dabei habe er sofort bemerkt, dass es mit Blut beschmiert war. Der Bericht fuhr fort, dass auch an dem Baumstamm, neben dem das Messer gelegen habe, Spuren von Blut gefunden worden seien. Eine erste vorläufige Untersuchung habe ergeben, dass es sich mit an Sicherheit grenzender Wahrscheinlichkeit um menschliches Blut handele, was man nach dem Abschluss der Tests noch einmal endgültig bestätigen würde. Oder notfalls dementieren, das sei jedoch eher unwahrscheinlich. Die Polizei habe nach den ersten Überprüfungen in der Nähe des Fundortes keine weiteren Spuren finden können, und man hoffe, dass sich die Frage, woher das Messer stamme und wie es in den Wald gelangt war, schnell und undramatisch aufklären würde. Ein Verbrechen lasse sich jedoch nicht ausschließen, und deswegen wende sich die Polizei zu diesem frühen Zeitpunkt der Ermittlungen an die Öffentlichkeit. Wenn jemand eine sachdienliche Mitteilung in dieser Angelegenheit machen könne, solle er sich umgehend bei der Polizei melden.

Frau Thann erschien mit einem Tablett, auf dem sie eine

Kaffeekanne und eine Teekanne balancierte. Beide Gefäße sowie die dazugehörenden Tassen sahen wie wertvolle Museumsstücke aus. Als Iris darauf hinwies, erklärte Frau Thann, sie hätte das Geschirr auf dem Flohmarkt an der Leine in Hannover gekauft, wohin sie, wenn sie keine Gäste habe, am Sonnabendmorgen manchmal gehe, um überflüssige, aber schöne Dinge zu suchen und meistens auch zu finden.

Marders Gedanken blieben bei dem blutigen Messer hängen. Durch die Erwähnung eines möglichen Verbrechens kehrten seine Erinnerungen zu den Ereignissen um die Familie Matuschek zurück. Der tote Körper seines ehemaligen Kollegen Alfred Matuschek in einem Teich am Rande der Innenstadt hatte ihn vor vier Jahren zum ersten Mal nach Barsinghausen gebracht, das Verschwinden von dessen Ehefrau zwei Jahre später noch einmal. Das Schicksal der Kinder hatte ihn damals bewegt, obwohl sie schon erwachsen waren und seine Hilfe oder seinen Zuspruch offensichtlich nicht wollten. Darüber hatte er sich zuerst gewundert, später verstanden.

Frau Thann begann, über ihre Sehnsucht nach ihren Kindern und Enkeln zu sprechen. Sie plane, das Haus im nächsten Frühjahr zu verkaufen, um nach Süddeutschland zu ziehen, wo ihre Familie inzwischen zum größten Teil lebe. Außerdem liebe sie die Alpen, wo sie früher oft mit ihrem Mann gewandert sei. Marder unterbrach sie, trotz eines tadelnden Blicks seiner Frau. Seine Gedanken kreisten noch um die Familie Matuschek. Er fragte Frau Thann, was sie über das jetzige Leben von Bertram und Anja, den Kindern der Matuscheks, wisse. Die gleiche Frage hatte er Frau Thann schon einmal vor zwei Jahren gestellt. Damals war er von

Erich Falkenberg beauftragt worden, herauszufinden, warum Vera Matuschek plötzlich aus Barsinghausen verschwunden war. Frau Thann ließ eine weitere Mitteilung über ihre eigene Familie unausgesprochen. Sie schaute ihren Gast irritiert an, verzieh ihm jedoch die Unhöflichkeit, da sie sich daran erinnerte, dass Marder in die Geschehen um die Matuscheks und deren Aufklärung dienstlich verwickelt war.

»Eigentlich weiß ich kaum etwas über die Matuscheks. Beide Kinder leben wohl noch in Barsinghausen. Bei Bertram bin ich mir ganz sicher, den habe ich erst in der letzten Woche bei einem Spaziergang getroffen. Er wohnt ja am Ende dieser Straße, ganz oben beim Wald. Wir haben uns aber nicht unterhalten, weil wir uns nicht persönlich kennen. Mir fiel trotzdem auf, dass seine Haare sehr schütter geworden sind und er ein unglückliches Gesicht machte. Aber das ist wohl der Normalzustand bei ihm, wenn ich mich korrekt daran erinnere, was Sie mir einmal erzählt haben.«

Sydney hatte sich an seine Herrin herangeschmust, war auf ihren Schoß gesprungen und hatte sich schnurrend eingerichtet. Frau Thann streichelte ihn geistesabwesend.

»Und was ist mit Anja?«, fasste Marder nach.

»Keine Ahnung. Soweit ich mich entsinne, war sie Krankenschwester in Gehrden, das wird sie wohl noch sein, aber garantieren kann ich das nicht. Sie wohnt wahrscheinlich nach wie vor in Barsinghausen. Vor ungefähr einem halben Jahr habe ich ihr Bild in der Zeitung gesehen. Da war ein *Open House* bei der Polizei und die Presse hat davon Fotos gemacht. Auf einem dieser Bilder war Anja. War sie nicht mit einem der Beamten von der Kripo befreundet?«

»Ja, ja, das war Kommissar Brenner. Ich glaube, sein Vorname ist Burt, aber ich kann mich auch täuschen. Jedenfalls war er früher Assistent von Matuschek und wurde später sein Nachfolger. Aber das sind alte Geschichten. Wo, sagten Sie, möchten Sie gern hinziehen, wenn Sie die Pension geschlossen haben?«

Frau Thann nutzte die Gelegenheit, ausführlich über ihre Pläne für die Zeit nach der Schließung von *Marianne* zu berichten. Nachdem sie mehr darüber erzählt hatte, als Marder sich merken konnte, sagte sie, dass sie nun zum Einkaufen in die Stadt müsse, selbstverständlich seien die Marders heute ihre Gäste beim Abendessen.

»Inzwischen können Sie ein bisschen im Ort oder im Wald spazieren gehen. Schauen Sie sich einmal die Verwüstungen an, die der große Orkan angerichtet hat. Den werde ich nie vergessen, ich habe an dem Abend und in der Nacht voller Angst im Wohnzimmer gesessen, während draußen ein Höllenlärm tobte. Wie durch ein Wunder war am Haus und im Garten alles heil geblieben, aber nur wenige Meter dahinter im Wald hat der Orkan alles flachgelegt. Sie brauchen nicht weit zu gehen, die größten Schäden gab es direkt am Ortsrand.«

Marder überlegte.

»Ach ja, das war doch dieser riesige Sturm mit dem russischen Namen, irgendwas mit B… Bertil, oder so.«

»Nicht mit B, sondern mit K. K wie Kyrill«, korrigierte Frau Thann nachsichtig.

»Wenn sich dieser Sturm vor 20 Jahren ereignet hätte, wüsstest du heute noch genau, wie er geheißen hat«, meinte Iris, als sie die Pension verließen. »Komm, wir machen mal Katastrophentourismus.«

Viele Wege führen in Barsinghausen in den Wald, jedenfalls alle, die aufwärts gehen. Marder und seine Frau kamen wieder am Ziegenteich vorbei. Jedes Mal, wenn er hier vorbeischaute, hatte Marder das Gefühl, dass er seinem toten Kollegen Referenz erwies. Sie setzten sich auf eine Bank und blickten schweigend auf das dunkle Wasser. In der Mitte des kleinen Sees war eine winzige Insel mit einem Holzverschlag, in dem Enten und ein einsamer Schwan ihr Zuhause hatten. Ein Hund, halb Schäferhund, halb Collie, stand mit seinen Vorderpfoten im Wasser und bellte die Enten an, die sich dadurch nicht bei ihrer Suche nach Grünzeug stören ließen. Die Sträucher an den Ufern spiegelten sich auf der Wasserfläche, sie zeigten die ersten Knospen des Frühlings, trugen aber noch keine Blätter. Der kleine See lag offen, vom Rathaus auf der anderen Seite der Straße hatten der Bürgermeister und seine Mitarbeiter einen freien Blick auf die Idylle.

»Weißt du«, sagte Marder nach einer Weile zu seiner Frau »wenn ich hier bin, muss ich immer wieder über den tragischen Tod von Alfred Matuschek nachgrübeln. Ich frage mich, ob seine Kinder gelegentlich an diesen Teich kommen, um an ihn zu denken. Ich bin mir fast sicher, dass sie das nicht tun.«

»Das vermute ich auch«, sagte Iris leise. Auch sie wurde offensichtlich von diesem Ort bewegt. Sie fuhr fort:

»Trotzdem bin ich überzeugt, dass sein Tod die Kinder nicht unberührt gelassen hat, wenn man dann noch bedenkt, dass sich ihre Mutter zwei Jahre danach ebenfalls das Leben genommen hat, nur weil sie sich mit dem falschen Mann eingelassen hatte. Das muss Bertram und Anja tief getroffen haben. Vor allem Anja. Sie wird für den Rest ihres Lebens schwer daran zu tragen haben. Die Beziehungen zwischen Müttern und Töchtern sind eine höchst komplizierte Sache. Ich bin überzeugt, dass Mütter einen größeren Einfluss auf das Leben ihrer Töchter haben als die es jemals zugeben. Ich würde mich nicht wundern, wenn Anja eines Tages daran zerbricht.«

»Wir wissen das nicht, und ich hoffe, wir werden es nie erfahren«, antwortete Marder und stand abrupt auf. »Komm, lass uns in den Wald gehen. Vielleicht kommen wir dort auf schönere Gedanken.«

Ein Irrtum. Große Bereiche des Waldes befanden sich im Zustand absurder Verwüstung. Kyrill hatte breite Schneisen der Zerstörung in den Wald gerissen. Es gab kaum Übergänge zwischen den Flächen, wo der Wald gnadenlos abrasiert worden war und denen, wo er beinahe unberührt stehen geblieben war. Vor allem Nadelbäume mit ihren flachen Wurzeln hatten der Gewalt des Windes nichts entgegenzusetzen gehabt. Die Bäume waren aus der Erde gerissen und lagen ineinander verkeilt auf dem Boden. Andere waren abgebrochen, entweder auf halber Höhe oder unterhalb ihrer Krone, ihre bizarren Stümpfe zeigten in den Himmel wie verhöhnend erhobene Finger. Marder musste an die Stahlträger des World Trade Centers in New York denken, die aus den Ruinen der beiden in sich gesunkenen Türme empor ragten. Aus den Wunden der Bäume floss der Saft, der sie am Leben gehalten hatte. Marder musste unwillkürlich an die toten Menschen denken, die er zu oft in seinen Berufsjahren als Kriminalist betrachten musste. Auch aus ihren Wunden war oft der Saft des Lebens geflossen, nur war es nicht Harz, sondern Blut gewesen.

Den wenigen Laubbäumen, die in diesem Bereich des Waldes gestanden hatten, war es nur wenig besser ergangen. Einige von ihnen waren ebenfalls unter der ungeheuren Wucht des Windes umgestürzt. Die noch standen, hatten zerrissene Kronen, ihre Äste hingen wie Fetzen an den Stämmen herunter. Über allem lag die Stille eines Friedhofs, Geräusche, die das Leben im Wald bezeugten, fehlten. Vögel, die hier gebrütet hatten, mussten woanders neu anfangen, ebenso die Tiere, die auf dem Boden lebten. Seit dem Sturm waren mehrere Wochen vergangen, aber die Forstverwaltung hatte es noch nicht geschafft, die Waldwege freizuräumen, nur der Hauptweg war notdürftig freigemacht. Man hatte die Baumstämme, die darübergefallen waren, durchgesägt, an den Seiten notdürftig gestapelt und dadurch einen Pfad durch das Chaos geschnitten.

Ein leichter Wind wehte über den Hang. Er brachte den Geruch von frischem Holz mit sich. Der Wald war hier zwar gestorben, aber er hatte noch nicht angefangen zu vermodern. In der Luft schwebte ein Raubvogel, der den Wirrwarr unter sich beobachtete, vielleicht hoffte er auf eine mühelose Mahlzeit – ein verendetes Kleintier, das ein Opfer der umstürzenden Bäume geworden war.

Während Manfred und Iris Marder dieses Chaos betrachteten, erfüllte ein leises Geräusch die Luft, ein Knistern, als ob sich Elektrizität entlud. Der Ton wurde eindringlicher, aggressiver, ging in ein Krachen über. Er kam vom Rand des zerstörten Gebietes, dort wo der Wald begann, der überlebt hatte. Die Krone einer Fichte neigte sich zur Seite, brach ab und fiel auf den Waldboden. Kyrill hatte den Baum offensichtlich beschädigt, das Werk der Zerstörung aber nicht vollenden können. Das hatte die Natur nun nachgeholt. Marder erschauderte, es hätte ebenso der Baum sein können, in dessen Nähe sie gerade standen. Sie gingen wenige hundert Meter bergauf, dort war die Welt wieder in Ordnung, der Wald friedlich und voller Hoffnung, wie es zu Beginn des Frühlings in jedem Jahr war – so als hätte es den Orkan nie gegeben. Kyrill hatte trotz seiner Wut nur Schneisen von mehreren hundert Metern Breite durch den Deister geschlagen, dort seinen Zorn und Furor ausgetobt und den Rest der Hügel weitgehend verschont.

Auf dem Weg in die Stadt zurück kam ihnen eine riesige Holzerntemaschine vom Typ »Harvester« entgegen. Die Menschen waren dabei, wieder Ordnung in den deutschen Wald zu bringen.

9.

»Bei dem schönen Sonnenschein habe ich den Frühstückstisch im Wintergarten gedeckt und die Zeitung gleich dazugelegt«, begrüßte Frau Thann ihre Gäste, als sie die Treppe herunterkamen.

Marder hielt den ersten Kaffee des Tages in der rechten Hand, mit der linken blätterte er in der Zeitung und suchte die neuesten Informationen über das blutige Messer am Waldrand. Auf Seite drei wurde er fündig.

»Es scheint etwas Neues zu geben«, sagte er. «Es ist ein ziemlich langer Bericht. Ich glaube, die lokale Presse ist glücklich, wenn vor Ort etwas Aufregendes passiert, selbst wenn es etwas Schreckliches ist – die Leute lesen dann die Zeitung mit mehr Interesse als gewöhnlich.«

»Lies laut«, sagte Iris. »Ich schmiere dir inzwischen ein Brötchen. Welche Marmelade willst du?«

»Das weißt du doch. Ich nehme immer die bittere Orangenmarmelade, wenn es welche gibt.«

Er zeigte mit dem Finger energisch auf die Schale mit seiner Lieblingskonfitüre.

»Ich dachte, du wolltest vielleicht mal was Neues probieren, jetzt wo wir Ferien machen. Du könntest manchmal ein bisschen abenteuerlustiger beim Essen sein.«

»Ich weiß, du meinst es gut, mein Schatz. Aber ich will beim Frühstück keine Abenteuer erleben. Ich will einfach nur bittere Orangenmarmelade. Soll ich nun vorlesen oder nicht?«

»Entschuldigung. Ich wollte dir deine Marmelade nicht vermiesen. Ich weiß ja, wie sehr du daran hängst. Ich bin jetzt ganz Ohr. Lies bitte vor.«

Marder las:

»Das blutige Messer, das vorgestern ein Jogger im Wald am Rand eines Parkplatzes in der Nähe der Freilicht-Bühne gefunden hat, gibt der Polizei weiterhin Rätsel auf.

Es ist inzwischen bestätigt, dass es sich bei dem Blut um menschliches Blut handelt, wahrscheinlich Blut von einer Frau. Die Polizei vermutet, dass es nicht aus einer zufälligen kleinen Schnittwunde stammt – dafür ist die ursprüngliche Menge des Blutes an dem Messer und dem Baumstamm dem Anschein nach zu groß gewesen. Das Messer hat einen schwarzen Plastikgriff, es ist ein Modell, wie es wahrscheinlich in vielen Haushalten vorhanden ist.

Die Spurenexperten haben bisher keine Fingerabdrücke am Griff des Messers finden können. Das gibt der Kriminalpolizei besonderen Anlass zur Sorge. Möglicherweise hat der Besitzer das Messer verloren, ohne es zu bemerken, und die Fingerabdrücke sind durch die Witterung beseitigt worden. Es ist jedoch nicht völlig auszuschließen, dass eine Person das Messer dort absichtlich abgelegt hat, nachdem sie eventuelle Fingerabdrücke am Griff und an der Klinge abgewischt hat. Es stellt sich die Frage, warum. Wenn es sich um ein Verbrechen handelt, dann wäre die Beseitigung der Fingerabdrücke durch den Täter nur logisch.

Weitere forensische Untersuchungen des Blutes, die Aufschluss darüber geben könnten, wie lange das Messer an der Fundstelle gelegen hat, sind noch nicht abgeschlossen. Es ist durchaus möglich, dass es sich seit längerem, eventuell circa eine Woche, dort befunden hat. Die Polizei plant, den Bereich heute noch einmal großflächig mit Hunden abzusuchen, da bisher in der unmittelbaren Nähe des Parkplatzes nichts Auffälliges entdeckt wurde. Die Hoffnung, Fuß- oder Reifenspuren zu finden, die im Zusammenhang mit einem möglichen Verbrechen stehen könnten, ist gering, da der Boden in den letzten Tagen mit Schnee bedeckt war, der inzwischen vollständig geschmolzen ist.

Die Polizei bittet alle Leser, die das auf dem Foto abgebildete Messer wiederzuerkennen glauben, sich zu melden, auch wenn es sich dabei um ein handelsübliches Modell handelt. Alle Informationen werden selbstverständlich vertraulich behandelt. Die Polizei bittet die Mitbürger, die in der letzten Zeit im Wald um die Freilichtbühne unterwegs waren und denen etwas Ungewöhnliches aufgefallen ist, sie zu kontaktieren.

Die nächste Pressekonferenz ist für morgen Vormittag vorgesehen. Wir werden Sie weiterhin über alles Wichtige zu diesem Fall unterrichten.«

10.

»Gute Nacht, Schatz. Schlaf gut. Ich komme morgen früh wieder, um nach dir zu schauen, bis dahin geht es dir bestimmt besser.«

Marder richtete sich auf eine weitere Nacht im Krankenhaus ein. Vor drei Nächten hatte ihn seine Frau um zwei Uhr morgens wegen einer Nierensteinattacke in die Notfall-Aufnahme der Klinik in Gehrden eingeliefert. Nierensteine waren für ihn nichts Neues, nur die heimtückische Geschwindigkeit, mit der ihn der Schmerz dieses Mal überfallen hatte, war unvorhersehbar gewesen. Am Abend, kurz vor dem Schlafengehen, hatte er sich als Hinweis gemeldet, dass es ein Problem in seinem Unterleib gab. Eine Nacht gut schlafen, und die Sache erledigt sich von allein, hatte er sich Mut zugesprochen und ließ Iris nicht in seine Schmerzen ein. Sie schlummerte neben ihm und ahnte nichts von seinem Kampf gegen die Qualen, den er zunehmend verlor. Kurz nach Mitternacht ging es nicht mehr. Er weckte seine Frau, er müsse ins Krankenhaus, er sei sicher, er habe einen eingeklemmten Nierenstein, der ihm großes Unbehagen verursache. Iris war sofort hellwach, sie wusste, dass ihr Mann aus schmerzhafter Erfahrung sprach. Wenn er sie weckte, war es nicht zum Spaß – sie kannte ihn als einen Mann, der Schmerzen lieber verkniff, als andere damit zu belästigen.

Ob sie den Notarzt rufen solle, oder ob er direkt ins Krankenhaus wolle, fragte sie besorgt.

»Wir fahren gleich zur Notfallaufnahme ins Krankenhaus. Wer weiß, wie lange es dauert, bis ein Notarzt kommt, und der wird mich sowieso ins Krankenhaus einweisen. Wenn ein Nierenstein festsitzt, kann eine Stunde unglaublich lang sein.«

Er versuchte zu lächeln. Es misslang.

»Ich weiß, wo das Krankenhaus in Gehrden ist, wir brauchen nur eine knappe Viertelstunde. So lange halte ich es noch aus.«

Iris hatte ähnliche Situationen früher bereits durchgemacht. Sie geriet daher nicht in Panik wie bei seinem ersten Stein, auch wenn sie um ihren Mann besorgt war. Bisher hatten diese Attacken stets gut geendet, und sie wusste, dass sie im Moment nichts tun konnte, außer ihn so schnell wie möglich ins Krankenhaus zu bringen und ihm auf dem Weg dorthin liebevollen Trost zuzusprechen.

Der wachhabende Arzt in der Notfallstation war ein junger Mann, sicherlich ein Assistenzarzt, er machte einen kompetenten und gefassten Eindruck, auch wenn er erst den Schlaf vertreiben musste, dem er sich gerade hingeben wollte. Marder weihte ihn in seinen Verdacht über den festsitzenden Nierenstein ein. Ultraschall und Röntgenaufnahmen bestätigten diese Selbstdiagnose.

»Ich werde Ihnen eine schmerzstillende Spritze geben, damit Sie erst einmal schlafen können. Morgen früh machen wir eine gründliche Untersuchung. Wenn sich Ihre und meine Diagnose als richtig herausstellt, und daran habe ich keinen Zweifel, werden wir den Stein aus der Harnröhre in die Niere zurückschieben und dann einen Katheter einführen, damit sich ihre Niere entwässern kann. Dann schauen wir mal, wie es weitergeht.«

Als Marder in einem Bett auf der urologischen Station lag,

war der Schmerz fast verschwunden – die Spritze hatte innerhalb weniger Minuten ihre Arbeit getan. Iris küsste ihn auf die Stirn, hielt seine Hand für eine Weile, gähnte heimlich und hielt mit Anstrengung ihre Augen offen. Während Marder sich langsam in den Schlaf zurückzog, stand sie von seinem Bett auf und sagte, sie würde am nächsten Tag mit frischer Unterwäsche und einem interessanten Krimi wiederkommen, vielleicht fände sie im Bücherladen im Ort etwas neues Skandinavisches von Henning Mankell oder einem seiner nordischen Krimikollegen. Aber da war ihr Mann schon eingeschlafen, sah friedlich und kerngesund aus.

Frau Thann wird sich wundern, wenn ich allein zum Frühstück auftauche, dachte sie.

Am Morgen tat der ältere Stationsarzt genau das, was der junge Arzt in der Nacht vorausgesagt hatte. Es war eine unangenehme Prozedur, als er den Stein mit einer Sonde durch den Penis, die Blase und den Harnleiter in die Niere zurückschob. Es tat weh und war Marder obendrein peinlich, weil zwei junge Krankenschwestern sowie eine Reihe von Studenten und Studentinnen im Praktikum um ihn herumstanden und alles interessiert beobachteten.

»Jetzt geben wir Ihnen zwei Tage Ruhe und ein Medikament, das mit etwas Glück den Stein auf natürliche Art abgehen lässt. Sollte das nicht der Fall sein, was ich leider als wahrscheinlicher betrachte, werden wir übermorgen zur Steinbruchmethode greifen. Das heißt, wir werden den Stein mit Stoßwellen in kleine Teile zertrümmern, die dann hoffentlich von selbst herausgespült werden. Ich vermute, das kennen Sie schon von Ihren früheren Attacken. Sie müssen danach für ein paar Tage in ein Sieb pinkeln und darauf achten, ob es ›klick‹ macht und kleine Felsbrocken hinein poltern.«

Die lockere Art des Arztes, über medizinische Angelegenheiten zu plaudern, gefiel Marder. Er sah sich nicht gern als tragische Person, auch nicht, wenn er sich wegen einer Krise im Unterleib im Krankenhaus aufhielt. Er fühlte sich inzwischen als Experte in Nierensteinen, er hatte diese Behandlung in Stade zweimal erfolgreich hinter sich gebracht – beim ersten Mal war er dreiundfünfzig gewesen, beim zweiten Mal kurz vor sechzig, jetzt war er in der Mitte der Sechziger. Ein Rhythmus schien sich einzupendeln.

Die Vermutung des Arztes, dass der Nierenstein nicht freiwillig aufgeben würde, erwies sich als korrekt. Erst die Stoßwellentherapie hatte den gewünschten Erfolg. Sie verursachte kaum Schmerzen, was vor allem daran lag, dass Marder vorher eine Spritze bekommen hatte, die ihn nach der Behandlung in einen langen Schlaf fallen ließ. Als er aufwachte, hatte er das Schlimmste überstanden, aber wegen einer nachhängenden Müdigkeit fühlte er sich noch längst nicht wie der Alte. Er würde noch zwei Tage, höchstens drei, im Krankenhaus bleiben müssen, bis sich seine Nierenfunktionen normalisierten und er mit Erfolg nach kleinen Hardwarebrocken in seinem Urin gefahndet hatte.

Marder fühlte sich auf der Station gut aufgehoben. Er war nicht sicher, ob diese Klinik eine Ausnahme war oder ob sich in den letzten Jahren generell die Atmosphäre in Krankenhäusern geändert hatte. Früher hatte er bei seinen Aufenthalten manchmal das Gefühl gehabt, er störe durch seine Anwesenheit den normalen Tagesablauf des Personals. Hier behandelte man ihn eher wie einen Gast. Er wurde nicht um fünf Uhr morgens aus dem Schlaf gerissen, weil die Nachtschicht noch das Bettenmachen zu erledigen hatte. Er durfte bis sieben Uhr schlafen, bevor man ihm die Federn aufschüttelte. Die Mahlzeiten waren nicht länger die Einheitsverpflegung, wie er sie von früheren Krankenhausaufenthalten oder seiner Zeit bei der Bundeswehr kannte. Er konnte es kaum glauben, als ein freundlicher Sozialarbeiter mit einer Menükarte im Zimmer aufkreuzte und ihn nach seiner Wahl der Speisen für den nächsten Tag fragte.

Weil er spät nachts im Krankenhaus eingetroffen war, hatte man ihn nicht gefragt, ob er ein Einzelzimmer wolle oder mit einem Mehrbettzimmer zufrieden sei – man hatte ihn in das nächste freie Bett in der urologischen Station gelegt. Hätte man ihm die Wahl gelassen, hätte er sich wahrscheinlich trotz des Aufschlags für ein Einzelzimmer entschieden, jetzt war er froh, dass er diese Wahl nicht gehabt hatte. Er fand es angenehm, Leidensgenossen zu haben, außer ihm lagen zwei weitere Männer im Zimmer und hatten vergleichbare Probleme. Die Bettnachbarn sprachen anfangs nur zögernd über ihre Beschwerden – Männer reden nun einmal nicht gern über diese Dinge, auch nicht mit Geschlechtsgenossen. Zu seiner Linken lag ein junger Mann um die fünfundzwanzig, und Marder wunderte sich, dass ein Jüngling bereits an Nierensteinen leiden konnte. Er hieß Murat, arbeitete als Programmierer in der Software-Branche und kannte sich in den tiefsten Geheimnissen der Computer aus, was ihn in Marders Augen auf ein intellektuelles Podest hob. Das Bett des jungen Mannes war ständig von Mitgliedern seiner türkischen Familie umstellt, selbst in den Abendstunden. Wenn Murat einmal allein gelassen wurde, schob er Marder einen Teil der

Süßigkeiten zu, die man ihm mitgebracht hatte – er brauchte in seinem Nachtschrank Platz für die nächsten Anlieferungen.

Das Personal wechselte je nach Tageszeit. Bei der Abendvisite schaute ein Arzt nach ihm, der ihn weder in der Notfall-Station betreut hatte noch die Stoßwellentherapie vorgenommen hatte. Er kam Marder nicht so locker vor wie die anderen Ärzte, er schien an der Verantwortung für die Patienten schwerer zu tragen als die meisten seiner Kollegen. Die Krankenschwestern der neuen Generation schienen wahre Schönheiten zu sein. Vielleicht empfinde ich das nur, weil ich inzwischen ein fast alter Mann bin und mir alle junge Frauen attraktiv vorkommen, dachte Marder. Am besten gefielen ihm Schwester Johanna und Schwester Sonja, beide um die dreißig, ausgesprochen attraktiv, die mit ihren appetitlichen Formen eine unerreichbare Versuchung für einen bettlägerigen älteren Herrn darstellten. Der wesentliche Unterschied zwischen den beiden war, dass Sonja immer fröhlich dreinschaute, während Johanna meistens einen traurigen Eindruck machte. Auch wenn Johanna sich stets korrekt und professionell verhielt, hatte Marder den Eindruck, dass sie eine unglückliche Frau war. Das war bei ihrem blendenden Aussehen verwunderlich. Die Männerwelt würde ihr sicherlich zu Füßen liegen, und war das nicht für eine junge Frau Grund genug, glücklich zu sein? Bin doch ein Macho der alten Schule, dachte Marder. Natürlich weiß ich, dass im Leben das Aussehen nicht alles ist. Vielleicht war der Charakter von Johanna nicht so schön wie ihr Äußeres. Sie kam zur Vormittagsschicht, und Marder hatte nichts dagegen, dass sie nach dem Mittagessen nach Hause ging. Sonja kam am

Nachmittag und wünschte Marder abends als Letzte eine gute Nacht und schöne Träume. Er nahm sich dann vor, von ihr zu träumen, aber es gelang ihm nicht – so konnte er ruhig und erholsam schlafen.

Nachdem es am zweiten Tag nach der Operation beim Wasserlassen zweimal gekitzelt und danach leise ›klick‹ im Sieb gemacht hatte, sagte der Doktor ihm, dass er am nächsten Tag nach Hause gehen dürfe. Um sich auf das Leben in Freiheit vorzubereiten, machte Marder einen längeren Spaziergang auf dem Gang der Station, er wanderte auf und ab, auf und ab, auf und ab. Während seines Aufenthaltes war Marder bisher mit seinen eigenen Problemen zu beschäftigt gewesen, um an Anja Matuschek zu denken, von der Frau Thann gesagt hatte, dass sie vermutlich noch im Gehrdener Krankenhaus arbeitete. Nun kam sie ihm in den Sinn. Er glaubte sich zu erinnern, dass sie in der urologischen Station gearbeitet hatte, allerdings hatte er sie bisher noch nie gesehen. Vielleicht trog ihn aber auch seine Erinnerung. Als er das vierte oder fünfte Mal während seiner Wanderung am Stationsbüro vorbeikam, lächelte ihn die ältere Krankenschwester an, die offensichtlich die Chefin der Schwesternschar auf der Station war, sie tauchte nie in den Krankenzimmern auf, sondern schien stets mit administrativen Aufgaben an ihrem Schreibtisch beschäftigt. Er sprach sie an.

»Entschuldigung, wenn ich störe. Darf ich Ihnen eine Frage stellen?«

»Sie stören nicht, machen Sie sich keine Sorgen, wir sind ja für unsere Patienten da. Was möchten Sie denn wissen, Herr Marder?«

Sie kannte also seinen Namen. Das fand er bemerkenswert

und bestärkte seinen guten Eindruck vom Personal dieses Krankenhauses.

»Ich würde gern wissen, ob eine Anja Matuschek auf dieser Station arbeitet.«

»Die Anja, ja, die kenne ich, die hat hier gearbeitet, vor einem Vierteljahr hat sie die Versetzung auf eine andere Station beantragt. Jetzt arbeitet sie, wenn ich mich nicht irre, wieder auf der Hals-Nasen-Station, wo sie früher schon mal war.«

»Schade, ich hätte gern mal mit ihr gesprochen. Aber es ist nicht so wichtig. Ich hoffe, es geht ihr gut und bitte grüßen Sie sie von mir, wenn Sie sie sehen sollten.«

»Das mache ich gern. Ich habe Anja schon eine Weile nicht gesehen und hoffe auch, dass es ihr jetzt gut geht.«

Das *jetzt* hatte die Oberschwester nur so dahingesagt, sicherlich ohne sich etwas dabei zu denken, aber Marder wurde hellhörig.

»Was meinen Sie mit *jetzt?* Ging es ihr vorher nicht gut.«

»Wissen Sie, es steht mir eigentlich nicht zu, über meine Kolleginnen zu tratschen, aber da Sie Anja ja kennen, kann ich Ihnen sagen, dass ich mir in der letzten Zeit, in der sie hier gearbeitet hat, gelegentlich Sorgen um sie gemacht habe. Sie war nicht mehr die freundliche, ausgeglichene Person, die sie früher meistens war.«

»Meinen Sie mit *letzter Zeit,* die Zeit seit dem Selbstmord ihrer Mutter.«

»Ach, darüber wissen Sie auch Bescheid. Sind Sie ein Verwandter von ihr?«

»Nein. Ich war damals noch bei der Polizei und war dienstlich in die Angelegenheit verwickelt.«

»Na, ich hoffe jedenfalls, Anja fängt sich wieder.«

Die Frau schob einen Stapel Papiere auf dem Schreibtisch zusammen, stand auf und zog ihren Schwesternkittel zurecht.

»So, jetzt müssen wir Schluss machen. In ein paar Minuten kommt der Chef, unser Oberarzt, zur Visite, da muss ich mich noch ein bisschen vorbereiten, und Sie sollten dann auch in ihrem Körbchen liegen, sonst gibt es einen Eintrag ins Klassenbuch.«

Iris holte ihn am nächsten Morgen erleichtert aus der Klinik ab und brachte ihn in die Pension *Marianne,* wo er eine ruhige Nacht und ein reichliches Frühstück genoss.

»Es tut mir leid, dass Sie ein paar Tage im Krankenhaus herumliegen mussten. Ich hoffe, es war nicht zu schlimm. Das Wichtigste ist, dass es Ihnen wieder gut geht«, tröstete ihn die freundliche Wirtin, als die Marders sich anschickten, von ihr Abschied zu nehmen.

»Ich will Ihnen die Details der Behandlung lieber ersparen, die finden Sie vielleicht unappetitlich, aber ansonsten war es auszuhalten. Ich habe das Gefühl, die Krankenschwestern werden immer jünger und schöner, aber vielleicht kommt es mir nur so vor, weil ich älter und hässlicher werde.«

Iris war gerade nicht in Hörweite, sonst hätte er von seiner Liebsten sicherlich eine Rüge für diese Bemerkung eingefangen. Schlimmer wäre es noch, wenn sie ihm zustimmen würde.

»Mir tut es natürlich leid, dass ich ein paar Tage auf Ihr köstliches Frühstück verzichten musste.«

Marder sagte auch das leise, das musste Iris nicht unbedingt mitbekommen. Sie servierte ihm zu Hause als Frühstück meistens nur Vollwertmüsli. Das war gut gemeint und stellte eine gesunde Grundlage für das zweite Frühstück dar, das er im Laufe des Vormittags gelegentlich in seinem bevorzugten Stehcafé in der Stadt zu sich nahm.

»Kommen Sie doch einmal zu uns nach Stade, Frau Thann. Wenn die Pension geschlossen ist, nehmen Sie sich hoffentlich Zeit, Ihre Freunde zu besuchen.«

Frau Thann bedankte sich mit einem Lächeln, das sagte, dass sie unter Umständen auf diese Einladung zurückkommen würde, sich heute aber nicht festlegen wolle. Sie antwortete unverbindlich.

»Das wäre durchaus möglich. Wundern Sie sich nicht, wenn ich eines Tages mit drei Koffern für einen mehrwöchigen Aufenthalt vor Ihrer Haustür stehe.«

»Das meinen Sie wahrscheinlich als Drohung, ich betrachte es als Versprechen.« Das war nur eine kleine Notlüge. »Sagen Sie, im Krankenhaus bin ich nicht zum Zeitunglesen gekommen. Gibt es etwas Neues über das Messer im Wald?«

»Nicht viel. Gestern Morgen stand in der Zeitung, dass die Polizei immer noch nicht weiß, wem das Messer gehört hat oder wie es dorthin gekommen ist. Es hieß lediglich, dass die Blutspuren an dem Baumstamm, neben dem das Messer lag, definitiv von der gleichen Person sind wie das Blut an dem Messer. Allerdings seien bisher immer noch keine Personen als vermisst gemeldet worden, die als Opfer infrage kommen. Da sich trotz der Meldungen in den Medien niemand gemeldet hat, dem das Messer gehört, müsse man von einem möglichen Verbrechen ausgehen. Heute war nichts Neues in der Zeitung.«

»Vielleicht erledigt sich die Angelegenheit von ganz allein

und wird nie aufgeklärt werden. Das wäre für einen alten Kriminalbeamten wie mich keine Überraschung. Es gibt auf der Welt mehr Verbrechen als Täter, die dafür büßen müssen. Leider gilt das für Mörder genausogut wie für Taschendiebe.«

»Soll ich Sie auf dem Laufenden halten, wenn sich was Neues ergibt? Ich könnte Ihnen Zeitungsartikel zufaxen, so weit beherrsche ich inzwischen die moderne Kommunikationstechnik.«

Marder hob abwehrend die Hand.

»Nein, danke. Die Mühe brauchen Sie sich nicht zu machen. Ich werde gelegentlich auf die Homepage der hiesigen Lokalzeitung schauen. Man kann sich ja heute im Internet über alles informieren, was irgendwo auf der Welt geschieht.«

Sydney, der Kater mit dem Ausrufungszeichen über der Nase, registrierte die gepackten Reisetaschen im Flur und kam herbei geschlendert. Entweder bedeutete das, dass neue Gäste ankamen oder dass alte abreisten. Das Letztere war ihm lieber, dann herrschte wieder Ruhe im Haus, und Frau Thann konnte ihre Aufmerksamkeit auf ihn konzentrieren und die ihm zustehenden Mahlzeiten rechtzeitig servieren. Er stellte zu seiner Zufriedenheit fest, dass ein Abschied stattfand, und zeigte seine Freude darüber, indem er sein Fell an Marders Bein rieb. Marder missverstand diese Geste, er glaubte, dass die Katze seine Abreise bedauere.

11.

›25km/h max‹ sagte das Schild an der Hinterseite des Anhängers, der von einem Traktor gemächlich über die Landstraße gezogen wurde. Marder hatte die Lehne seines Sitzes auf ›zehn nach‹ gestellt und in den letzten Minuten dreimal sein Gewicht von der linken auf die rechte Seite und wieder zurück umgelagert. Ein unangenehmer Nachschmerz erinnerte ihn daran, dass noch vor wenigen Tagen ein Katheter in seinem Körper gesteckt hatte. Iris hatte darauf bestanden, zu chauffieren. Er blinzelte seine Frau durch halb geöffnete Augen von schräg hinten an, während sie sich auf das Bauerngefährt vor sich konzentrierte. Sie hatte zwei Gelegenheiten verpasst, den Traktor zu überholen, er unterließ es, sie darauf hinzuweisen, es schien, als genieße sie das langsame Tempo, das der Traktor ihr aufzwang. Sie überholte ungern auf Landstraßen, was ihr den gelegentlichen »Scheibenwischer« eines ungeduldigen Fahrers einbrachte. Sie sagte dann eher belustigt als verärgert: »Lieber langsam auf der Erde als schnell in den Himmel – oder in die Hölle.«

Er stellte mit Stolz fest, dass seine Frau für ihr Alter jugendlich und unverbraucht aussah. Andere Männer schätzten sie sicherlich zehn Jahre jünger ein, als sie es tatsächlich war, und beneideten ihn um seine jugendliche Frau. Sie hatte in der letzten halben Stunde geschwiegen und über etwas nachgedacht, ohne ihre Gedanken mit Marder zu teilen.

Sie fuhren hinter Nienburg durch eine Allee aus ehrwürdigen Bäumen. Eichen, Buchen, Kastanien oder Linden – die Bäume trugen keine Blätter, an denen er sie erkannt hätte. Außerdem blendete ihn die Sonne. Links und rechts der Straße erstreckten sich sandige Ackerflächen, auf denen das erste Grün aus der Erde schaute, aus dem sich im Sommer Weizen, Kartoffeln oder Mais entwickeln würde. Dazwischen Spargelfelder mit schnurgeraden Furchen, wie Wellpappe unter einem Vergrößerungsglas. Zwischen den Feldern Kiefern und Fichten in Zweierreihen, die den Wind brachen.

»Iris, weißt du eigentlich, dass im alten China die Ärzte nicht dafür bezahlt wurden, dass sie ihre Patienten von Krankheiten heilten, sondern dafür, dass sie gar nicht erst krank wurden?«

»Das hast du mir neulich schon mal erzählt.«

»Tut mir leid, das hatte ich ganz vergessen.«

»Das macht nix, obwohl ich mir langsam Sorgen mache, dass du immer öfter Sachen vergisst. Aber abgesehen von deinen Problemen mit dem Gedächtnis kann ich mir das mit den chinesischen Ärzten nicht vorstellen. Wie kommst du gerade jetzt darauf?«

»Wenn man so nutzlos im Krankenhaus herumliegt, kommen einem seltsame Gedanken. Man muss sich ja irgendwie beschäftigen, während man wartet, bis wieder ein Tag rum ist. Übrigens glaube ich genau wie du, dass die Sache mit den chinesischen Ärzten nur eine Geschichte ist, die sich jemand ausgedacht hat, um die fernöstliche Medizin zu romantisieren.«

»Du kannst dich doch nicht die ganze Zeit im Krankenhaus solchen Grübeleien hingeben. Es gibt bestimmt schönere Dinge, mit denen man sich beschäftigen kann.«

»Was meinst du damit?«

»Nichts Besonderes. Aber da sind zum Beispiel die Krankenschwestern, die euch Männer ablenken. Manche von den Schwestern sahen richtig gut aus, fand ich.«

»Vergiss nicht, dass in der Urologie für einen Mann alles ein bisschen peinlich ist, vor allem fremden Frauen gegenüber. Aber du hast trotzdem recht. Wenn man da so herumlungert, guckt man sich die Schwestern aus lauter Langeweile ein bisschen näher an. Manchmal freut man sich über das, was man sieht, und Freude soll ja angeblich den Heilungsprozess beschleunigen. Mit einem Katheter in den betroffenen Körperteilen ist das alles aber nicht so auf- oder erregend.«

Im nächsten Dorf bog der Trecker vor ihnen in einen Bauernhof ab, ein typischer Heidehof mit einem massigen Gebäude aus roten Backsteinen. Der imposante Innenhof war zur Straße hin offen, vor einem Seitengebäude waren drei Pferde angeleint, denen ein junger Mann mit einem Wasserschlauch die Beine abspritzte. Als der Traktor sich zur Seite drehte, stellte Marder fest, dass er von einem Mädchen gelenkt wurde, das nicht älter als achtzehn Jahre alt sein konnte. Das imponierte ihm, die jungen Leute auf dem Land waren anderen Anforderungen ausgesetzt als die verweichlichte Jugend in den Städten. Wahrscheinlich wurden sie auch seltener krank, weil sie durch die güllige Landluft und die Bakterien in den Ställen abgehärtet waren.

Iris unterbrach seine Betrachtungen.

»Ich will ja nicht, dass du denkst, ich wäre eifersüchtig auf die Schwestern oder so was … ich gönne dir ja deine kleinen Freuden … ich habe mir nur Sorgen gemacht, dass du dich vielleicht im Krankenhaus gelangweilt hast.«

»Das verstehe ich, mein Schatz. Übrigens zwei von den Schwestern sind mir tatsächlich aufgefallen.«

»Das waren wahrscheinlich die mit den großen Oberweite. Bei denen hat die Schwesterntracht ganz schön gespannt.«

»Das kann schon sein. Aber darum geht es nicht.«

»Das wundert mich. Bei euch Männer geht es doch immer um den Busen.«

»Das ist überhaupt nicht wahr, manchmal geht es auch um den Hintern.«

Iris verriss das Steuerrad, konnte sich aber wieder korrigieren. Marder versuchte es ebenfalls.

»Hör zu, das war nur ein Scherz, das mit dem Hintern. Du kennst doch meinen Humor.«

Um Iris' Mund zuckte ein winziges Lächeln.

»Also, was war nun mit den Schwestern?«

»Das waren die Schwestern Sonja und Johanna. Wie gesagt, beide sehen toll aus, das ist nicht nur meine Meinung, auch meine Zimmergenossen haben das mit Freude registriert.«

Nach mehreren Jahrzehnten Ehe konnte sich Marder die Mitteilung einer solchen Beobachtung gegenüber seiner Frau leisten, sie wusste längst, dass ihr Mann, wenn er über Frauen um die zwanzig oder dreißig sprach, über Träume und nicht über Realitäten redete.

»Was mir dabei aufgefallen ist, dass die Sonja immer fröhlich und guter Laune war, während die Johanna immer ganz traurig geguckt hat. Ich bin mir sicher, dass sie eine unglückliche Frau ist. Das sah man ihren Augen an.«

»Bist du ganz sicher, dass du dir das nicht nur einbildest?«

»Es war jedenfalls mein Eindruck, eventuell habe ich mich aber in unsinnige Vorstellungen verrannt, weil ich mich gelangweilt habe, während ich müßig im Bett herumlag. Vielleicht lag es auch daran, dass auf der Station diese Zeitschriften herumlagen, die sich ausschließlich mit – wie soll ich sagen? – zwischenmenschlichen Themen befassen.«

»Ich dachte, ihr Männer seid gegen solche Gefühlsduseleien immun.«

»Das ist nicht korrekt, mein Herz. Wir haben genauso viele Gefühle wie die Frauen, wir reden nur nicht ständig darüber. Aber um auf Schwester Johanna zurückzukommen, bei der bin ich absolut überzeugt, dass sie eine unglückliche Person ist.«

»Ich sage ja immer, dass gutes Aussehen keine Garantie für Glück ist. Vor allem nicht, wenn es um Liebe geht. Wenn sie wirklich so unglücklich ist, wie du sagst, gehe ich jede Wette ein, dass da ein Mann dahintersteckt.«

»Wenn das stimmt, dann muss der ganz schön blöd sein, einer so gutaussehenden Frau einen solchen Kummer zu machen.«

»Manchmal bist du ein richtiger Macho. So als ob Aussehen das Einzige ist, worauf es bei einer Frau ankommt.«

»Entschuldige, aber nicht jeder Mann kann das Glück wie ich haben, eine blendend aussehende Frau zu finden, die obendrein noch einen genau solchen Charakter hat.«

»Hör auf, mir zu schmeicheln, aber du hast in Bezug auf mich natürlich recht. Ich habe ja keine Ahnung, welche Probleme die Schwester Johanna hat, aber wenn es sich um ihr Liebesleben handelt, dann wird es vermutlich so sein wie meistens. Ihr Freund hat sie vielleicht verlassen, weil er sich in eine andere Frau verliebt hat, und sie ist wütend auf ihn. Und jemand der wütend ist, sieht meistens traurig und unglücklich aus.«

Marder nickte zustimmend. Wenn es um Beziehungen zwischen Männern und Frauen ging, war Iris eine richtige Philosophin. Er war stolz darauf, nicht nur mit einer jugendlich aussehenden, sondern auch klugen Frau verheiratet zu sein.

»Übrigens«, sagte sie, »was ich dir immer schon mal sagen wollte. Ich hätte dir auch die Augen ausgekratzt, wenn du auf eins der Mädchen in deiner katholischen Jugendgruppe hereingefallen wärst, die dich immer so liebevoll angeschaut haben.«

»Das war doch völlig harmlos, damals war mein Lebensziel noch, ein Heiliger zu werden, mit Zölibat und so. Aber dieses Projekt hast du ja ruiniert.«

Die Heide, durch die sie fuhren, war wenig abwechslungsreich, sie sah nicht einmal wie Heide aus, vor allem war von typischen Heidepflanzen wie Erika keine Spur. Es war eine baumlose Fläche von rechteckigen, ebenen Feldern. Er ließ seine Gedanken ins Unnütze schweifen, schlief darüber ein und wachte nach einer kleinen Weile erschrocken wieder auf, weil er im ersten Moment nicht wusste, wo er war und warum.

Die Landschaft hatte sich zum Besseren verändert. Am Straßenrand standen Birken, auf beiden Seiten des Weges lagen feuchte Wiesen und Moorflächen, die von Gräben entwässert wurden. Sie fuhren durch ein kleines, ziemlich armseliges Dorf, das Büttenwarder hieß. Marder kam der Name bekannt vor, aber er konnte sich nicht erinnern, woher. Ein Mofa kam ihnen entgegen, auf dem zwei Bauern in verschlissener Arbeitskleidung saßen und in Schlangenlinien die Dorfstraße entlangfuhren. Iris musste scharf bremsen und rechts an den Straßenrand fahren, um nicht mit dem Mofa zu kollidieren. Dieses leicht vernachlässigte Dorf war zum Glück eher die Ausnahme in einer ansonsten schmucken bäuerlichen Gegend.

Sie überquerten kleine Flüsse, die in westlicher Richtung, vermutlich zur Weser, flossen. In den Orten waren viele Fachwerkhäuser in den letzten Jahren restauriert worden und strahlten ein Gefühl von Tradition und Geborgenheit aus. An den Rändern der meisten Dörfer waren Gewerbegebiete gewachsen, deren nüchterner Anblick im krassen Gegensatz zum Charme der alten Ortskerne stand. In Rotenburg an der Wümme machten sie Halt und fanden ein romantisches Café in der Innenstadt. Marder bestellte sich ein Stück Schokoladentorte mit einem Schlag Sahne. Iris, nach einem missbilligenden Blick auf die Kalorienbombe ihres Mannes, orderte ein Stück Obstkuchen ohne Sahne.

Bei Sittensen nahm Iris das Gespräch wieder auf.

»Wenn ich ehrlich bin, muss ich gestehen, dass mich das Schicksal von Schwester Johanna nicht sonderlich interessiert. Aber weißt du, woran ich oft denken muss, seit wir in Barsinghausen waren und an dem Teich gesessen haben, wo Matuschek gestorben ist?«

»Da du den Teich erwähnst, glaube ich, kann ich es mir denken.«

»An die Kinder der Matuscheks. Was die beiden in den letzten Jahren durchgemacht haben, würde man seinem schlimmsten Feind nicht wünschen. Es wäre kein Wunder, wenn sie sich manchmal sonderbar benehmen und auf Leute, die ihren Hintergrund nicht kennen, einen seltsamen Eindruck machen.«

»So was Ähnliches hast du ja schon gesagt, als wir an dem Teich waren, und du hast sicher nicht ganz unrecht«, stimmte Marder vorsichtig zu.

Iris fuhr fort.

»Man muss sich das mal vorstellen. Erst verlieren sie auf tragische Art ihren Vater. Dann stirbt zwei Jahre später ihre Mutter, weil sie in eine hoffnungslose Liebesgeschichte geraten war.«

»Und was schließt du daraus?«

»Wenn ich das bloß wüsste. Bei Bertram mache ich mir keine besonderen Gedanken – nach dem, was du mir von ihm erzählt hast, bringt ihn das nicht unbedingt aus dem Gleichgewicht. Aber ich bin überzeugt, Anja ist traumatisiert und völlig durcheinander und ich kann gut verstehen, wenn sie unter diesem Stress manchmal unberechenbar reagiert. Dabei denke ich an nichts Bestimmtes, weil ich ja keine Ahnung habe, was sie im Moment so treibt«, antwortete Iris, während sie von einem Motorradfahrer in einer unüberschaubaren Kurve überholt wurden. Sie schaute dem Fahrer vorwurfsvoll hinterher.

»Wenn der immer so fährt, kann er sein Motorrad irgendwann gegen einen Rollstuhl eintauschen«, meinte sie.

Marder nickte zustimmend, obwohl er heimlich den Motorradfahrer um das Gefühl der Freiheit beneidete.

»Also, vor zwei Jahren, als ich in Barsinghausen war, war Anja mit Burt Brenner von der Kripo liiert, die haben sogar zusammengelebt. Ob das noch so ist, weiß ich nicht. Frau Thann wusste es auch nicht, als ich sie danach gefragt habe.«

»Na ja! Anja und Bertram müssen mit ihrem Leben selbst zurechtkommen. Es hat keinen Sinn, wenn wir uns den

Kopf darüber zerbrechen, wir können ihnen sowieso nicht helfen.«

»Das stimmt.« Marder sah das genauso. »Ich denke wie du, dass Bertram weniger unter der Situation leidet. Er hatte sich früher bereits von der Familie abgekapselt, als ginge es ihn nichts an, was seine Eltern und seine Schwester machten. Ich habe ihn nie verstehen können. Aber vielleicht kann er gerade deswegen besser mit dem Tod seiner Eltern umgehen. Vielleicht täuschen wir uns aber auch, man kann letztlich in keinen Menschen hineinschauen.«

»Hat er nicht beim Forstamt gearbeitet? Wollte er nicht nach dem Tod seiner Mutter nach Kanada auswandern?«

Iris hatte ein gutes Gedächtnis und kaum etwas vergessen, was ihr Mann vor zwei Jahren über die Matuscheks berichtet hatte. Sie blickte Marder fragend an. Der zeigte mit der Hand auffordernd nach vorn, weil er es nicht gern hatte, wenn seine Frau beim Fahren ihre Blicke von der Straße nahm und ihn anschaute.

»Ja, jetzt wo du mich daran erinnerst, fällt es mir wieder ein. Er wollte auswandern, nach Kanada, Australien oder woandershin, so genau weiß ich das nicht mehr. Auf jeden Fall wollte er weit weg. Aber ich glaube, das hätte an seiner negativen Einstellung nichts geändert, schließlich kann er nicht vor sich selbst weglaufen.«

Stade war nicht mehr weit. Die Gegend war waldig geworden. An manchen Seitenwegen, die in den Wald führten, standen kleine Wohnwagen mit einladenden roten Herzen auf der Karosserie und rosa Gardinen vor den Scheiben. Das waren die Gewerbegebiete von Frauen, die sich mit liebevoller Arbeit ihren Lebensunterhalt verdienten.

12.

Es tat nicht weh. Marder verstand das nicht. Er war nach längerer Pause zum ersten Mal wieder beim Yoga und hatte sich auf Schmerz eingestellt. Normalerweise verursachten die Übungen in seinen Gliedern Ziehen und Reißen. Strengte er sich nicht genug an? Ging er nicht an seine Grenzen? Lag die ungewohnte Leichtigkeit daran, dass der Raum, in dem die Yogastunde stattfand, renoviert worden war, heller und freundlicher wirkte als früher? Sogar die Fenster wirkten größer als vorher. Die Volkshochschule hatte sich ins Zeug gelegt, um den Yogaschülern eine heitere Atmosphäre zu bieten.

Marder genoss vor allem die Entspannungsphase am Ende der Yogastunde. Auf die davorliegenden anstrengenden Bewegungen und beschwerlichen Haltungen hätte er gern verzichten können, was natürlich unsinnig wäre. Wenn er sich nur entspannen wollte, könnte er sich genauso gut an den Deich legen und Schafe zählen. Die Yogalehrerin hatte einmal auf seine Frage, was das Wort *Yoga* bedeute, erklärt, es weise auf die Verschmelzung von Geist und Körper hin. Warum man seinen Körper erst in schmerzhafte Positionen bringen muss, damit er sich mit dem Geist vereinigt, hatte er nicht nachgefragt. Natürlich wusste er, dass es keinen Preis ohne Schweiß gibt, und das gute Gefühl nach dem Schweiß bei den Übungen war wohl der Preis. Er hatte Yoga entdeckt, als er noch das Verbrechen bekämpfte und sich auf die Zeit nach dem Abschied von seinem Beruf vorbereitete. Neben dem Wohlbefinden nach jeder Yogastunde rechnete er darüber hinaus mit einer langfristigen Belohnung für seine Mühsal. Zum Beispiel, die kleinen Schlampereien seiner grauen Zellen wieder in den Griff kriegen, wie die gelegentliche Vergesslichkeit oder fehlende Konzentration – wenn möglich, sie sogar rückgängig machen. Wenn er ehrlich war, hatte sich bisher kein messbarer Erfolg eingestellt, wenn er ganz ehrlich war, hatte sich seine Vergesslichkeit in den letzten Monaten eher noch verstärkt. Es war manchmal zum Verzweifeln, je kürzer die Zeit, seit ein Ereignis vergangen war, umso länger musste er oft nachdenken, bis ihm die Details wieder einfielen.

Allerdings, was er heute beim Frühstück in der Zeitung gelesen hatte, war ihm noch in Erinnerung. Es war eine kurze Notiz gewesen, links in der einspaltigen Rubrik unter der Überschrift *Nachrichten aus Niedersachsen.* Dort hieß es, die Kriminalpolizei in Barsinghausen habe die Person identifiziert, deren Blut an einem Messer war, das man auf einem Parkplatz im Wald gefunden hatte. Es handele sich um eine junge Frau, deren Arbeitgeber sie als vermisst gemeldet habe, da sie nach ihrem Urlaub nicht an ihren Arbeitsplatz zurückgekehrt sei. Ende der Nachricht. Für die Presse in Stade war ein mögliches Verbrechen in der Region Hannover nicht wichtig genug, um darüber ausführlich zu berichten, solange es nicht sicher war, dass es sich um Mord oder Totschlag handelte.

Aus den Erfahrungen, die Marder während seiner Berufszeit gemacht hatte, verstand er die Zurückhaltung der Zeitung. Warum sollte es die Frauen, die in Stade neben ihm auf Yogamatten lagen, interessieren, dass man in Barsinghausen ein mit Blut verschmiertes Messer am Waldrand gefunden hatte? Natürlich konnte dahinter eine tragische Geschichte stecken, aber tragische Geschichten geschehen jeden Tag und solange sie nicht in der eigenen Stadt passieren, man weder den Täter noch das Opfer persönlich kennt, gehen sie nicht sonderlich zu Herzen.

Marder war sich anfangs als einziger Mann zwischen Frauen beim Yoga verloren vorgekommen, inzwischen nahm er seine Ausnahmestellung als natürlich hin, genau genommen genoss er sie sogar. Einige der Frauen waren schon lange dabei, sie würden, wie er selbst, auch im nächsten Jahr wiederkommen. Andere meldeten sich für eine Saison an und tauchten danach nicht wieder auf. Es lohnte kaum, sich deren Namen zu merken, was ihm ohnehin jedes Jahr schwerer fiel. Die Frauen, die seit Jahren dabei waren, fühlten sich beinahe wie Familie an, obwohl er nur wenig über ihr Privatleben wusste. Es ergab sich während des Unterrichts kaum Gelegenheit, über das Leben außerhalb des Übungsraumes zu plaudern – das war Marder recht, er kam nicht zum Klönen, sondern um sich zu quälen und sich danach zu entspannen. Trotzdem würde er einige der Frauen vermissen, wenn sie eines Tages wegblieben.

Da ist Antje, die sich bei den Übungen so erschöpft, dass sie während der Entspannung oft einschläft. Antje war in ihrer Jugend Hochleistungssportlerin gewesen, hatte ihren Körper übermäßig strapaziert und hat nun größte Schwierigkeiten, die korrekten Yogapositionen einzunehmen.

Direkt neben der Kursleiterin liegt Birte. Sie nimmt Yoga total ernst und versucht, alles besser zu machen als die Chefin. Am Ende der Übungen schreibt sie ihr neugewonnenes Wissen in ein Notizbuch. Spätestens in zwei Jahren will sie selbst Yogalehrerin sein.

Daneben Helga. Sie hat immer einen Witz oder ein Wortspiel auf den Lippen, nimmt Yoga nicht wirklich ernst, zum Glück auch nicht sich selbst.

Über Elke, links von Helga, weiß Marder wenig. Sie ist ziemlich rundlich, aber unglaublich gelenkig. Marder fragt sich manchmal, ob sich wirklich ein Knochengerüst in ihrem Körper verbirgt.

Alle Teilnehmer liegen in jeder Übungsstunde immer an den gleichen Plätzen auf dem Boden. Das ist wohl so eine Art Naturgesetz, denkt Marder. Wenn mir jemand diesen, meinen, Platz streitig machen wollte, gäbe es böse Worte, zumindest aber unfreundliche Blicke. Die Entspannung hatte nun Marders Körper und Geist ganz durchdrungen. Das muss wohl der Moment sein, wo beide miteinander verschmelzen, freut er sich.

Seine Gedanken gehen und kommen.

Die Information heute Morgen in der Stader Zeitung über die Identifizierung der jungen Frau in Barsinghausen, von der das Blut an dem Messer im Wald stammte, hatte ihn erregt. Er war an seinen Computer gehastet und hatte sich ins Internet eingewählt. Er brauchte nicht lange zu suchen, der Aufmacher der Tageszeitung aus der Region am Deister trug die Überschrift: *Familiendrama ohne Ende.* Es folgte ein Bericht über die Ereignisse in Barsinghausen. Er bestand aus den Details, die von der Polizei bekannt gegeben wurden, angereichert durch Vermutungen des Redakteurs:

Der Polizei ist es gestern Morgen endlich gelungen, die Person zu ermitteln, deren Blut sich an dem Messer befindet, das vor nun fast zwei Wochen im Wald in der Nähe der Freilichtbühne gefunden wurde. Es handelt sich um die 28-jährige Anja M., die nach ihrem Urlaub nicht an ihren Arbeitsplatz im Krankenhaus in Gehrden zurückgekehrt war.

Das dramatische Geschehen um die Familie M. scheint kein Ende nehmen zu wollen. Alfred M., ein ehemaliger Kriminalkommissar in Barsinghausen, hatte sich vor vier Jahren das Leben gekommen, zwei Jahre später verstarb seine Frau Vera, ebenfalls unter tragischen Umständen. Die Umstände des Todes von Vera M. wurden offiziell nie vollständig geklärt, allerdings gibt es Gerüchte, dass Polizei und Staatsanwaltschaft die Öffentlichkeit nicht über alle Details informieren wollten. Jetzt ist offensichtlich die Tochter des Ehepaars durch ein Verbrechen ums Leben gekommen.

Nach den bisher vorliegenden Informationen ergibt sich folgendes Bild: Anja M. hat vor einiger Zeit ihren Jahresurlaub angetreten, von dem sie sich nicht an ihrem Arbeitsplatz zurückgemeldet hat. Sie hatte niemanden informiert, wo sie ihren Urlaub verbringen wollte. Ihr Arbeitgeber hatte nach Ablauf des Urlaubs vergeblich versucht, sie zu Hause zu erreichen, nach mehreren Tagen des Wartens hat die Krankenhausleitung die Polizei über das Ausbleiben der Krankenschwester informiert. Erst jetzt konnte die Kriminalpolizei mithilfe gentechnischer Untersuchungen feststellen, dass das Blut an dem Messer von Anja M. stammt, so wie das Blut an dem Baumstamm, neben dem das Messer gefunden wurde. Ihr Bruder Bertram M. konnte der Polizei keine Angaben über den Verbleib seiner Schwester machen. Die Kriminalpolizei lud daraufhin noch gestern Nachmittag zu einer Pressekonferenz ein, da man auf die Hilfe der Bevölkerung hofft, um in diesem Fall weiterzukommen.

Die Kriminalpolizei bittet noch einmal die Personen, die in den letzten Wochen in der Nähe der Freilichtbühne oder dem umgebenden Wald etwas Ungewöhnliches beobachtet haben, sich bei der örtlichen Dienststelle zu melden. Kriminalkommissar Coello, der für die Untersuchungen zuständig ist, sagte während der Pressekonferenz, dass es keine abschließende Erkenntnis gäbe, dass Anja M. tatsächlich das Opfer eines Verbrechens geworden ist, allerdings wollte er es auf Nachfrage dieses Reporters nicht ausschließen. Zurzeit sei man dabei, im Umfeld von Anja M. zu recherchieren. Man werde darüber hinaus eine weitere Suchaktion in dem Gelände um die Fundstelle des Messers durchführen, mit mehr Personal als beim ersten Mal und dabei ein größeres Gebiet einbeziehen.

Wir fragen: Wie kann eine junge Frau verschwinden, ohne dass es in ihrem Umfeld bemerkt wird? Warum hat die Leitung des Krankenhauses so lange gezögert, bis sie dem Ausbleiben einer Angestellten nachgegangen ist? Warum hat es so lange gedauert, bis die Polizei das Blut an dem Messer identifiziert hat?

Wir werden Sie auf dem Laufenden halten, sowie uns Antworten auf diese Fragen vorliegen.

13.

Das rote Lämpchen des Anrufbeantworters blinkte. Marder drückte auf das Knöpfchen.

»Herr Marder, hier spricht Ricardo Coello von der Kriminalpolizei in Barsinghausen. Bitte rufen Sie mich so schnell wie möglich zurück. Danke.«

Marder wählte Coellos Nummer.

»Hier Coello.«

»Hier ist Marder.«

»Danke, dass Sie so schnell zurückgerufen haben, Herr Marder. Es geht um Anja Matuschek.«

»Das habe ich mir gedacht.«

»Wieso?«

»Ich habe heute Morgen im Internet gelesen, dass es Anja Matuscheks Blut war, das man an dem Messer und dem Baumstamm im Wald gefunden hat. In dem Bericht wurden Sie als der Kommissar erwähnt, der den Fall bearbeitet.«

Während er sprach, stand Marder auf und schlenderte mit dem schnurlosen Telefon in die Küche. Sie hatten sich dieses moderne Gerät erst vor kurzem angeschafft, obwohl Iris befürchtete, es könne schädliche Strahlen aussenden.

»Das ist wissenschaftlich überhaupt nicht bewiesen«, hatte Marder gesagt und auf die Vorteile hingewiesen, wenn man sich beim Telefonieren frei in der Wohnung bewegen kann, anstatt neben dem Apparat festgenagelt zu sein. Es hatte sich gegen seine Frau durchsetzen können, vermutlich weil sie bei ihren Gesprächen mit den Kindern oder Freundinnen nun nebenher das eine oder andere einhändig erledigen konnte.

»Ja, das ist richtig, ich bearbeite den Vorgang«, antwortete Kommissar Coello. »Ich hoffe, die Pressekonferenz wird uns in der Angelegenheit weiterbringen.«

»Entschuldigen Sie, Herr Coello«, unterbrach Marder. »Ich dachte, ich kenne alle Leute bei der Kriminalpolizei in Barsinghausen. Ich war schon mehrere Mal dienstlich dort. Aber Ihr Name sagt mir nichts. Na ja … es ist auch schon zwei Jahre her, dass ich das letzte Mal da war.«

»Aber ich kenne Sie. Ich bin neu in dieser Position. Anja

Matuschek ist mein erster Fall, bei dem es sich um einen Mord handelt, zumindest handeln könnte. Sie kennen bestimmt meinen Vorgänger, Kommissar Brenner. Der ist vor kurzem versetzt worden.«

»Ja, den kannte ich natürlich.«

»Als Sie hier waren, war ich noch auf Streife. Ich habe inzwischen eine Umschulung gemacht und bin jetzt bei der Kripo. Übrigens, ich war der erste Polizist, der an den Teich kam, als man die Leiche von Kommissar Matuschek dort im Wasser gefunden hat. Deswegen hat mich der Fall immer interessiert, ich kannte ihn ja dienstlich. Sein Tod war eine tragische Angelegenheit.«

Marder öffnete die Tür des Kühlschranks, dann die Klappe des Gefrierfaches und wühlte mit seiner freien Hand zwischen dem Tiefgefrorenen.

»Ja, das war am Ochsenteich, gleich neben dem Rathaus.«

»Am Ziegenteich, Herr Marder.«

»Natürlich. Ziegenteich. Entschuldigung. Ist ja auch egal. Also, worum geht es? Was kann ich für Sie tun.«

Marder war überzeugt, dass Coello nicht nur mit ihm plaudern wollte.

»Ich würde gern mit Ihnen ausführlich über die Familie von Anja Matuschek sprechen, Herr Marder. Sie können sich bestimmt denken, dass wir so schnell wie möglich das Umfeld von Anja Matuschek durchleuchten wollen, um Anhaltspunkte für ihr Verschwinden zu finden. Wie ich bereits gesagt habe, müssen wir leider mit der Möglichkeit rechnen, dass sie tot ist, auch wenn wir das natürlich nicht so deutlich in der Öffentlichkeit sagen.«

»Ja, das wäre tragisch, aber es ist bedauerlicherweise nicht auszuschließen. Ich bin sicher, dass Sie alles tun, um das herauszufinden.«

»Die Verhältnisse in der Familie Matuschek waren, wie Sie wissen, nicht problemlos, und sie werden ein Aspekt in unseren Ermittlungen sein. Weil Sie sich in der Vergangenheit mit der Familie befasst haben, kann ich mir vorstellen, dass wir schneller vorankommen, wenn Sie mich über alles informieren, was Sie über sie wissen.«

Endlich hatte Marder die Schokolade gefunden, die er im Gefrierfach als Notration hinterlegt hatte. Zartbitter-Schokolade mit Nüssen war sein liebstes und eigentlich einziges Laster. Weil er stets ein etwas schlechtes Gewissen hatte, wenn er sie aß, genoss er sie besonders. Es war geradezu enttäuschend, immer häufiger aus den Medien zu erfahren, dass Schokolade, besonders Zartbitter, nicht so ungesund war, wie manche Leute es behaupteten. Es hieß sogar, sie setze Glückshormone im Gehirn frei. Das wunderte ihn nicht, er war immer glücklich, wenn er Zartbitter-Schokolade aß, und in den Haselnüssen sollten obendrein wichtige Vitamine stecken.

»Über die Matuscheks gibt es viel zu sagen. Das würde ein langes Telefongespräch werden.«

»Nein, nein, so habe ich mir das auch nicht vorgestellt. Ich würde Sie gern treffen und mich mit Ihnen unterhalten, wenn es Ihnen recht ist.«

»Wann und wo möchten Sie das tun?«

»Am liebsten sofort und wo immer Sie wollen. Ich kann gern morgen früh zu Ihnen kommen, oder wir können uns irgendwo zwischen Barsinghausen und Stade treffen. Es muss nur so bald wie möglich sein.«

Mit seiner freien Hand nestelte Marder an der Verpackung der Schokolade. Nach einigen Versuchen gelang ihm der Durchbruch und er trennte mit einem deutlichen *Knack* die erste Reihe ab.

»Herr Coello, ich glaube, Ihre Zeit ist im Moment kostbarer als meine. Ich setze mich morgen nach dem Frühstück ins Auto und bin so um Mittag bei Ihnen im Büro. Was halten Sie davon?«

»Das wäre ganz toll. Dafür bin ich Ihnen sehr dankbar. Ich habe schon mit meinem Chef in Hannover gesprochen. Herr Falkenberg ist ja ein alter Bekannter von Ihnen, wie er mir gesagt hat. Er hat gemeint, das wäre eine gute Idee, und Sie sollten unbedingt kommen … äh … ich meine, wir sollten uns unbedingt treffen. Dann hat er noch gesagt, er würde Sie gern selbst anrufen, aber er sei gerade auf dem Weg zu einer wichtigen Konferenz in Brüssel. Ich soll Sie ganz herzlich grüßen und er will sich bei Ihnen melden, wenn er wieder da ist. Übrigens, alle Kosten, die bei Ihnen anfallen, werden wir übernehmen.«

Marder nahm sich vor, Erich Falkenberg bei nächster Gelegenheit die Leviten zu lesen. Wie kam sein Freund dazu, über die Freizeit eines pensionierten Beamten zu verfügen, auch wenn er früher dessen Vorgesetzter gewesen war?

»Eine Frage noch, Herr Coello. Wohin ist Herr Brenner versetzt worden?«

»Er arbeitet jetzt in Hannover im Landeskriminalamt. Es heißt, dass er als förderungswürdig angesehen wird – wie man so sagt. Er hat auch kein Geheimnis daraus gemacht, dass er gern Karriere bei der Kripo machen möchte.« Coello holte Luft und fuhr fort, ohne auf einen Kommentar von Marder zu warten. »Dagegen ist ja auch nichts einzuwenden, und dafür ist er in Hannover besser aufgehoben als in so einer kleinen Dienststelle wie Barsinghausen. Wir haben in dieser Stadt zu wenig Kriminalität für einen ehrgeizigen Mann wie ihn. Sagen Sie es bitte nicht weiter, aber hier im Büro hat er gelegentlich mit seinem Tatendrang genervt.«

Marder brachte das Telefon ins Wohnzimmer zurück und drückte Coello weg. Jetzt hatte er endlich den Mund frei, biss zweimal in die Schokolade und schluckte sie unzerkaut. Als sie im Magen ankam, war er sofort glücklich.

14.

Seit dem Frühstück waren vier Stunden vergangen, Hunger und das Verlangen nach Kaffee ließen sich nicht länger ignorieren. Marder hatte mit Kommissar Coello vereinbart, dass er um Mittag herum ankommen würde, erwartete jedoch keine Einladung zum Essen. An der Ausfahrt, wo sich die A 2 und die Bundesstraße 65 kreuzen, fiel ihm das große gelbe »M« ins Auge, das Markenzeichen der großen amerikanischen Hamburger-Kette.

Es musste gut 15 Jahre her sein, dass er in einem Restaurant von Ronald, dem Clown, gegessen hatte. Sein Sohn und seine Tochter waren damals im Teenageralter, und Besuche bei McDonald's oder ihren Konkurrenten mochten die Eltern den Kindern nicht immer verweigern. Als die Kinder aus dem Haus waren, war es Marder und seiner Frau nicht mehr in den Sinn gekommen, dort einzukehren. Jetzt war eine gute Gelegenheit, die Bekanntschaft mit Ronald zu erneuern.

Früher bestand ein Menü bei McDonald's vorzugsweise aus Frikadellen, die allerdings Hamburger hießen. Frikadellen bzw. Hamburger gab es nach wie vor, aber sie waren in die Minderheit geraten. Fotos von exotischen Speisen aus aller Welt lockten den Gast: Frühlingsrollen aus Asien, Salate aus Mexiko, vegetarische Plätzchen und ebensolche Würstchen, Hühnchen, Fischgerichte, dazu Kuchen zum Nachtisch oder Eis. Kaffee in elf Variationen. Für die Kleinsten gab es *Happy Meals* in grellbunten Pappkartons.

An den Wänden hingen sachdienliche Informationen über Nährwerte, Brennwerte, Fettwerte und Kohlenhydrate der einzelnen Gerichte. Marder fragte sich, ob er aus Versehen in ein Institut für Nahrungsmittelforschung geraten war, das sich als Fastfood-Restaurant tarnte? Außer ihm schien sich jedoch niemand dafür zu interessieren.

Trotz des globalen Angebots favorisierten die Gäste nach wie vor Hamburger und Pommes – selbst die Geschäftsleute in dunklen Anzügen, die wahrscheinlich für ihre Mittagspause von der Autobahn abgefahren waren.

Marder reihte sich vor der Theke in die Warteschlange ein. Vor ihm beluden Jugendliche ihre Tabletts mit Esswaren in bunter Verpackung. Papier, Pappe und Plastik sind das Porzellan in der Welt der Selbstbedienung, dachte er. Er bestellte sich einen Big Mac, einen doppelten Hamburger mit Salatblättern und Tomatenscheiben, darauf einen Klacks Mayonnaise. Dazu einen Becher Kaffee, mittlere Größe. Er war überrascht, wie viel er für seine Mahlzeit zu zahlen hatte. Früher hatten sie mit den Kindern in Hamburger-Restaurants angehalten, um satt zu werden, ohne ihre finanziellen Reserven anzugreifen, inzwischen hatte auch Fastfood die Preiserhöhungen der Euro-Ära mitgemacht.

Warum habe ich eigentlich so schnell zugestimmt, mich auf den Weg an den Deister zu machen?, fragte sich Marder, während er die Verpackung auf seinem Tablett zusammenfaltete. Was geht mich Anja Matuschek eigentlich an? Genau genommen nichts. Ich könnte jetzt umkehren und wieder nach Hause fahren und nach einer überzeugenden Ausrede suchen, warum ich letztlich doch nicht kommen konnte. Ja, das könnte ich tun, aber warum sollte ich? Ich fahre ja schließlich nicht als ermittelnder Kommissar nach Barsinghausen, ich reagiere lediglich auf Kommissar Coellos Bitte, Informationen über die Matuscheks an ihn weiterzugeben, von denen nicht einmal feststeht, ob sie wichtig sind.

Er hatte den Tod von Anjas Vaters aufgeklärt, das Drama um das Ende ihrer Mutter miterlebt. Noch einmal tauchte in seinen Überlegungen die Frage auf, wie er als Kommissar im Ruhestand eigentlich dazu kam, noch einmal in das Schicksal der Familie Matuschek verwickelt zu werden, in einer Stadt, Welten von seiner eigenen entfernt? Plan A für diese Jahre seines Lebens war es gewesen, seine Zeit mit Kurzweil, Freude und seiner Frau zu füllen.

Beim Tod von Kommissar Alfred Matuschek gab es eine zwingende Logik, dass er sich damit befassen musste: Er war zu der Zeit noch im Dienst, und Erich Falkenberg hatte ihm den Auftrag erteilt, den Fall zu übernehmen. Außerdem kannte er Matuschek von gemeinsamen früheren Treffen im Rahmen von Schulungsseminaren der Polizei. Sie hatten darüber hinaus einmal in einem Fall gemeinsam ermittelt.

Bei der Suche nach Vera Matuschek war er bereits im Ruhestand gewesen. Er war in den Fall um ihr mysteriöses Verschwinden hineingeschlittert, weil Erich Falkenberg ihn darum gebeten hatte, zwar inoffiziell, aber mit großem Nachdruck. Er hatte ihn nicht enttäuschen wollen, weil Erich nicht nur sein Chef, sondern auch sein Freund gewesen war.

Die Suche nach Anja Matuschek war etwas anderes. Nichts zwang ihn, sich in diesem Fall zu engagieren. Es war, genau genommen, eine Angelegenheit für die örtliche Kriminalpolizei in Barsinghausen. Niemand konnte ihm im Ruhestand eine verbindliche Anweisung erteilen. Aus seinem Gefühl der Verbundenheit mit der Familie Matuschek, für das es keinen rationalen Grund gab, hatte er sich dennoch bereit erklärt zu helfen und war an den Deister gereist. Warum eigentlich? Vielleicht war es sein Verantwortungsgefühl, das ihn auch nach seinem Ruhestand nicht verlassen hatte.

Oder war es eine Hoffnung, die ihn antrieb? Niemand konnte sagen, ob Anja Matuschek tot war oder lebte. Wenn sie noch lebte, gab es eventuell eine Chance, ihr Leben zu retten, und unter Umständen würde in den Informationen, die er Coello geben konnte, der entscheidende Hinweis stecken, um aus dieser Hoffnung Realität werden zu lassen. Diese, wenn auch minimale Möglichkeit machte alles wert.

Belog er sich selbst? Hatte er nur auf eine Gelegenheit gewartet, um aus der Routine des Ruhestands zu fliehen? Suchte er ein Abenteuer? Das konnte er nicht völlig ausschließen. Er langweilte sich auf seiner romantischen Terrasse mehr als er zugeben wollte. Es gab noch etwas: Er hatte begonnen, sich über seine immer öfter auftretende Vergesslichkeit und Konzentrationsschwäche mehr Sorgen zu machen, als er seiner Frau oder sich selbst gegenüber zugeben wollte. Er war daher dankbar für eine Gelegenheit, sein Gehirn zu betätigen, es zu fordern und dadurch möglicherweise zu revitalisieren. Außerdem wollte er gern beweisen, dass er noch in der Lage war, seinen Beruf auszuüben, wenn man ihn ließe.

Marder registrierte, dass sich seine Gedanken im Kreis zu drehen begannen. Er fragte sich, was die logische Konsequenz aus all diesen Überlegungen war. Gab es überhaupt keine Logik darin? Hatte er nur hin und her, kreuz und quer gedacht, weil er zu einem logischen Denkprozess, der zu einem Ziel führte, nicht mehr fähig war?

Marder trug den Restmüll seines Mahls zu einem Abfall-Container. Trotz seiner Zweifel war ihm nun klar, dass er nicht nach Hause fahren würde, um mit Iris in den Sonnenuntergang des Lebens zu reiten. In weniger als einer Stunde würde er im Büro von Kommissar Coello sitzen und mit ihm über das Leben der Familie Matuschek sprechen.

15.

Marder begrüßte Coello mit der zurückhaltenden Jovialität des älteren, erfahrenen Kollegen, die andeutete, dass er ihn trotz seiner Jugend zu schätzen wisse. Der junge Kommissar erinnerte Marder an den Torwart der Nationalmannschaft … wie hieß der noch? … der hatte im Tor gestanden, als wir Weltmeister wurden … Vierundneunzig? Achtundneunzig? … sein Name würde ihm gleich einfallen … ist ja egal … auf jeden Fall war Coello ein sportlicher Typ. Er hatte dunkelbraune Haare, die Ansätze von Locken an seinem Nacken zeigten. Seine schlanke Figur war unter einem grauen Anzug versteckt, der weder Knitterfalten noch Zeichen der Abnutzung aufwies. Coello hatte ihn vermutlich erst nach seiner Ernennung zum Dienststellenleiter in Barsinghausen angeschafft und vielleicht seinem Besucher zu Ehren heute zum ersten Mal angezogen. Er trug ein weißes Hemd, dazu eine dunkelblaue Krawatte. Marder fragte sich, warum der junge Mann derart konservativ gekleidet war. Ein bisschen Farbe in seiner Kleidung würde ihm besser stehen als dieses Büro-Outfit deutscher Beamter. Aber auch Marder hatte, solange er im Dienst gewesen war, stets Wert auf diese Form »korrekter« Kleidung gelegt. Heute, nach ein paar Jahren im Ruhestand, kam ihm das langweilig und fantasielos vor.

Der Kommissar sagte, er hätte Marder gern zum Mittagessen nach Hause eingeladen, wenn er früher gekommen wäre. In der Mittagspause ginge er meistens nach Hause, er wohne ganz in der Nähe, seine Frau sei eine tolle Köchin, die übrigens bis zur Geburt ihres Kindes auch bei der Polizei gearbeitet habe, bei gemeinsamen Streifenfahrten durch die Nacht habe man sich näher kennengelernt, und sie sei das Beste, was ihm in seinem Leben passiert sei. Er deutete dabei auf die beiden silbernen Fotorahmen auf seinem Schreibtisch, offensichtlich mit Bildern von Coellos Familie. Eins davon zeigte eine junge Frau mit einem umwerfenden Lächeln, Marder konnte nachvollziehen, dass Coello diese Frau liebte. Das andere Bild war das eines Babys, bei dem Marder nicht erkennen konnte, ob es sich um einen Jungen oder ein Mädchen handelte. Grundsätzlich fand er Babys auf Fotos, solange sie nicht seine eigenen Enkel waren, eher nichtssagend.

»Sie hat sich darauf gefreut, den berühmten Kommissar zu treffen, der den Tod von Kommissar Matuschek aufgeklärt hat. Aber dazu ist es nun leider zu spät, meine Frau muss nachmittags unsere Tochter zum Schwimmen bringen.«

Marder fand Coello etwas redselig, trotzdem war er ihm sympathisch. Offensichtlich ein Polizist, der zuerst Mensch war, auch wenn er sich wie ein Beamter kleidete. Marder antwortete, dass das mit dem Essen nichts mache, er habe bereits in einem vorzüglichen Restaurant gespeist.

»Darf ich Ihnen wenigstens einen Kaffee anbieten?«, fragte Coello.

»Das habe ich noch niemandem abgelehnt.«

Während Coello sich der Kaffeemaschine widmete, bestand Marder darauf, dass er kein berühmter Kommissar sei, sondern ein durchschnittlich erfolgreicher Kriminalbeamter, der den verdienten Ruhestand genieße. Er hoffte insgeheim, Coello würde diese Aussage wegen übertriebener Bescheidenheit zurückweisen, was der zu Marders Bedauern nicht tat.

Coello stellte eine Tasse vor Marder, sich selbst schenkte er ein Glas Wasser ein. Marder war überrascht.

»Sie trinken keinen Kaffee?«

»Nein, seit einiger Zeit nicht mehr. Meine Frau meint, zu viel Koffein wäre nicht gut für Männer, die noch an ihrer Familie arbeiten.«

Coello lächelte hintergründig, er ging wohl davon aus, dass Marder verstand, was er damit andeuten wollte.

Marder schluckte, er war überrascht, dass der junge Mann ihn bei ihrem ersten Treffen so tief in sein Familienleben einweihte. Erst wollte er mit einer witzigen Bemerkung antworten, unterließ es aber, obwohl er die Ansicht von Frau Coello nicht teilte. Er selbst trank seit eh und je Kaffee mit großer Lust und hatte bisher nicht festgestellt, dass seine übrigen Lüste darunter litten. Außerdem hatte er erst kürzlich gelesen, dass Leute, die regelmäßig und reichlich Kaffee trinken, im Alter weniger anfällig für Vergesslichkeit werden. Er hatte sich daraufhin vorgenommen, täglich mindestens eine zusätzliche Tasse zu trinken, hatte es aber schon am nächsten Tag wieder vergessen.

Das Büro von Coello war Marder vertraut. Früher hatte Matuschek in diesem Raum gearbeitet, den er allerdings nie hier besucht hatte. Danach hatte sich Kommissar Volkert aus Holzminden für ein paar Monate als kommissarischer Leiter in dem Raum niedergelassen. Er war nur zur Überbrückung hier gewesen, bis die Zentrale in Hannover dem ehemaligen Assistenten von Matuschek, Brenner, die Position als leitendem Kriminalbeamten in Barsinghausen anvertraute.

Coello wirkte hinter dem großen Schreibtisch verloren, so als sei er selbst überrascht, sich auf diesem Stuhl zu finden. Als er nach der Begrüßung an den Tisch zurückgegangen war, schien es Marder, als zöge der junge Mann sein linkes Bein hinter sich her.

»Wissen Sie, Herr Marder, ich gebe gern zu, dass ich froh bin, dass Sie gekommen sind.«

»Und ich freue mich, hier zu sein. Als ich das letzte Mal in diesem Zimmer war, saß Herr Brenner auf Ihrem Platz.«

»Ja, der ist ziemlich plötzlich versetzt worden, das hatte ich Ihnen ja schon am Telefon gesagt. Wenn ich ehrlich bin, meine Beförderung bei der Kripo hatte ich nicht so schnell erwartet.«

Marder fand es erfrischend, einem Mann gegenüber zu sitzen, der zugab, dass ihn seine Beförderung überrascht hatte. Er konnte sich nicht erinnern, dass ihm das schon einmal passiert war.

»Was hat Sie dazu veranlasst, zur Kripo zu wechseln, nachdem Sie schon einige Jahre bei der Polizei waren.«

»Wie ich schon gesagt habe, haben wir inzwischen unser erstes Kind, eine Tochter, da hat meine Frau gemeint, es wäre sicherer, im Büro zu arbeiten, als im Streifenwagen herumzufahren. Da ich nach den Jahren im Streifendienst sowieso eine neue Herausforderung gesucht hatte, habe ich die Versetzung zur Kripo beantragt. Das hat glücklicherweise geklappt. Zu blöd, dass mir ausgerechnet bei meiner letzten Fahrt im Streifenwagen jemand ins Auto gefahren ist, obwohl ich das Blaulicht angeschaltet hatte. An dem Unfall hatte ich keine Schuld, aber mein linkes Knie wurde ziemlich demoliert.«

Coello massierte das betroffene Knie und verzog das Gesicht zu einer Grimasse, vermutlich ohne sich dessen bewusst zu sein.

»Das Unglaubliche dabei ist, dass der Kerl in dem Auto einfach weitergefahren ist, bevor ich mir sein Kennzeichen notieren konnte. Das müssen Sie sich mal vorstellen: Da fährt einer in ein Polizeiauto, macht Fahrerflucht und kommt damit durch.«

Marder schüttelte seinen Kopf in Anteilnahme. Eine ungewöhnliche Geschichte, aber sie interessierte ihn nicht besonders.

»Zwei Operationen habe ich schon hinter mir«, fuhr Coello fort. »Eine dritte kommt noch. Danach, hoffe ich, kann ich wieder gehen, ohne zu hinken, und mich hundertprozentig auf diesen Job konzentrieren.«

Coello schnaufte, strich sich mit einer Hand über das schwarze Haar und schaute Marder mit einem Blick an, der Vertrauen signalisierte.

»Was ich Ihnen jetzt sage, erzählen Sie bitte nicht weiter: Von mir aus hätte Herr Brenner gern noch ein paar Monate hierbleiben können. Ein bisschen mehr Erfahrung wäre nicht schlecht für mich gewesen, bevor ich diesen Job übernommen habe.«

Marder war nicht sicher, wie die Unterhaltung weitergehen sollte. Coello hatte ihn um das Gespräch gebeten, weil er den vermutlichen Mord an Anja Matuschek, oder zumindest ihr Verschwinden, aufzuklären hatte. Nun ließ er sich viel Zeit, das Thema anzusprechen. In kritischer Selbsteinschätzung hatte er auf seine mangelnde Erfahrung als Kriminalist hingewiesen, das war höchst ungewöhnlich und erstaunlich ehrlich. Marder kam in diesem Moment der Verdacht, dass Coellos ihn nicht nur nach der Familie Matuschek befragen, sondern ihn auch in die Ermittlungen um den Fall hineinziehen wollte. Die Unterhaltung zwischen den beiden Männern war ins Stocken geraten, aber weil sie weitergehen musste, ergriff Marder die Initiative.

»Herr Coello, ist Ihnen bekannt, dass Kommissar Brenner und Anja Matuschek befreundet waren? Als ich das letzte Mal hier war, haben sie sogar zusammengelebt.«

»Ich hatte zwar gewusst, dass die beiden vor Jahren einmal befreundet waren. Das habe ich in Ihren Berichten über die Familie Matuschek gelesen. Dass sie danach noch einmal zusammengelebt haben, ist neu für mich. Aber ich weiß definitiv, dass sie jetzt nicht mehr zusammen sind. Aber trotzdem … Warum hat sich Brenner nicht bei mir gemeldet? Seine früheren Beziehungen zu Anja bedeuten doch wohl, dass er an diesem Fall ein persönliches Interesse haben sollte, vielleicht sogar Hinweise geben kann, die uns bei der Suche nach ihr helfen könnten.«

Coello steckte seinen rechten Zeigefinger zwischen Hemd und Hals, bewegte ihn ein paar Mal hin und her. Es war ihm offenbar unangenehm, von der letzten Beziehung zwischen dem mutmaßlichen Opfer eines Verbrechens und einem Mitarbeiter der Kriminalpolizei nichts zu wissen. Warum, fragte sich Marder, hat Coello nicht Brenner darauf angesprochen? Das Wissen, dass sie früher einmal zusammen waren, wäre dazu Anlass genug gewesen. Das hätte ein erfahrener Kommissar auf jeden Fall getan. Andererseits hat Coello recht, dachte Marder, es ist eigenartig, dass sich Brenner nicht von sich aus gemeldet hat. Auch wenn er in Hannover arbeitet, kann ihm das Verschwinden von Anja nicht verborgen geblieben sein. Da passte etwas nicht zusammen.

»Wissen Sie, ob Herr Brenner schon nach Hannover umgezogen ist?«

»Der wohnt definitiv noch in Barsinghausen. Ich habe ihn vor zwei Wochen in der Stadt gesehen und wir haben uns kurz unterhalten.«

»Worüber haben Sie dabei gesprochen?«

»Nicht viel mehr als *Guten Tag* und *Auf Wiedersehen,* weil seine neue Freundin dabei war – daher weiß ich auch, dass er jetzt nicht mehr mit Anja Matuschek befreundet ist. Er hat erwähnt, dass er in Hannover endlich eine Wohnung gefunden hat, aber erst in zwei Monaten oder so dort einziehen kann. Er hat nichts über seinen neuen Job erzählt und ich habe ihn auch nicht danach gefragt.«

Der Rest der Unterhaltung drehte sich um das, was der Polizei über das Verschwinden von Anja Matuschek bekannt war. Marder bekam keine wesentlichen zusätzlichen Informationen als die, die er am Tag zuvor in der Zeitung und im Internet gelesen hatte. Während sie sprachen, wurde es offensichtlich, dass Coello zu der Überzeugung neigte, dass Anja Matuschek einem Verbrechen zum Opfer gefallen war und der Mörder Anjas Körper irgendwo verscharrt oder versteckt hatte.

Coello hatte am Telefon gesagt, er wolle mit Marder sprechen, um so viel wie möglich über das Familienleben der Matuscheks zu erfahren. Marder berichtete daher, ohne auf eine weitere Aufforderung zu warten, was er über die Matuscheks wusste – vor allem über das schlechte Verhältnis zwischen Anja und ihrem Bruder Berthold, nein … Bertram. Der richtige Name fiel ihm gerade noch rechtzeitig ein, bevor er den falschen aussprach. Wenn Anja wirklich tot war, war Bertram der letzte Überlebende der Familie. Marder fügte noch hinzu, dass ein gewisser Knut Wotowski ihm damals geholfen hatte, die Verhältnisse in der Familie Matuschek aufzudecken. Wotowski sei einer der wenigen Bekannten gewesen, die Matuschek neben seiner Familie und seinen Arbeitskollegen gehabt hatte.

Der Kaffee war kalt geworden, er hatte selbst, als er noch warm war, nicht sonderlich geschmeckt. Marder mochte nicht um einen neuen bitten und nippte in kleinen Schlucken an dem unerfreulichen Getränk. Er fragte Coello, was er als Nächstes unternehmen wolle. Coello blickte auf die

Fotos seiner Frau und Kinder auf dem Schreibtisch, dann antwortete er.

»Jetzt werden wir sehen, ob sich weitere Informationen aus den Untersuchungen des Tatortes oder des Tatwerkzeuges ergeben. Außerdem müssen wir so schnell wie möglich Gespräche mit den Leuten führen, mit denen Anja Matuschek regelmäßig Umgang hatte. Dazu gehören natürlich auch ihr Bruder und mein Vorgänger, Herr Brenner.«

Wen meint er mit *wir*, wunderte sich Marder. Und was meint er mit Tatort und Tatwerkzeug? Es gibt zwar eine Stelle im Wald, an dem das Messer gefunden wurde, aber ob das Erste ein Tatort und das Zweite ein Tatwerkzeug ist, muss erst noch …

»Wir werden erneut die Wohnung von Anja Matuschek gründlich nach Spuren untersuchen«, unterbrach Coello Marders Gedanken. »Auch ihr Auto werden wir uns vornehmen, das steht nach Aussagen der Hausbewohner dort, wo sie es normalerweise parkt, wenn sie zu Hause ist. Und vielleicht meldet sich ein Zeuge, der etwas beobachtet hat, was uns weiterhilft.«

»Haben Sie schon überprüft, ob es ungewöhnliche Bewegungen auf Anja Matuscheks Bankkonto in der letzten Zeit gegeben hat?«

»Ja, da sind wir dran«, sagte Coello, während er sich erhob und sich auf der Tischplatte abstützte, um sein Knie zu schonen. »Wir warten auf dementsprechende Informationen von der Bank. Leider dauert das ein wenig, weil wegen des Bankgeheimnisses ein offizieller Antrag von der Staatsanwaltschaft vorliegen muss. Ich bin gespannt, ob wir da etwas herausfinden, das uns weiterhilft.«

Marder lächelte Coello aufmunternd zu, der ihm immer noch sympathisch war. Seine Zweifel, ob Coello den Herausforderungen gewachsen war, die dieser Fall mit sich brachte, waren allerdings geblieben. Sein Eindruck hatte nicht getrogen: Coello wollte die Verantwortung gern mit ihm teilen. Marders erste Reaktion war, dass das nicht infrage kam. Die zweite ließ ihn an der ersten zweifeln. Er wusste, dass er aufgrund seiner Erfahrungen besser geeignet war, in diesem Fall zu Ergebnissen zu kommen. Das lag nicht zuletzt an seinen Kenntnissen über die Matuscheks und hatte weniger mit den Fähigkeiten des jungen Mannes zu tun. In der Sorge um Anja, eventuell sogar im Wettlauf um ihr Leben, konnte das von entscheidender Bedeutung sein. Und wenn es sich herausstellen sollte, dass Anja wegen seines Zögerns zu einem nicht wiedergutzumachenden Schaden gekommen war, würde er sich für den Rest seines Lebens Vorwürfe machen. Marder entschloss sich, Coello nicht um Hilfe bitten zu lassen.

»Herr Coello, ist es Ihnen recht, wenn ich Sie in den Ermittlungen in diesem Fall unterstütze? Ich könnte einige Gespräche mit den Personen führen, die Anja gekannt haben.«

»Wenn Sie das tun wollen, wäre ich Ihnen dankbar. Übrigens, Herr Falkenberg hat bei meinem Gespräch mit ihm angedeutet, dass Sie das vielleicht anbieten würden, und gesagt, er hätte nichts dagegen.«

16.

Die Pension von Frau Thann kam als Quartier nicht mehr infrage. Marder hatte sich von *Marianne* endgültig verabschiedet, als er und seine Frau das letzte Mal nach Hause gefahren waren. Er wusste nicht einmal, ob die Pension überhaupt noch für Gäste geöffnet war.

An der Ausfahrt von der Autobahn hatte er ein Hotel gesehen, es gehörte zu einer der Übernachtungsketten, die es in vielen Orten in Deutschland gab. Sie versprachen keinen sonderlichen Charme, waren weder in Architektur noch im Ambiente typisch für die Region, was Marder normalerweise während der Ferien an Hotels schätzte. Dagegen waren sie in Bezug auf Hygiene und Basiskomfort höchst zuverlässig. Die Unternehmen, denen sie angehörten, legten Wert darauf, ihren Gästen in jedem ihrer Häuser den gleichen Standard an Annehmlichkeiten und Service zu bieten. Eine uniformierte Dame am Empfangstresen begrüßte ihn professionell freundlich, als er für eine Nacht eincheckte. Wenn er absehen konnte, wie lange er in Barsinghausen bleiben musste, würde er entscheiden, ob er für die kommenden Tage hierbleiben oder sich nach etwas anderem umschauen würde.

Danach rief er bei der Kriminalpolizei in Hannover an, ließ sich mit Frau Mausmann, der Sekretärin seines Freundes Erich Falkenberg, verbinden und bat sie um Brenners Telefonnummer. Sie sagte, die könne sie ihm gern geben, aber einfacher wäre es, wenn sie ihn direkt durchstelle.

»Danke, Frau Mausmann. Tun Sie das bitte.«

Brenner wirkte überrascht, als Marder sich bei ihm meldete. Er akzeptierte ohne zu zögern den Wunsch nach einem persönlichen Gespräch, schließlich kam die telefonische Verbindung direkt aus dem Vorzimmer seines Chefs. Er sei auf jeden Fall nach acht Uhr zu Hause und gab Marder seine Adresse in Barsinghausen.

Danach rief Marder seine Frau an, um sie wissen zu lassen, dass er ein paar Tage in Barsinghausen bleiben müsse. Iris war nicht erfreut. Ihr Mann war am Morgen in Eile abgereist und hatte gesagt, er müsse für ein wichtiges Gespräch mit der Polizei nach Barsinghausen und würde so schnell wie möglich wieder zu Hause sein. Er sei vermutlich am Abend wieder da, aber sicherheitshalber nehme er seine Zahnbürste und ein bisschen Wäsche zum Wechseln mit. Er hatte sich vor dem Telefongespräch mit seiner Frau mit guten Argumenten gewappnet, warum sich ein weiterer, eventuell sogar längerer Aufenthalt in Barsinghausen nicht vermeiden ließ. Keines davon überzeugte Iris, sie meinte hartnäckig, er gehöre nicht mehr zur aktiven Kriminalpolizei und sein Platz sei an ihrer Seite in Küche, Wohn- und Schlafzimmer.

»Ich weiß, dass du recht hast, Schatz. Ich verspreche dir hoch und heilig, dass ich mich nie wieder um Verbrechen kümmern werde, wenn ich die Angelegenheit um Vera Matuschek hinter mir habe.«

»Erstens weiß ich, was ich von deinen Versprechen zu halten habe, und zweitens geht es nicht um Vera, sondern um Anja Matuschek. Ich fange langsam an, mir Sorgen um dich zu machen. Du scheinst alles durcheinanderzubringen. Vielleicht schreibst du dir besser auf, dass ich Iris heiße, damit du das nicht vergessen hast, wenn du wieder zu Hause bist.«

»Ja, natürlich, Anja …, nicht Vera«, antwortete Marder bedauernd und wollte dazufügen, dass der Name seiner

Liebsten unauslöschlich in seiner Seele eingebrannt sei, aber da hatte Iris den Hörer bereits so energisch aufgelegt, dass er ihren Unmut durch die tote Leitung spüren konnte.

Marder gönnte sich ein ungesundes und genussvolles Abendessen im Restaurant des Hotels. Er bestellte sich als Rache für die schlechte Behandlung durch seine Frau eine Riesenportion gegrillte Rippchen, die hier Spare Ribs hießen und von heißem leckerem Fett trieften. Iris hätte ihm diese Köstlichkeit wegen ihrer Sorge um seine Blutwerte wahrscheinlich nicht erlaubt.

Nach der Mahlzeit machte er sich auf den Weg zu Brenner. Der Kommissar wohnte in der Fußgängerzone in einem dreistöckigen Gebäude, in dessen unteren Etagen Ärztepraxen angesiedelt waren. Sollte Brenner einmal von einem Herzinfarkt oder Ähnlichem überrascht werden, hätte er es nicht weit bis zur ersten Ersten Hilfe. Marder fand das beruhigend.

Brenner begrüßte seinen Gast ohne überschwängliche Freude, war aber höflich genug, ihm etwas zu trinken anzubieten. Marder entschied sich für ein Bier, die Rippchen hatten Durst. Seit ihrem letzten Treffen hatte Brenner sich kaum verändert. Sein Gesicht wirkte wie das eines Vierzigjährigen kurz vor den ersten Altersfalten. Er trug ein weißes Unterhemd, darüber eine braune Wollweste, die vorne offen war. Im Dienst trug er sicher das dunkle Jackett, das in der Garderobe hinter der Eingangstür hing. Marder hatte mit einem schnellen Blick festgestellt, dass sich dort kein Kleidungsstück befand, das auf eine Frau als Mitbewohnerin hinwies. Um sicherzugehen, dass Brenner tatsächlich allein lebte, entschuldigte Marder sich und fragte, ob er die Toilette benutzen dürfe. Als er wieder ins Wohnzimmer kam, war er absolut sicher, dass diese Wohnung ausschließlich von einem Mann bewohnt wurde.

Brenner blickte seinen Gast erwartungslos an, als interessiere es ihn nicht, warum der Kommissar aus Stade wieder bei ihm aufgetaucht war, und begann die Konversation mit einem harmlosen Thema.

»Wenn Sie nächste Woche gekommen wären, hätten Sie mich in meiner neuen Wohnung in Hannover besuchen können.«

»Ich dachte, Sie ziehen erst in einigen Wochen um.« Marder war verblüfft, Coellos Information über den Umzug von Brenner war also nicht letzter Stand der Dinge.

»Wie ich sehe, haben Sie sich Ihre professionelle Neugier erhalten und sammeln nach wie vor Informationen über Leute, bevor Sie mit ihnen reden.«

Brenner meinte das nicht böse und lächelte nachsichtig, sie waren schließlich beide Kriminalpolizisten, der eine aktiv und der andere im Ruhestand.

»Aber es stimmt schon. Ursprünglich war das so geplant, inzwischen hat es sich zum Glück ergeben, dass die neue Wohnung kurzfristig frei wurde und ich eher einziehen kann.«

»Haben Sie es denn so eilig, Barsinghausen zu verlassen?«

»Nicht Barsinghausen. Aber diese Wohnung.«

»Warum? Was ist schlecht daran? Sie scheint komfortabel und liegt in bester Stadtlage.«

»Es klingt seltsam, aber diese Lage ist tatsächlich das Problem. Das hätte ich nie gedacht, als ich hier eingezogen bin. Inzwischen kann ich den Krach nicht länger ertragen.«

»Welchen Krach?«

»Was meinen Sie wohl, wie sich der Lärm hier zwischen den Häusern fängt. Während der Woche ist das nicht so schlimm, da bin ich tagsüber im Büro, aber seit es immer mehr verkaufsoffene Sonntage mit sogenannten Events gibt, sind gemütliche und ruhige Nachmittage am Wochenende selten geworden.«

Brenner zog seine Weste aus, holte zwei Flaschen Bier aus der Küche, öffnete sie mit zwei *Plopp* und hielt Marder eine davon hin. Er beabsichtigte offensichtlich, das Bier direkt aus der Flasche zu trinken und erwartete von seinem Gast das Gleiche. Marder hielt das für niveaulos, sagte es aber nicht. Außerdem fand er, dass Brenner in seinem weißen Unterhemd ziemlich primitiv aussah.

»Am schlimmsten ist es beim Stadtfest im Sommer. Da kann man drei Tage lang kein Auge zumachen.«

Gleich fängt er an zu weinen, dachte Marder.

»Früher war das Stadtfest irgendwie gemütlich«, beendete Brenner seine Klagen. »Da war es vor allem für die Einheimischen, heute ist es vor allem ein Vorwand für alle Biertrinker der Region, sich hier zusammenzurotten.«

Vielleicht ist es wirklich schlimm, dachte Marder, es kann aber sein, dass sich Brenner nur künstlich aufregt. Wahrscheinlich erzählt er das nur, um das eigentliche Thema unseres Gesprächs vor sich herzuschieben. Brenner wirkte nicht mehr so selbstbewusst wie vor zwei Jahren, nachdem er zum Leiter der Kriminalpolizei in Barsinghausen befördert worden war. Da war er Chef gewesen, sein Wort galt – wenn auch nur für die kurze Zeit, bis er nach Hannover versetzt wurde. Im Landeskriminalamt, dieser großen zentralen Behörde, musste er sich bestimmt wieder am unteren Ende der Hackordnung einreihen, um sich Stufe um Stufe nach oben zu dienen.

»Vor zwei Jahren haben Anja Matuschek und Sie zusammengelebt. Wann ist Anja Matuschek ausgezogen?«

Marder beobachtete Brenner aufmerksam, er wollte sehen, wie er auf die Frage reagierte und ob sich seine Augen mit seiner Antwort im Gleichklang befanden. Marder hatte ihn am Telefon wissen lassen, dass sein Besuch mit dem Verschwinden von Anja Matuschek zu tun hatte, aber wie bei Coello, musste Marder auch hier das Gespräch auf dieses Thema bringen.

»Das ist ein gutes halbes Jahr her. Wissen Sie, unsere Beziehung hat sich nicht so entwickelt, wie ich es gehofft hatte.«

»Und deswegen hat Anja Sie verlassen?«

»Nein, so war es nicht, sie hat nicht mich verlassen, sondern ich habe ihr gesagt, dass sie ausziehen soll.«

»Und warum hat sich Ihre Beziehung nicht so entwickelt, wie Sie es erwartet hatten?«

Marder trank einen Schluck Bier und blickte sein Gegenüber fragend an. Brenner schien nicht antworten zu wollen, seine Augen waren geschlossen, seine Lippen zuckten.

Entweder muss er tatsächlich nachdenken oder er legt sich eine Lüge zurecht, dachte Marder und fasste nach.

»Bitte antworten Sie. Was ist zwischen Ihnen und Anja Matuschek falsch gelaufen?«

»Ich glaube, es war vor allem meine Schuld. Nachdem mein Vater gestorben war, brauchte ich eine Ersatzbeziehung, und da kam Anja gerade im rechten Augenblick. Im Laufe der Zeit habe ich gemerkt, dass sie doch nicht meine große Liebe war.«

»Weil Sie eine neue Frau kennengelernt hatten?«

»Ach, das wissen Sie auch schon. Aber die hat damit überhaupt nichts zu tun, die habe ich erst später getroffen, da hatte ich mich längst von Anja getrennt. Aber aus Schaden bin ich klug geworden und lege vorläufig keinen Wert darauf, mit meiner neuen Bekannten in eine gemeinsame Wohnung zu ziehen.«

»Woran haben Sie denn gemerkt, dass Anja nicht Ihre große Liebe war? Das klingt mir – entschuldigen Sie den Ausdruck – eher nach einem banalen Allgemeinplatz.«

»Das mag sich so anhören, aber es war wirklich so. Das lag vor allem an Anja, es wurde immer schwieriger, mit ihr zurechtzukommen.«

»Können Sie das genauer erklären?«

»Das fing alles nach dem Tod ihrer Mutter an. Sie war oft nervös und hatte oft auch Depressionen. Das wurde immer schlimmer und irgendwann konnte ich es nicht mehr ertragen. Ich habe ihr gesagt, sie solle doch einmal zu einem Psychologen gehen, vielleicht könne er ihr helfen. Das hat sie entschieden abgelehnt und gesagt, sie lasse sich von mir keine psychischen Probleme einreden. Unser Zusammenleben wurde immer unerträglicher. Eines Tages habe ich mir gesagt, dass ich das nicht für den Rest meines Lebens wollte, und habe sie wissen lassen, dass ich mich von ihr trennen werde.«

»Wie hat Anja darauf reagiert?«

Brenner war aufgestanden und tigerte im Zimmer umher. Er hatte offensichtlich Probleme, sich zu konzentrieren. Er stolperte über eine Teppichkante und wäre gefallen, wenn er sich nicht an einer Ecke des Tisches festgehalten hätte. Marder kam der Verdacht, dass Brenner sich bereits vor seiner Ankunft das eine oder andere Bier genehmigt hatte. Hatte er Angst vor diesem Gespräch gehabt und sich Mut antrinken müssen?

»Erst hat sie das nicht verstehen wollen. Aber nachdem ich es ihr erklärt habe, hat sie es eingesehen.«

So einfach ist das, dachte Marder. Man muss einer Frau nur richtig erklären, warum man sie aus der Wohnung wirft, dann sieht sie es auch ein.

»Warum haben Sie sich nicht mit Kommissar Coello in Verbindung gesetzt, als bekannt wurde, dass Anjas Blut an dem Messer war, das im Wald gefunden wurde?«

»Seit ich in Hannover arbeite, lese ich die lokale Zeitung in Barsinghausen nicht mehr regelmäßig. Ich bin sehr beschäftigt mit meinem neuen Job. Deswegen habe ich erst einige Tage später davon erfahren.«

Denkt er wirklich, dass ich ihm das abnehme? Was sein Job beim LKA genau war, hätte Marder gern nachgefragt. Vielleicht ist er für die Verteilung von Büromaterial für alle Dienststellen in Niedersachsen zuständig, dachte Marder bösartig und schämte sich im gleichen Moment für seine Bösartigkeit. Er ließ das Thema offen; danach zu fragen, hätte Brenner Gelegenheit gegeben, vom Thema abzuweichen.

»Später, als Sie es erfahren haben, haben Sie sich trotzdem nicht bei Coello gemeldet.«

»Ich wollte Coello nicht ins Handwerk pfuschen. Das werfen schließlich neue Leute im Job gern ihren Vorgängern vor. Außerdem halte ich ihn für absolut fähig, diesen Fall selbst zu bearbeiten – ich habe ihn schließlich für die Position in Barsinghausen vorgeschlagen.«

Das stimmt wahrscheinlich, dachte Marder, aber ich bezweifele, dass er Coello empfohlen hat, weil er ihn als besonders geeignet hielt, sondern weil er selbst so schnell wie möglich aus Barsinghausen wegwollte.

»Hatten Sie Kontakt mit Anja, nachdem Sie sich getrennt hatten?«

»Nein, sie ist gegangen, ohne zu sagen, was sie vorhatte. Sie ist aus der Wohnung ausgezogen, als ich dienstlich für zwei Tage verreist war. Außer dem Zweitfernseher, den wir uns gemeinsam fürs Schlafzimmer angeschafft hatten, hat nichts weiter in der Wohnung gefehlt, als ich zurückgekommen bin. Sie ist, soweit ich gehört habe, zuerst bei einer Freundin untergekommen und hat sich dann eine eigene Wohnung gesucht. Ich habe sie nur noch einmal zufällig getroffen, das war kurz vor Weihnachten bei einem Adventskonzert in der Klosterkirche, da haben wir uns ganz vernünftig unterhalten und uns ausgesprochen. Dabei waren wir uns einig, dass es richtig war, uns zu trennen. Ich habe keine Ahnung, was sie in der Zeit danach getrieben hat.«

Brenner fühlte sich offensichtlich nicht wohl. Schweißperlen standen auf seiner Stirn und er nahm einen Schluck aus der Flasche. Einen großen, langen Schluck, das gab ihm Zeit zum Überlegen.

»Ich kann Ihnen versichern, dass unsere frühere Freundschaft nichts mit ihrem Verschwinden zu tun hat. Deswegen weiß ich auch nicht, wie ich helfen könnte, ihren Tod aufzuklären.«

»Sie scheinen davon auszugehen, dass Anja tatsächlich tot ist, als wäre das die einzige Erklärung für ihr Verschwinden. Warum eigentlich? Gibt es etwas, das Sie wissen, worüber Sie nicht sprechen wollen?«

»So ein Unsinn. Ich habe alles gesagt, was ich über Anja

weiß. Nach dem, was die Untersuchungen bisher gebracht haben und was darüber in der Zeitung stand, gehen die Kollegen hier vor Ort wohl davon aus, dass sie tot ist. Und natürlich bin ich sehr betroffen von der Vorstellung, dass so etwas Furchtbares passiert sein könnte.«

»Was halten Sie von der Möglichkeit, dass Anja Selbstmord begangen hat?«

»Nicht viel. Das halte ich nicht für wahrscheinlich. Ich glaube nicht, dass sie wegen ihrer Probleme Selbstmord in Betracht ziehen würde. Dazu hat sie nicht genug Tiefe. Das ist auch ein Grund, warum ich mich von ihr getrennt habe.«

Marder war sich nicht ganz klar, was Brenner mit *Tiefe* meinte, er erinnerte sich aber, dass Brenner sinngemäß etwas Ähnliches gesagt hatte, nachdem er sich zum ersten Mal von Anja getrennt hatte. Später hatte Brenner allerdings seine Meinung revidiert und sich wieder mit ihr versöhnt.

Hatte Brenner die Wahrheit gesagt? Hatte er gelogen? Oder lag die Wirklichkeit irgendwo dazwischen? Marder konnte sich nicht entscheiden. Hatte die Liebesgeschichte zwischen ihm und Anja nach dem Adventskonzert vielleicht eine weitere Schleife gedreht, die er verheimlichte? Vielleicht war ihr Treffen in der Klosterkirche doch nicht ihr letztes gewesen? Wenn er Brenner mit diesen Zweifeln konfrontierte, würde er nur weitere Ausreden und Ausflüchte erfinden. Er würde alles, was ihn belasten könnte, noch vehementer ableugnen. Lieber mal von Profi zu Profi reden.

»Wenn Sie in Barsinghausen als Kommissar zuständig wären, was würden Sie tun in Anbetracht der Tatsache, dass man ein Messer mit Anjas Blut im Wald gefunden hat.«

»Das ist nicht fair, Herr Marder. Ich bin nicht mehr Kommissar in Barsinghausen. Das muss Coello entscheiden.«

Brenner schaute Marder mit einem Blick an, der zu fragen schien: Warum gehst du nicht einfach weg und lässt mich in Frieden?

»Also noch einmal: Wo würden Sie beginnen?«

»Wenn Sie es unbedingt wissen wollen: Ich würde mich zuerst mit ihrem Bruder unterhalten.«

»Warum würden Sie das tun?«

»Weil ich mir gute Gründe vorstellen kann, warum Bertram seine Schwester gern loswerden will.«

»Und der wäre?«

Marder überlegte: Jetzt war der Punkt erreicht, an dem er in seiner aktiven Zeit sein Notizbuch herausgenommen hätte, um sich die Aussagen aufzuschreiben. Heute konnte er das nicht tun, da er sein Notizbuch zu Hause vergessen hatte, außerdem Brenner nicht das Gefühl geben wollte, es handele sich um eine offizielle Vernehmung.

Brenner konnte ein rülpsendes Geräusch aus der Tiefe seines Körpers nicht verhindern, versuchte es hinter einer Hand vor dem Mund zu verstecken. Dann antwortete er.

»Anja und ihr Bruder sind nie gut miteinander ausgekommen, sie haben sich seit ihrer Kindheit immer gestritten. Seit dem Tod ihrer Mutter wurde der Umgangston zwischen ihnen immer aggressiver.«

»Hat Anja Ihnen erzählt, warum sie sich ständig gestritten haben?«

»Ja … nach Anjas Worten war das hauptsächlich deshalb, weil sich Bertram zu Hause benachteiligt gefühlt hat. Der Vater hatte nicht viel mit den Kindern im Sinn, und die Mutter hat sich naturgemäß mehr mit der Tochter identifiziert als mit dem Sohn. Die beiden Frauen waren aus sehr ähnlichem Holz geschnitzt, wenn Sie wissen, was ich meine.«

Marder konnte sich vorstellen, was Brenner meinte, wollte es aber von ihm selbst hören.

»Erklären Sie es mir ruhig. Was ich meine, dass Sie meinen, muss ja nicht unbedingt das sein, was Sie wirklich meinen.«

»Sowohl Anja als auch ihre Mutter sind ziemlich oberflächliche Personen, beide sind stark auf ihr Äußeres fixiert und sind in erster Linie auf ihre eigenen Vorteile fixiert.«

Brenner musste wieder aufstoßen, das Bier schien in seinem Magen zu gären.

»Ich glaube«, fuhr er fort, »Bertram hat sich in seiner Kindheit einsam und ausgestoßen gefühlt. Er hat einmal zu Anja gesagt, er sei nicht nur wegen der Eltern so früh von zu Hause ausgezogen, sondern auch wegen ihr.«

»Das kann ich aus Bertrams Sicht irgendwie verstehen, aber was schließen Sie daraus in Bezug auf Anjas Verschwinden.«

»Ich schließe daraus gar nichts. Ich sage nur, dass es keine Liebe zwischen den beiden gibt. Ob Anja und Bertram miteinander in Kontakt waren, nachdem ich mich von ihr getrennt habe, weiß ich nicht, aber als wir zusammenlebten, hat Anja öfter gesagt, sie fühle sich von ihm bedroht.«

»Hat sie etwas Konkretes gesagt, warum das so war?«

»Bertram war immer in Geldnot und hat sie beschuldigt, sie wolle ihn um seinen gerechten Teil am Erbe betrügen. Wie er das genau gemeint hat, weiß ich nicht, aber er dachte wohl, ihm stehe mehr zu als Anja … weil sie zu den Lebzeiten der Eltern mehr Zuwendungen und Unterstützung von ihnen bekommen habe als er. Ich glaube nicht, dass das stimmt, aber Bertram ließ sich davon nicht abbringen.«

Brenner setzte sich in einen Sessel, spreizte seine Beine und streckte sie von sich. Er hatte sich offensichtlich durchgerungen, seine Gedanken über Anja und ihren Bruder preiszugeben. Vielleicht hatte ihn die vierte Flasche Pils, die er seit Marders Eintreffen getrunken hatte, zu diesem Entschluss ermutigt.

»Ich weiß, dass Bertram schon in seiner Jugend oft depressiv gewesen ist. Ich habe ihn nur selten getroffen und nie mit ihm über Privates geredet, aber er hat mal zu Anja gesagt, ihm sei alles egal – auch sein Leben. Da könnte ich mir vorstellen, dass er das Leben seiner Schwester auch nicht besonders hoch bewertet.«

»Sie sprechen von Mord?«

»Ich spreche von gar nichts Bestimmtem. Aber wer weiß, was passiert ist? Vielleicht hatten die beiden ja einen Streit, der außer Kontrolle geraten ist, und dabei ist es zu einem Unfall gekommen, bei dem Anja umgekommen ist. Oder vielleicht ist … ich meine … vielleicht hat …«

Brenner verlor den Faden. Seine Gedanken schienen seinem Willen nicht zu folgen und er versank in Schweigen. Er hatte die Augen geschlossen, als ob er eingeschlafen sei. Marder wollte Brenner nicht wegdriften lassen und führte dessen Gedanken mit angehobener Stimme zu einem Ende.

»Sie meinen, Bertram hat Anjas Leiche entsorgt und dann mit dem blutigen Messer und dem Blut an dem Baumstamm eine falsche Spur gelegt.«

Brenner war nun wieder hellwach, Marder hatte ihm den Ausweg in den Schlaf genommen.

»Das haben Sie gesagt, nicht ich. Es ist nur eine von mehreren Möglichkeiten, aber ich glaube, da könnte was dran sein.«

Marder fragte sich zum wiederholten Mal, ob das, was Brenner gesagt hatte, wirklich das war, was er glaubte, oder ob er es sich zurechtgelegt hatte, um von sich selbst als möglichem Täter abzulenken.

»Lassen Sie uns einmal rein theoretisch annehmen, dass Bertram nichts mit Anjas Verschwinden zu tun hat. Was würden Sie dann als Nächstes tun?«

»Was weiß ich? Darüber habe ich mir keine Gedanken gemacht. Ich kann mich nur wiederholen, ich bin nicht der Kommissar, der in diesem Fall ermittelt. Möchten Sie noch ein Bier?«

Marder überhörte die Frage.

»Und wenn Sie es wären?«

Marder blieb hartnäckig. Vielleicht kam da noch etwas, was Brenner lieber verschwiegen hätte.

»Das wissen Sie doch selbst. Sie waren lange genug bei der Kripo. Natürlich würde ich mit den Leuten reden, die sonst noch mit Anja zu tun haben.«

»Und wer wäre das?«

»Zum Beispiel die Leute, mit denen sie zusammenarbeitet. Im Krankenhaus. Da hat sie auch Probleme mit Kollegen. Darüber hat sie übrigens ein paar Bemerkungen während unserer Unterhaltung vor Weihnachten gemacht.«

»Hat sie dabei bestimmte Leute erwähnt?«

»Soweit ich mich erinnern kann, ging es um einen Arzt, einen Dr. Wohlmut, und eine Kollegin, aber deren Namen habe ich vergessen, obwohl Anja den erwähnt hatte. Anja war ziemlich wütend auf die … um was es dabei genau ging, hat sie aber nicht gesagt. Aber dass die was mit Anjas Tod zu tun haben sollen, kann ich mir kaum vorstellen. Ich sag das auch nur, weil Sie so hartnäckig fragen.«

Der Name *Dr. Wohlmut* kam Marder bekannt vor. Der war ihm in der letzten Zeit schon einmal begegnet. Wo war das nur? Richtig, natürlich, es musste im Krankenhaus in Gehrden gewesen sein. Logisch, schließlich arbeitete Anja dort. Aber warum ihm gerade dieser Dr. Wohlmut, von den vielen Ärzten, die es im Krankenhaus gegeben hatte, im Gedächtnis geblieben war, das wollte ihm nicht einfallen.

»Kann es sein, dass es eine Schwester *Johanna* war?«

Burt Brenner grübelte, dann hellten sich seine Züge auf.

»Ja, jetzt, wo Sie es sagen, fällt es mir wieder ein. Sogar der Nachname, es war eine Krankenschwester, Schwester Johanna Schwerzig.«

Als Marder wieder in die Fußgängerzone kam, war sie menschenleer. Sie erinnerte ihn an eine verlassene Geisterstadt im Wilden Westen Amerikas, durch die er vor ein paar Jahren während eines Urlaubs mit seiner Frau gefahren war. Der Wind schob eine leere Plastiktüte vor sich her, bis sie an einem Fahrradständer hängen blieb. Im Eingangsbereich eines Geschäftes für Tierfutter kauerte regungslos eine Katze, kein schlechter Platz für ein hungriges Tier, aber um diese Zeit war der Laden längst geschlossen. Die Katze bewegte sich nicht, als Marder an ihr vorbeiging. Er stellte fest, dass es sich um eine Plastikattrappe handelte, die mehr nach Katze aussah als manche echte Katze, die auf der Straße lebt. Heute Nacht wird Brenner sicher nicht durch Lärm gestört, dachte er, nach den zahlreichen Bierchen würde er mit dem Schlafen wohl ohnehin kein Problem haben.

Auf dem Weg ins Hotel überlegte Marder, ob er Coello so spät am Abend noch von seinem Gespräch mit Brenner informieren sollte. Er entschloss sich, es nicht zu tun. Es war die Zeit, in der Coello vermutlich seinen Kindern Gutenachtgeschichten vorlas. Dabei würde er nur stören. Marder stieg in seinen Wagen und fuhr zur Pension *Marianne.* Als er dort fast angekommen war, fiel ihm ein, dass er dort nicht wohnte. Er drehte um und machte sich auf den Weg ins Hotel an der Autobahnausfahrt.

17.

Bertram wohnte am Ende der Straße, wo der Asphalt aufhört und der Schotterweg beginnt, der durch den Wald bergauf bis zum Kamm des Deisters führt. Marder hatte sich mit Bertram verabredet, wobei *verabredet* das falsche Wort war, er hatte sich bei ihm angesagt und ihm kaum eine Wahl gelassen, als er ihn angerufen hatte. Am Telefon hatte sich Anjas Bruder verschlafen, wortkarg und gleichgültig angehört.

Vielleicht lag es am Wetter, dass Bertram in so freudloser Stimmung war. Es war über Nacht kälter geworden – ein trüber, feuchter Nebel, hinter dem sich der Wald versteckte, hüllte die Hügel ein. Die Bäume waren winterlich kahl, nur wenn man genau hinsah, konnte man an den Zweigen unscheinbare Knospen erkennen, die auf die wärmeren Temperaturen warteten, um aufzuplatzen.

Marder begegnete einer Gruppe von Nordic Walkern in farbigen, enganliegenden Sportoutfits, die aus dem Wald kamen und mit hektischen Schritten an ihm vorbeihasteten, ohne aufzuschauen, ohne zu grüßen. Was sind das nur für Leute, die bei solchem Wetter frühmorgens in Papageienkleidung mit Stöckchen durch den Wald rasen, dachte er und war froh, nicht zu dieser Sorte von Menschen zu gehören.

Nur der große Hund, der zu ihnen gehörte, blieb stehen und lief der Gruppe erst wieder hinterher, nachdem Marder ihm eine Streicheleinheit verpasst hatte. Es war ein Berner Sennhund, ein Hund, wie ihn Marder sich gern zulegen würde, für den Fall, dass er und Iris sich wieder zu einem Haustier entschließen sollten, wenn die Trauerzeit nach dem Tod ihrer Katze abgelaufen war.

Marder vermutete, dass Bertrams Wohnhaus früher ein Forsthaus gewesen war. Forsthäuser waren in den letzten Jahren aus der Mode gekommen, weil kleine Bereiche zu größeren Forstbezirken zusammengelegt wurden. Kosten sparen durch Zentralisieren und Rationalisieren waren die Zauberformeln der Gegenwart. Jetzt wohnte ein einsamer Mann am Ende des Ortes in diesem Gebäude, das deutliche erste und zweite Spuren des Verfalls zeigte.

Der Garten um das Haus wirkte verwachsen, ungepflegt, kein Ökogarten mit wild wachsenden Pflanzen, dem man ansieht, dass eine Absicht hinter seiner Wildheit steckt. An der dem Wald zugewandten Seite des Hauses vermoderte ein kleines Gehege, vielleicht hatte der Förster früher hier kranke Tiere gepflegt, um sie später wieder in die Natur zu entlassen. Es war von einem Drahtzaun umgeben, von dem Teile auf der Erde lagen und verrosteten. Einige Holzpfähle, an denen der Zaun einmal befestigt gewesen war, faulten vor ich hin und waren über das Drahtgeflecht auf die Erde gekippt. Die Bäume, die dem Haus am nächsten standen, griffen mit ihren Ästen nach dem Dach, das sich nicht mehr lange gegen diese Angriffe würde wehren können.

Die Klingel an der Haustür gab keinen Ton von sich, als Marder darauf drückte. Marder klopfte an die Haustür, einmal, zweimal, dreimal, jedes Mal lauter und energischer, bis er schlürfende Schritte hinter der Tür hörte.

»Herrje! … ja, ja … ich komm ja schon«, sagte eine Stimme, die schlecht gelaunt klang.

Bertram sah schlampig aus, er trug eine Jacke, die vermutlich in ihren besseren Zeiten das Oberteil einer Forstuniform gewesen war. Sie wurde offensichtlich selten gewaschen, gebügelt noch seltener, wahrscheinlich nie.

Der Mann ist auf dem Weg, ein Junkie zu werden, war Marders erster Gedanke, als er das Haus betrat. Die Wohnung war unaufgeräumt: Zeitungen, Papier, Kartons, Kleidungsstücke lagen auf den Möbeln oder auf dem Fußboden – jedoch zum Glück keine Reste von Lebensmitteln, soweit es Marder auf den ersten Blick erkennen konnte. Er nahm das mit Erleichterung zur Kenntnis. Bilder von Wohnungen, in denen sich Abfall und Essensreste stapelten, die man manchmal in Fernseh-Dokus über Außenseiter der Gesellschaft sah, verursachten bei ihm stets Ekel und Abscheu. Offensichtlich jedoch war bei Bertram der Sinn für Hygiene noch vorhanden. Im Wohnzimmer stand an einer Wand ein großes Regal, das vom Boden bis zur Decke mit Büchern vollgestopft war. Im Gegensatz zum Rest der Wohnung sah es aufgeräumt und sortiert aus.

Bertram war seit ihrem letzten Zusammentreffen vor zwei Jahren gealtert – mehr, als Marder es erwartet hatte. Er war zwischen Anfang und Mitte dreißig, hatte trotzdem bereits eine Glatze. Marder erinnerte sich daran, dass Bertrams Mutter in den letzten Jahren ihres Lebens ihre Haare verloren hatte. Niemand konnte ihr damals sagen, woran das lag, und sie konnte oder wollte nichts dagegen tun. Es war vermutlich ein Zeichen verbrauchter Lebensenergie gewesen. Marder befürchtete, dass das auch für Bertram zutreffen könnte.

»Haben Sie nicht früher in einem Mehrfamilienhaus auf der anderen Seite des Ortes gewohnt?«

Marder versuchte, das Gespräch mit einer unverfänglichen Frage in Gang zu bringen, auf die es kein »Nein« als Antwort geben konnte.

»Ja, das ist richtig.«

»Warum sind Sie umgezogen? Das Haus lag doch auch direkt am Wald.«

»Die Leute in dem Haus gingen mir auf die Nerven.«

»Womit?«

»Mit sich selbst.«

Bertram bot keine weiteren Erklärungen an.

»Wollten Sie damals nicht nach Australien auswandern?«

»Nicht nach Australien, nach Kanada.«

»Daraus ist nichts geworden?«

»Daraus ist nichts geworden.«

Auch dieses Thema schien erschöpft.

»Sie waren, soweit ich mich erinnere, nach dem Tod Ihres Vaters mit einem Mädchen zusammen. Sind Sie noch mit ihr befreundet?«

»Nein, das Mädchen gibt es in meinem Leben nicht mehr.«

»Sie brauchen dazu natürlich keine Erklärungen abzugeben, wenn Sie nicht wollen, aber es würde mich schon interessieren, warum das so ist.«

Bertram zögerte. Was geht es diesen alten Mann an, was zwischen mir und meiner Freundin geschehen ist, glaubte Marder als unausgesprochene Antwort auf seine Frage zu hören. Es war ihm nicht wirklich wichtig, etwas über Bertrams gescheiterte Beziehung zu erfahren, er hoffte lediglich mit persönlichen Fragen Bertram aus seiner Gleichgültigkeit zu locken. Zu seiner Überraschung hatte er Erfolg.

»Diese Frau war mir zu negativ. Sie hat nie etwas Positives über mich gesagt, sondern immer nur an mir herumgemeckert. Sie hatte ziemliche Minderwertigkeitskomplexe, und wenn ich mit ihr zusammengeblieben wäre, wäre ich früher oder später so geworden wie sie.«

Bertram lachte bitter, während Marder versuchte, sich einen Menschen vorzustellen, der mehr Komplexe und negative Einstellungen als Bertram hatte. Das war nicht leicht.

»Na ja, es gibt solche und solche Frauen. Irgendwann werden Sie bestimmt die Richtige treffen.«

»An Frauen bin ich grundsätzlich nicht mehr interessiert.«

Bertram wollte damit sicherlich nicht andeuten, dass er homosexuell geworden war. Es war eher ein Geständnis, dass er grundsätzlich Interesse an anderen Menschen verloren hatte. Er war voll Bitterkeit, Marder konnte es den Blicken entnehmen, die Ausdruck seines inneren Grolls waren.

»Ich erinnere mich, dass Sie nach dem Tod Ihres Vaters und Ihrer Mutter erhebliche Schulden hatten, die aus Ihrer Studienzeit stammten. Hat sich das inzwischen erledigt?«

»Nein, hat sich nicht.«

Bertram hatte schnell geantwortet, ohne nachzudenken. Nun blickte er Marder mürrisch an und schwieg, als bereue er, unüberlegt auf dessen Frage geantwortet zu haben. Das Thema seiner Schulden war ihm offensichtlich nicht angenehm. Es kochte in ihm, jederzeit musste der Deckel hochgehen.

Das geschah wenige Sekunden später, plötzlich schrie sich Bertram seinen Frust von der Seele: »Schulden. Schulden. Mein ganzes Leben lang laufe ich diesen Scheißschulden hinterher. Erst hat mich mein Vater damit hängen lassen und dann meine Mutter.«

Marder schwieg, er war sicher, jetzt, wo das erste Schneebrett losgetreten war, würde eine Lawine folgen.

»Meiner Schwester konnten unsere Eltern gar nicht genug Geld hinterherwerfen. Sie wurde immer bevorzugt, als wir noch zu Hause lebten. Als ich studiert habe, musste ich das Geld für mein Studium zum größten Teil selbst verdienen, während Anja bequem im gemachten Nest saß und mit allem versorgt wurde, bis sie selbst Geld verdient hat.«

Marder kannte die Familie Matuschek gut genug, um zu wissen, dass diese Anklagen nicht völlig korrekt waren, jedoch ein Körnchen Wahrheit beinhalten mochten. Darüber zu diskutieren, war jetzt nicht der richtige Zeitpunkt. Entscheidend war, dass Bertram überzeugt war, dass er von seinen Eltern benachteiligt worden war. Würde Bertram gestehen, welche Konsequenzen er aus dieser Überzeugung gezogen hatte? Marder schwieg und wartete.

»Deswegen habe ich nach dem Tod meiner Mutter das Testament nicht akzeptiert und bin vor Gericht gegangen. Ich bin der Ansicht, dass Anja bereits einen Teil ihres Erbes zu Lebzeiten der Eltern bekommen hat und mir deswegen mehr zusteht als ihr.«

Marder wagte eine Zwischenfrage.

»Das sieht Anja wahrscheinlich anders?«

»Natürlich tut sie das. Sie lässt mich irgendwie immer wissen, dass sie mir von dem Erbe nichts gönnt, am liebsten nicht einmal den Anteil, der mir per Gesetz zusteht. Jede Unterhaltung zwischen uns endet mit einem Riesenkrach. Manchmal redet sie dann richtigen Scheiß. Zum Beispiel hat sie einmal gesagt: Du möchtest am liebsten, dass ich mich selbst umbringe, so wie unsere Mutter, damit das ganze Erbe dir gehört, aber diesen Gefallen werde ich dir nie tun. Aber das ist noch nicht alles.«

Marder wollte wissen, was noch nicht alles war.

»Was ist noch nicht alles?«

»Anja hatte als Einzige einen Schlüssel zu dem Haus von unserer Mutter. Als die gestorben war, ist sie als Erstes in die Wohnung gegangen und hat sich umgeschaut, was sie sich unter den Nagel reißen konnte, bevor ich dazu eine Chance hatte.«

Wenn ich das richtig verstehe, dachte Marder, hättest du dir auch Dinge unter den Nagel gerissen, wenn du die Chance gehabt hättest. Für einen Sekundenbruchteil geriet er in Versuchung, das zu sagen, aber er ließ es sein, das wäre das Ende einer sinnvollen Unterhaltung gewesen.

»Sie glauben wirklich, dass Anja etwas aus dem Haus geholt hat, was zu Ihrem gemeinsamen Erbe gehört?«

»Also zutrauen würde ich ihr das auf jeden Fall, auch wenn ich es nicht beweisen kann. Ich habe mich nur gewundert, dass überhaupt kein Geld im Haus war, und ich dachte auch, meine Mutter hätte mehr Schmuck gehabt, als wir gefunden haben.«

Bertram schlug mit der geschlossenen rechten Faust in die Innenseite der linken Hand, dann trat er mit dem Fuß gegen einen leeren Karton auf dem Fußboden, der durch die Luft flog und an eine Stehlampe knallte. Das Licht ging aus, die Lampe hatte offensichtlich einen Wackelkontakt, auf jeden Fall jetzt.

Marder bezweifelte, dass Bertram mit seinen Vorwürfen recht hatte, und wenn es so war, wie sollte Bertram sie beweisen können? Warum sollten sich größere Mengen Bargeld in dem Haus befunden haben, als Vera Matuschek starb? Normale Menschen bringen ihr Geld zur Bank und haben nur das Bargeld im Haus, das sie in ihrem Geldbeutel herumtragen. Dennoch las man hin und wieder von Leuten, die unter den ärmlichsten Bedingungen lebten, in deren Wohnung man nach ihrem Tod tütenweise Geldscheine unter der Matratze oder hinten im Kleiderschrank fand. Aber Vera Matuschek? Das konnte sich Marder nicht vorstellen, sie war eine kühle, berechnende Person, die sich kaum die Zinsen entgehen ließ, die es bei der Bank gab. Aber völlig ausschließen kann man nie etwas. Und das mit dem Schmuck, den Anja heimlich ausgeräumt haben soll? Vielleicht ja, vielleicht nein. Es musste offensichtlich Schmuck nach Veras Tod vorhanden gewesen sein, Bertram hatte das bestätigt, nur hätte es seiner Meinung nach mehr sein sollen. Dabei hatte er vermutlich keine Vorstellung, wie viel Schmuck seine Mutter besaß, denn er hatte mit ihr in den letzten Jahren ihres Lebens nur wenig Kontakt gehabt. Vielleicht aber hatte sich Anja tatsächlich

Schmuck heimlich angeeignet, um sich selbst damit zu schmücken oder sich ein wenig Luxus zu gönnen.

Bertram schnaufte. Er war sichtbar wütend. Aus seinem Mundwinkel tropfte ein Speichelfaden.

»Vor Gericht zieht sich die Sache seit Monaten hin, und manchmal denke ich, alles, was mit dem Erbe zusammenhängt, kommt nie zu einer Entscheidung. Das Haus von meinen Eltern haben wir deswegen auch noch nicht verkaufen können. Vielleicht ist das ja unser Glück, weil die Immobilienpreise in dieser Gegend in den letzten Jahren immer weiter in den Keller gegangen sind. Und dann liegt noch eine Hypothek auf dem Haus, die sich meine Mutter geleistet hat, da bleibt wahrscheinlich sowieso nicht viel übrig für uns, nachdem wir die abgezahlt haben. Jedenfalls läuft nichts so, wie es laufen könnte, solange Anja so stur bleibt und solange sie alle gegen mich aufhetzt.«

»Wen meinen Sie mit *alle*?«

»Ihren Anwalt und die Leute am Gericht, halt alle, die etwas mit der Abwicklung der Erbschaft zu tun haben.«

Marder sah Bertrams Klagen nicht unbedingt als zwingend logisch an, aber dessen Hass auf seine Schwester war offensichtlich, und dass er sie für das größte Hindernis hielt, um seine finanziellen Probleme zu lösen.

»Dann wäre es wahrscheinlich das Beste für Sie, wenn Anja einfach verschwinden würde.«

»Ja, das wäre das Beste. So lange sie lebt, gibt es nur Streit.«

»Wenn es Anja nicht mehr gäbe, würden Sie das also nicht bedauern.«

»Das kann man wohl so sehen.«

»Und deswegen haben Sie Anja umgebracht?«

»So ein Quatsch. Nur weil man jemanden aus der Welt wünscht, bringt man ihn doch nicht um. Schon gar nicht die eigene Schwester.«

Es wurde plötzlich hell im Raum. Die Stehlampe schaltete sich wieder ein, der Wackelkontakt hatte sich eines Besseren besonnen. Marder fragte sich, wann auch ihm ein Licht aufgehen und er die Beziehung zwischen Bertram und seiner Schwester klarer sehen würde.

»Ich habe Täter in meiner Laufbahn erlebt, die weniger Gründe als Sie für einen Mord hatten, und es dennoch getan haben. Vor allem innerhalb einer Familie passiert das ganz schnell.«

»Reden Sie doch keinen Unsinn. An Ihrer Stelle würde ich lieber einmal nachschauen, ob in der Wohnung von Burt Brenner noch alle Küchenmesser da sind.«

»Woher wissen Sie, dass Anja mit einem Küchenmesser ermordet wurde?«

Diese Frage war einen Versuch wert. Bertram kam ins Stottern.

»Weil … na ja … weil … also in der Zeitung stand, dass das Messer mit dem Blut im Wald ein Küchenmesser war.«

Das stimmt nicht ganz, dachte Marder, in der Zeitung stand nur, dass es ein Messer sei, wie es in vielen Haushalten vorkommt.

»Und warum soll das aus Brenners Küche kommen?«

»Das fragen Sie ihn am besten selbst.«

»Das habe ich.«

»Und was hat er gesagt?«

»Er meint, ich soll nachschauen, ob in Ihrer Küche ein Messer fehlt.«

Bertram ging mit hastigen Schritten im Zimmer hin und her, fuchtelte mit den Armen in der Luft und strich sich mit den Händen über seinen kahlen Kopf.

»Der Kerl ist das Letzte. Der will doch nur von sich ablenken.«

»Warum sollte er das? Was hat Ihre Schwester getan, dass er sie umbringen würde?«

»Hat er Ihnen nicht erzählt, dass sie ihn verlassen hat?«

Marder fand es inzwischen beschwerlich, immer noch stehen zu müssen. Seit seiner ersten Thrombose vor mehr als zehn Jahren wurden seine Beine schwer, wenn er sich längere Zeit nicht bewegen konnte. Er ging zu einem Sessel, faltete die darauf ausgebreitete Zeitung grob zusammen und ließ sie auf den Fußboden fallen. Er nahm Platz, ohne um Erlaubnis zu fragen.

»Nein, er sagt, dass er Anja weggeschickt hat, weil sie doch nicht seine große Liebe war, wie er ursprünglich geglaubt hatte.«

»Ein verdammter Lügner. Dass ich nicht lache! Er soll sie verlassen haben? Genau das Gegenteil ist wahr. Sie konnte ihn nicht mehr ertragen und hat sich deshalb von ihm getrennt.«

»Und warum konnte sie ihn nicht mehr ertragen?«

»Fragen Sie mich was Leichteres. So nahe stehe ich meiner Schwester schließlich nicht, dass sie mir ihr Herz ausschüttet.«

»Das würde mich auch wundern«, antwortete Marder mit Ironie in der Stimme, die ein Kriminalkommissar während eines Verhörs vermeiden sollte.

Bertram hatte sich jetzt ebenfalls einen Sitzplatz frei

geräumt. Er musste mit einem Holzstuhl vorliebnehmen, da Marder den einzigen Sessel des Raumes besetzt hielt.

»Es spielt ja auch keine Rolle, warum sie ihn verlassen hat, Tatsache ist, sie hat *ihn* verlassen und nicht er *sie*.«

»Und deswegen hat er sie umgebracht?«

»Das würde mich nicht überraschen, ich halte es zumindest für möglich. Soweit ich es mitbekommen habe, war Brenner von Anfang an krankhaft eifersüchtig auf Anja. Sie war ihm wohl nicht so gehörig, wie er es gern gehabt hätte.«

Marder wiederholte seine Frage.

»Und deswegen hat er sie umgebracht?«

»Das kann ich mir jedenfalls denken. Wie Sie ja inzwischen wissen, ist meine Beziehung zu meiner Schwester nicht besonders eng, aber wie ich es mir aus gelegentlichen Bemerkungen von ihr zusammenreimen kann, könnte es ohne weiteres sein, dass er sie verdächtigt hat, sie würde es neben ihm auch mit anderen Männern machen. Und damit lag er vermutlich gar nicht so falsch, das halte ich bei ihr sogar für ziemlich wahrscheinlich. Deshalb hat er sie wohl beschimpft, und irgendwann wollte sie das nicht mehr mitmachen und hat sich von ihm getrennt.«

»Und da hat er sie umgebracht?«

»Warum nicht? Sie sind doch der Sachverständige in Mordsachen, da werden Sie sicher wissen, dass Eifersucht ein weit verbreitetes Mordmotiv ist, das liest man doch jeden Tag in der Zeitung. Ich denke, dass Brenner meiner Schwester total verfallen war. Nachdem Anja ausgezogen war, hat Brenner sie ständig verfolgt, weil er es einfach nicht ertragen konnte, dass Anja ihn so mir nichts, dir nichts sitzen gelassen hat. Ich bin mir sicher, dass er sich innerlich nicht von ihr lösen konnte. Irgendwann ist ihm dann die Sicherung durchgebrannt.«

»Aber es ist ja schon ein halbes Jahr her, dass die beiden auseinander gegangen sind. Wieso soll Brenner sie gerade jetzt umgebracht haben?«

»Ich vermute, dass im Laufe der Zeit seine Wut und seine Verbitterung immer größer wurden. Ich kann mir vorstellen, dass er sie am Ende zur Rede gestellt hat, und dabei ist es zu einem Streit gekommen, der ausgeufert ist, bis er sie in einem Wutanfall getötet hat. Vielleicht hatte er das nicht wirklich beabsichtigt, sondern es war nur eine Art Unfall. Auf jeden Fall musste er hinterher ihre Leiche verstecken, und da hat er das ganze Theater mit dem Messer am Waldrand inszeniert.«

Als ob sich Bertram und Brenner abgesprochen haben, dachte Marder, sie bezichtigen sich gegenseitig des gleichen Verbrechens mit fast den gleichen Worten. Wenn Bertram wirklich davon überzeugt war, dass Brenner Anja getötet hat, warum war er dann nicht zur Polizei gegangen? Marder überlegte. Er kam zu keinem überzeugenden Ergebnis, also fragte er Bertram.

»Warum sind Sie nicht zur Polizei gegangen, wenn Sie glauben, dass Brenner Ihre Schwester getötet hat?«

»Weil mich die Polizei aus dem Revier gelacht hätte, wenn ich da aufgetaucht wäre, um ihnen mitzuteilen, dass einer ihrer Kollegen – dazu noch ihr ehemaliger Chef – meine Schwester umgebracht hat. Die hätten mich garantiert verdächtigt, dass ich selbst etwas mit dem Verschwinden meiner Schwester zu tun habe. Seit dem Tod von meinem Vater ist der Polizei ja hinlänglich bekannt, dass meine Schwester und ich in einem kriegsähnlichen Zustand leben. Und wegen dem

Streit um das Erbe würde man mich erst recht für ihren Mörder halten.«

»Lassen wir Ihren Verdacht auf Brenner einmal beiseite. Gibt es Ihrer Meinung nach sonst noch jemanden, der ein Interesse daran haben könnte, Anja verschwinden zu lassen?«

»Wie sollte ich das wissen? Anja war eine ziemlich oberflächliche und leichtlebige Person. Ich weiß ja nicht einmal, mit wem sie sonst so Umgang hatte. Das Einzige, was sie einmal erwähnt hat, war, dass sie mit ein paar Leuten im Krankenhaus Ärger hatte, die ihr das Leben angeblich schwer machten. Aber es kann gut sein, dass sie das nur gesagt hat, weil sie bei dem Streit um das Erbe auf Mitleid von mir aus war.«

»Wie heißen diese Leute?«

»Keine Ahnung, Herr Kommissar. Da habe ich nicht nachgefragt. Wie gesagt, wir haben uns in der letzten Zeit nicht oft unterhalten, und ihre Probleme haben mich nicht sonderlich interessiert.«

Bertram stand auf und bewegte sich in Richtung der Haustür.

»Jetzt muss ich aber los. Ich habe eine Verabredung zum Mittagessen im Nordmannsturm oben auf dem Deister.«

»Mit wem? Wenn ich fragen darf.«

»Nee, dürfen Sie nicht. Aber ich sage es trotzdem: Der *Förderverein für gute Literatur* hat heute dort sein Frühjahrslunch.«

»Sie sind Mitglied im *Förderverein für gute Literatur*? Das wundert mich, ehrlich gesagt.«

»Kein Wunder, dass Sie das wundert. Sie kennen mich lange nicht so gut, wie Sie denken. Irgendwie muss sich doch jeder in die Gemeinschaft einbringen, die Stadt lebt schließlich von uns Ehrenamtlichen. Ich bin sogar im Vorstand, deswegen kann ich es mir nicht leisten, das Lunch zu verpassen.«

Während er das sagte, hatte Bertram seine verschlissene Jacke abgelegt und sich einen sauberen roten Anorak übergezogen. Er begleitete Marder zur Tür und gab ihm förmlich, fast höflich, die Hand. Marder war erstaunt, Bertram hatte tatsächlich zwei Seiten. Leider zeigte er meistens die schlechtere.

»Sagen Sie, Herr Matuschek, welche Position haben Sie im Vorstand des Vereins?«

»Ich bin Kassenwart. Ich kümmere mich um die Finanzen, mit Schulden kenne ich mich bestens aus.«

18.

Das Wetter hatte sich erholt. Eine freundliche Brise wehte über die Landschaft und trieb die letzten Wolken nach Osten. Der Frühling schien auf dem Weg in den Deister zu sein. Seit die Sonne den feuchten Nebel des Morgens vertrieben hatte, waren die Temperaturen deutlich gestiegen – die Welt war heiter geworden, auch in diesem Jahr würde es wieder eine Zeit nach dem Winter geben.

Marder ging oberhalb eines Wohngebietes am Waldrand entlang, bis er zu einer Bank kam, von der er einen Blick auf das Calenberger Land hatte. Vor ihm lag eine Wiese, die den Hang hinab fiel und mit einem elektrischen Draht eingezäunt war. In einer Ecke des Geländes befand sich ein kleiner Unterstand, davor lagen drei Schafe in der Sonne und kauten auf dem trockenen Heu vom letzten Jahr. Unterhalb der Wiese standen Einfamilienhäuser, zwischen denen eine Straße sanft den Hügel hinaufführte. In der Ferne erstreckten sich die Felder und Wiesen des Calenberger Landes. Es war eine bäuerliche Landschaft mit Feldern, Bächen, Hecken und kleinen Waldflächen, dazwischen Dörfer, die sich um Gutshöfe gebildet hatten. Seit Jahrhunderten lebten hier die Menschen auf fruchtbarem Land. Marder erkannte an einer Baumlinie die Bundesstraße 65, die im Osten nach Hannover und im Westen nach Minden führte. Er glaubte, am Horizont die Autobahn zu erahnen, die irgendwo versteckt in der Landschaft den Mittellandkanal überquerte. Er nahm am Horizont einen verloren wirkenden Berg wahr, das musste die Abraumhalde einer Mine sein. Rechts dahinter glänzte die Wasserfläche des Steinhuder Meeres, erkennbar nur für den, der wusste, dass es sich dort befand.

An der Rückenlehne der Bank wies eine Plakette darauf hin, dass diese Sitzgelegenheit von der örtlichen Stadtsparkasse gesponsert wurde. Marder fand, das war eine gute Investition für das Geld ihrer Kunden, auf jeden Fall besser, als es in Hedge-Fonds oder anderen fragwürdigen Spekulationsobjekten zu verpulvern. Er fühlte sich eingeladen, Platz zu nehmen, Stadtsparkassen lebten schließlich von den Konto- und Überziehungsgebühren von kleinen Leuten wie ihm selbst. Ob die Stadtsparkasse in Stade, die sein Geld verwaltete, auch in Bänke investierte? Er hatte in mehr als vierzig Jahren Arbeitsleben dort die Rücklagen deponiert, mit denen er und seine Frau den Ruhestand genießen wollten. Eigentlich mussten sie sich wegen der Zukunft keine Sorgen machen, nur bei den teuren Friseurbesuchen von Iris fragte er sich gelegentlich, ob das unbedingt sein musste. Er selbst frönte keinem kostspieligen Laster außer Zartbitter-Schokolade, und die konnte er problemlos aus seinem monatlichen Taschengeld finanzieren.

Marder schloss die Augen. Er versuchte, sich auf das Gespräch mit Bertram zu konzentrieren und es in Verbindung zu seiner Unterhaltung mit Brenner zu bringen. Seine Gedanken weigerten sich erfolgreich, in diesem romantischen Umfeld an ein Verbrechen zu denken, sie passten sich der Natur und der friedlichen Stimmung an. Sie gaukelten ihm vor, er läge auf einer Wiese, über die ein sanfter Wind wehte, so wie es die Übungsleiterin am Ende der Yogastunde mit sanfter Stimme suggerierte und ihn dadurch in eine Welt ohne Probleme versetzte. Marder ließ sich zu dieser Illusion verführen, nahm dennoch die Geräusche um sich herum wahr: Auf einem Baum keckerte ein Vogel, als lache er ihn aus. Ein anderer Vogel zirpte in schriller Eintönigkeit. Bald hatte Marder sieben unterschiedliche Vogelstimmen identifiziert, ohne zu wissen, um welche Vögel es sich im Einzelnen handelte – nur das Gurren einer Taube hatte er erkannt, weil ein Taubenpaar oft in seinem Garten vorbeischaute, aus seinem Teich trank und dabei weiße Kleckse auf der Terrasse hinterließ.

In den Feldern tutete ein Zug, so wie Züge tuten, wenn sie sich einem unbewachten Feldweg nähern. Der Vogel im Wald keckerte immer noch. Ein Motorrad auf der Bundesstraße erhöhte die Drehzahl, dann wurde sein Getöse leiser, bis es in Richtung Hannover verschwand. Marder hörte, dass der Vogel nicht mehr keckerte. Ein kleiner Last- oder Lieferwagen arbeitete sich mit einem aggressiven Schnarren die Straße unter ihm hinauf.

Ein Insekt surrte um Marders Kopf, er ignorierte es. Ein heftigerer Windstoß glitt durch die Bäume, von der Wiese kam das gelangweilte Blöken eines der Schafe. Das Heulen einer Polizeisirene drang aus der Ebene zu ihm.

Die Realität kam zurück. Seine Gedanken begannen um Bertram Matuschek und Burt Brenner zu kreisen. Was hatte er von ihnen über Anjas Schicksal herausgefunden? Wenig. Beide hatten sich selbst von jeglicher Verwicklung in Anjas Verschwinden freigesprochen und jeweils den anderen massiv verdächtigt. Aber nur einer konnte die Wahrheit gesagt haben, der andere hatte gelogen. Oder hatten beide gelogen? Wenn es um ihre eigene Beziehung zu Anja ging, hatten möglicherweise beide die Tatsachen so verdreht, dass es ihre Eitelkeit befriedigte oder ihr Verhalten rechtfertigte.

Brenner würde kaum zugeben wollen, dass Anja ihm den Laufpass gegeben hatte, wie Bertram es behauptete. Reichte das als Mordmotiv? Auf jeden Fall war es nicht völlig von der Hand zu weisen. Leidenschaft, beziehungsweise deren Zurückweisung führten nicht selten zu Reaktionen, die logisch nicht erklärbar sind.

Bertram hatte, solange Marder ihn kannte, stets unter Geldsorgen gelitten. Ob die Geldsorgen die Ursache für seine Depressionen waren, konnte und wollte Marder nicht beurteilen. Vielleicht war es auch umgekehrt. Vielleicht machte Bertram sich nur deswegen ständig Sorgen um seine finanzielle Situation, weil er im Herzen ein depressiver Mensch war. Dass Bertram der Mörder seiner Schwester war, konnte Marder ebenfalls nicht ausschließen. Aber war er wirklich naiv genug zu glauben, dass nach einem rätselhaften Verschwinden von Anja das Erbe in seinen Schoß fiele, ohne dass die Polizei sich fragte, warum Anja plötzlich verschwunden war. Es sei denn, er hatte in einer Affekthandlung etwas getan, was er nicht geplant hatte. Und bei Tätern, die im Affekt einen Mord begangen haben, kann man nie wissen, wie sie reagieren. Ihr Ausweg aus dieser Lage ist meistens der Versuch, ihre Tat im Nachhinein zu vertuschen.

Marder wunderte sich, dass Bertram konkrete Vorstellungen geäußert hatte, was zwischen Anja und Brenner vorgefallen war, obwohl er mehrmals betont hatte, er habe nur selten mit seiner Schwester Kontakt. Entweder glaubt er wirklich daran, oder er hat sich diese Anschuldigungen vor ihrem Gespräch zurechtgelegt, um von sich abzulenken. Marder musste sich eingestehen, dass alles, was er als unwahrscheinlich ansah, dennoch möglich war, und dass er mit allem, was er als wahrscheinlich ansah, völlig danebenliegen konnte. In seiner Suche nach der Wahrheit war er nicht weitergekommen. Er hatte zwei Verdächtige, deren Schuld oder Unschuld er nicht beweisen konnte. Vielleicht hatte einer von ihnen etwas Wichtiges gesagt, er selbst hatte es nur nicht gehört, falsch verstanden oder einfach wieder vergessen. Er war sich bewusst, dass seine Vergesslichkeit, vor allem bei Ereignissen, die erst vor kurzem stattgefunden hatten, es ihm schwer machte, Ermittlungen zielstrebig zu einem Ende zu bringen. Das war ihm in seinen frühen Jahren als Profi nie passiert, in den letzten Jahren seines Berufs schon gelegentlich, aber zum Glück hatte er es immer rechtzeitig bemerkt, um es zu überspielen.

Was sollte er als Nächstes tun? Anja Matuschek vergessen und nach Hause fahren? Er war für einen Moment versucht, genau das zu tun, so wie in dem Moment, als er bei McDonald's gesessen hatte, aber dann schämte er sich für diesen Gedanken. Das wäre Anja gegenüber nicht fair. Es wäre auch das endgültige Eingeständnis, dass er zu alt für eine Herausforderung war, die er in jüngeren Jahren voller Energie angenommen und durch seine Fähigkeiten als Kriminalist erfolgreich zu Ende gebracht hätte.

Marder wurde sich bewusst, dass mit jedem Tag, genau genommen, mit jeder Stunde, in welcher Anja nicht zurückkam oder lebend gefunden wurde, die Wahrscheinlichkeit zunahm, dass sie tot war oder sterben würde. Daher musste er, trotz aller Selbstzweifel, seine Suche nach ihr zu Ende bringen, auch wenn er sich jetzt in einer Sackgasse mit seinen Ermittlungen befand. In diesem Moment erinnerte er sich an eine Gemeinsamkeit in den Aussagen von Brenner und Bertram. Beide hatten gemeint, dass Anja Konflikte mit Kollegen an ihrem Arbeitsplatz hatte. Das musste überhaupt nichts bedeuten, aber es war die einzige Spur, die ihm blieb. Marder entschloss sich, ins Krankenhaus zu fahren.

19.

Das Hauptgebäude des Krankenhauses in Gehrden reckte sich in den Himmel, als freue es sich über die Zeichen des Frühlings. Schwester Johanna teilte diese Freude nicht. Sie war sauer. Und nervös. Sie hatte den älteren Herrn gleich wiedererkannt, als er den Gang zwischen den Krankenzimmern herunterkam.

Erst dachte sie, er hätte vielleicht etwas im Krankenhaus vergessen, als er nach der Behandlung wegen eines Nierensteins nach Hause gegangen war. Oder wollte er sich nachträglich für die freundliche Pflege bedanken? Es kam selten vor, eigentlich nie, dass Patienten so etwas taten, auch nicht die, die das Haus gesund verlassen hatten. Die Patienten, die im Erdgeschoss am Hinterausgang still in einem geschlossenen Auto weggefahren wurden, konnten es ohnehin nicht mehr.

Als der Mann sie vor einigen Minuten angesprochen hatte, hatte er sich als Kommissar Marder vorgestellt und sagte, er würde sie gern wegen Anja Matuschek sprechen. Sie hatte ihm erklärt, dass sie im Moment unabkömmlich sei und sich dringend um kranke und hilfsbedürftige Patienten kümmern müsse, und vertröstete ihn auf ihre Pause, bis zu der es allerdings noch eine knappe Stunde sei. Erst dann käme eine Kollegin, um sie abzulösen.

»Das macht nichts. Ich setze mich vorne in die Eingangshalle und warte, bis Sie Zeit haben«, hatte er ruhig verkündet und sie dabei liebenswürdig angeschaut.

Johanna fand es nicht gut, dass heutzutage jedermann jederzeit Zugang zu den Stationen des Krankenhauses hatte. Früher, als es noch geregelte Besuchszeiten gab, wäre dieser Mensch nicht so plötzlich vor ihr aufgetaucht, er hätte sich am Eingang melden müssen, und vielleicht wäre ihr etwas eingefallen, um ein Treffen mit ihm zu vermeiden. Dazu war es nun zu spät. Während seines Aufenthalts im Krankenhaus hatte sie nicht gewusst, dass er bei der Polizei angestellt war, denn sie hatten sich nie über seinen Beruf unterhalten. Sie fragte Patienten grundsätzlich nicht nach ihrem Beruf und unterhielt sich fast nie mit ihnen über ihr Privatleben. Bei der Menge der Kranken, die auf der Station ein- und ausgingen, machte es keinen Sinn, sich mit jedem Einzelnen persönlich zu befassen. Wichtig war vor allem, dass sie medizinisch gut versorgt wurden. Aber auch wenn sie damals mit ihm keine persönlichen Gespräche geführt hatte, hatte sie dennoch den Eindruck gehabt, dass der Patient *Marder* ein Mann im Ruhestand war. Das musste wohl ein Trugschluss gewesen sein.

Jetzt saß dieser Typ in dem Eingangsbereich zur Station, rührte sich nicht und wartete offensichtlich geduldig, bis sie Zeit für ihn hatte. Seltsam, dachte sie, die Leute bei der Polizei scheinen nicht unter Zeitdruck zu stehen, wahrscheinlich leiden die nicht unter demselben Personalmangel wie wir im öffentlichen Gesundheitswesen.

Johanna Schwerzig war beunruhigt, weil sie nicht wusste, was der Kommissar von ihr wissen wollte, aber auch, weil sie unsicher war, was er bereits über sie wusste. Sie befürchtete seit Tagen, dass die Polizei auftauchen würde, um sie über Anja zu befragen, es war schließlich kein Geheimnis, dass sie und Anja früher befreundet gewesen waren. Wenn die Polizei ein Messer findet, an der das Blut einer verschwundenen Person klebt, war es nur logisch, dass sie sich für alle Leute interessiert, die sie mit dem Opfer in Verbindung bringen kann. Nun war offensichtlich sie an der Reihe, die Fragen der Polizei zu beantworten.

Sie überlegte, was sie dem Kommissar erzählen würde und was sie besser für sich behalten sollte. Sie ging über den Flur, warf einen schnellen Blick den Gang zum Eingang hinunter und ging in das nächste Krankenzimmer. Ihre Hoffnung, der

Kommissar sei inzwischen wieder gegangen, erfüllte sich nicht. Er hatte seine Position auf dem Sessel kaum verändert, schien gelassen und in Gedanken verloren, so, als hätte er vergessen, warum er gekommen war.

Die Ruhe dieses Mannes war ihr unheimlich. Würde er ihr glauben, was sie ihm erzählen würde? Es hatte keinen Sinn, ihre frühere Freundschaft mit Anja zu verschweigen, denn die war im Krankenhaus allgemein bekannt. Die Kollegen hatten unzweifelhaft registriert, dass ihre Freundschaft mit Anja eines Tages abrupt zu Ende gegangen war. Warum das so war, ahnte vermutlich niemand, das wussten außer ihr nur Anja und, natürlich, Einhardt.

Johanna erinnerte sich an die Zeit vor ungefähr vier Jahren, als sie im Krankenhaus als Schwester angefangen hatte. Sie kam aus einem kleinen Dorf in der Lüneburger Heide und hatte nach der Schule nicht die Absicht, den Rest ihres Lebens auf dem Land zu vergeuden. Vor allem wollte sie nicht wie ihr Bruder werden, an dem sie als Kind sehr gehangen hatte und den sie immer noch liebte, obwohl er sich während seiner Lehre zum Automechaniker einer rechtsradikalen Jugendgruppe angeschlossen hatte. Einmal war sogar die Polizei zu ihnen nach Hause gekommen und hatte sein Zimmer und seinen PC durchwühlt. Dabei hatte man offensichtlich weder etwas Ungesetzliches noch etwas Gefährliches gefunden. Aber wenn er und seine Kumpanen durch das Dorf zogen, versteckte sie sich am liebsten hinter den Gardinen und fühlte Zorn in sich aufsteigen. Die Überzeugungen ihres Bruders waren dabei letztlich seine eigene Angelegenheit, damit hätte sie leben können, aber die ständige Befürchtung, dass sie von den Leuten im Dorf in einer Art Sippenhaft mit Verachtung gestraft und ausgestoßen werden könnte, war für sie schwer zu ertragen.

Auch deswegen hatte sie sich entschlossen, Krankenschwester zu werden, diese Ausbildung brachte sie aus dem Dorf heraus. Als sie damit fertig war, bewarb sie sich in den Kliniken der Region Hannover. Zu ihrer Freude bekam sie eine Zusage vom Krankenhaus in Gehrden. Die Stadt Gehrden sagte ihr zunächst nichts, sie stellte aber fest, dass es ein netter Ort mit einer netten Fußgängerzone an einem netten Hügel mit Wald war, der sich zwanzig Kilometer südlich von Hannover als Vorbote des Weserberglands abgelagert hatte. Nachdem sie in Benthe, einem Ort zwischen Gehrden und Hannover, eine Wohnung gefunden hatte, war sie einem Ruderverein für Frauen am Maschsee in Hannover beigetreten. Leider hatte sie wegen ihrer unregelmäßigen Arbeitszeiten im Krankenhaus nicht die Gelegenheit, regelmäßig am gemeinsamen Training teilzunehmen. Dadurch konnte sie sich keinen festen Platz in der Spitzenmannschaft des Vereins sichern, und sie unterließ es bald ganz, zum Training zu gehen.

Das Leben im Umland einer Großstadt gefiel ihr. Noch mehr gefiel ihr, dass sich ein promovierter Mann wie Dr. Einhardt Wohlmut für sie interessierte. Sie waren schnell ein Liebespaar geworden, zogen jedoch nicht zusammen, was vor allem an dem sich hinziehenden Scheidungsprozess von Dr. Wohlmut lag. Sie hatten Sex abwechselnd in ihrem kleinen Apartment und seiner großen Wohnung und es war immer ein bisschen Abenteuer und Verruchtheit dabei. Wenn sie gelegentlich gleichzeitig keinen Dienst hatten, vergnügten sie sich in einem kleinen Ferienhaus in Boltenhagen an der Ostsee, das Dr. Wohlmut sein Eigen nannte, und immer ein bisschen komisch guckte, wenn er das sagte.

Während ihrer Phase der leidenschaftlichen Zuneigung zu Dr. Wohlmut lernte sie Anja kennen, die von der Hals-Nasen-Ohren-Station in die urologische Abteilung versetzt worden war. Anja war eine richtige Schönheit und verdrehte manchem Patienten den Kopf – natürlich auch manchem Kollegen. Sie hatte damals geglaubt, in ihr eine richtige Freundin gefunden zu haben, und hatte Anja sogar eingeladen, vorübergehend bei ihr zu wohnen, während sie eine neue Wohnung suchte. Anja war zu dem damaligen Zeitpunkt plötzlich bei ihrem Freund ausgezogen, hatte aber nie im Einzelnen erzählt, wie es zu der Trennung gekommen war, sie sagte lediglich, das sei eine lange und komplizierte Geschichte, die sie so schnell wie möglich vergessen wolle.

Dass Anja auf Männer anziehend wirkte, beunruhigte Johanna nicht. Sie war sich bewusst, dass sie ebenfalls attraktiv und begehrenswert war, zumindest schloss sie das aus dem nervösen Verhalten der Männer, wenn sie sie mit einem Lächeln und einem Augenaufschlag beschenkte. Das Wichtigste war ohnehin, dass Dr. Wohlmut so leidenschaftlich in sie verknallt schien, wie sie in ihn. Umso schockierender empfand sie es, als Anja ihr den Geliebten ausspannte. Es war nicht so, dass sie sich ein Leben ohne Dr. Einhardt Wohlmut absolut nicht vorstellen konnte, aber der Gedanke, ihn an ihre Freundin abgeben zu müssen, empfand sie als Demütigung. Sie war außer sich vor Wut. Wie hatte Anja ihr das antun können? Sie hatte allerdings schon seit einer Weile vorher das Gefühl gehabt, dass sich Anja irgendwie veränderte und dass man manchmal nicht mehr recht klug aus ihr wurde. Nun war die Freundschaft zwischen ihr und Anja von einem Tag zum anderen in Hass umgeschlagen.

Nach der Sache mit Dr. Wohlmut hatte Johanna mehrmals versucht, ihre ehemalige Freundin, dieses Flittchen, zur Rede zu stellen, die jedoch jede Unterhaltung zu dem Thema von sich wies. Johanna vermutete, dass sich zwischen Anja und Dr. Wohlmut etwas Außerordentliches ereignet hatte, sonst hätte er sie nicht Hals über Kopf wegen dieser Zicke verlassen. Sie hatte sogar einen bestimmten Verdacht, worum es dabei ging.

Johanna konnte es kaum ertragen, wenn sie Anja und Dr. Wohlmut im Krankenhaus zusammen sah. Sie war dieser entwürdigenden Situation fast täglich ausgeliefert, auf jeden Fall solange Anja noch auf derselben Station wie sie arbeitete. Später war diese falsche Schlange zum Glück auf eine andere Station versetzt worden, aber auch das hatte ihren Hass nicht wirklich abkühlen lassen. Sie hatte in schlaflosen Nächten darüber gegrübelt, ob es nicht einen Ausweg aus ihrem Unglück gab. Manchmal fragte sie sich, wie lange sie das alles noch aushalten würde.

Das Gespräch mit dem Kommissar ließ sich nun nicht länger hinauszögern, denn ihre Ablösung war auf der Station eingetroffen. Sie verschaffte sich eine letzte Frist, indem sie auf die Personaltoilette ging, sich dort für ein paar Minuten versteckte und noch einmal über ihre Situation nachdachte. Dann ging sie in die Vorhalle mit einem festen Plan, was sie dem Kommissar erzählen wollte und was nicht.

Johanna wollte sich nicht in Hörweite ihrer Kollegen mit Marder unterhalten und forderte ihn daher zu einem Spaziergang in dem Park auf, der zum Krankenhaus gehörte. Genau genommen war es lediglich eine große gemähte Wiese mit einigen Büschen und Blumen an den Rändern. Die Maulwürfe, die unter dem Rasen ihre Heimat hatten, hatten Gänge zwischen ihren Wohnstuben gegraben und die überflüssige Erde wie Sperrmüll über den Ausgängen der Unterwelt aufgeworfen. In einer Ecke des Parks gab es einen kleinen See mit Sitzbänken. Das ganze Gelände war mit einem Metallgitter umgeben, das einerseits den Wald und die Natur nicht zu nahe an das Gebäude heranließ, andererseits wohl verhindern sollte, dass sich die Kranken in den Wald entfernten und sich verliefen. Allerdings hatte Marder bei seinem ersten, unfreiwilligen Aufenthalt im Krankenhaus bemerkt, dass sich nur wenige Patienten ins Freie trauten. Auch heute waren Schwester Johanna Schwerzig und er die Einzigen, die sich hier aufhielten.

Während ihres kurzen Gesprächs auf der Station hatte Marder festgestellt, dass Schwester Johanna tatsächlich die unglücklich wirkende Krankenschwester war, die ihm bei seinem Aufenthalt im Krankenhaus aufgefallen war. Das Leben ist voller überraschender Zufälle, dachte Marder, aber realistisch gesehen ist das gesamte Dasein ohnehin eine Aneinanderreihung von Zufällen – das hatte er jedenfalls vor kurzem in einem philosophischen Artikel in der Wochenendbeilage seiner Zeitung gelesen. Auf jeden Fall war Johanna die Frau, über deren Liebesleben seine Frau Iris während der Fahrt durch die Heide spekuliert hatte. Was genau Iris gesagt hatte, war ihm inzwischen wieder entfallen.

Johanna trug eine Brille, die half, die ersten, noch unaufdringlichen Fältchen um die Augen zu verstecken. Die junge Frau hat sich vor unserer Unterhaltung diskret nachgeschminkt, dachte Marder, deswegen war sie wohl eine Weile in der Toilette verschwunden. Sie lächelte ihn mit einem leicht gequälten Lächeln an, es war nicht unbedingt das verführerische Lächeln, das Männer verwirren konnte. Ein volles, gleichmäßiges Gesicht, von halblangen dunklen Haaren eingerahmt, dazu die betonte Figur, welche Marder während seiner Nierenbehandlung bereits wahrgenommen hatte, verliehen ihr die vielversprechende Sinnlichkeit einer Frau in der zweiten Hälfte der Zwanziger, wenn man die traurigen Augen übersah.

Der Kommissar und die Krankenschwester hatten die Formalitäten hinter sich gebracht und sich gegenseitig bestätigt, dass es ihnen gut gehe, und ja, dass das Wetter heute ausgesprochen angenehm für diese Zeit des Jahres sei. Marder steuerte danach auf den Anlass seines Besuchs zu.

»Fräulein Schwerzig ... Entschuldigung, Frau Schwerzig (das bekam Marder nie auf die Reihe, in seiner Welt waren unverheiratete Frauen immer noch Fräuleins – hier hörte für ihn die soziale Korrektheit auf), ich bin sicher, dass Sie wissen, was über Anja Matuschek in der Zeitung gestanden hat.«

Frau Schwerzig drehte ihre Augen leicht nach oben, ihr Gesicht gewann an Röte, selbst ihr erzwungenes Lächeln verschwand.

»Ja, ja ... selbstverständlich habe ich davon gehört. Schließlich kannte ich sie ganz gut, da wundert man sich natürlich, wenn so etwas passiert.«

Wenn *was* passiert? Marder blieb ruhig. Er lächelte, eher vorsichtig als freundlich.

»Was denken Sie, warum Anja verschwunden ist? Oder was passiert sein könnte?«

Marder hielt die ersten Fragen bewusst so allgemein wie möglich. Johanna sollte das sagen, was ihr in den Sinn kam, sie sollte nicht darüber spekulieren können, was er von ihr hören wollte.

»Das ist eine komplexe Frage, Herr Kommissar. Darauf gibt es nur komplexe Antworten. Ich weiß gar nicht, wo ich anfangen soll.«

»Fangen Sie ganz hinten an.«

»Ganz hinten? Ich hätte eigentlich gedacht, Sie würden sagen, ich soll ganz vorne anfangen, wie das so üblich ist und wie es die Kommissare in den Krimis im Fernsehen tun.«

»Was wäre Ihrer Meinung nach die korrekte erste Frage?«

»Zum Beispiel ... also ... wie und wo ich Anja kennengelernt habe.«

»Dazu können wir immer noch kommen, nachdem wir das Wesentliche geklärt haben.«

»Was meinen Sie mit *das Wesentliche*? Sie bringen mich ganz durcheinander.«

Marder war zufrieden. Es war ihm gelungen, Schwester Johanna aus dem Konzept zu bringen, welches sie sich wahrscheinlich zurechtgelegt hatte, während er in der Vorhalle der Station auf sie gewartet hatte.

»Das Wesentliche ist die Frage, wer Anja umgebracht haben könnte, wenn wir davon ausgehen, dass sie sich nicht irgendwo versteckt hat.«

Das schien eine leichte Frage für Schwester Johanna zu sein. Ohne nachzudenken sagte sie: »Dr. Wohlmut.«

Klar, Dr. Wohlmut war es, Fall erledigt, dachte Marder. Warum bin ich nicht gleich darauf gekommen? Was er natürlich nicht sagte.

»Wie hat er das getan?«

Nach dem *Warum* würde er später fragen, er wollte seine Fragen nach wie vor nicht in logischer Reihenfolge stellen.

»Er hat sie erstochen und dann das Messer im Wald liegen lassen.«

»Dann müsste es dort Spuren geben.«

»Ich habe nicht gesagt, dass er sie dort umgebracht hat. Ich denke, das hat er wahrscheinlich woanders getan. Vielleicht in seinem Ferienhaus. Dann hat er in aller Ruhe ihre Leiche irgendwo vergraben oder anderweitig entsorgt und das Messer mit ihrem Blut in der Nähe des Parkplatzes in den Wald gelegt, um die Polizei auf eine falsche Spur zu locken.«

Während sie das sagte, erfüllte der Lärm eines landenden Hubschraubers die Luft. Er ließ sich langsam auf einer Betonplatte in der Nähe des Gebäudes nieder. Vier Sanitäter, die hinter einer Glastür warteten, rannten ins Freie und rissen die Tür des Helikopters auf, während sich die Rotorblätter immer langsamer drehten. Sie zogen eine Trage aus dem Hubschrauber, fassten je zu zweit vorn und hinten an und liefen mit ihr und der Person, die darauf festgeschnallt war, in das Gebäude zurück.

»Jetzt müssen Sie mir noch sagen, warum Dr. Wohlmut Schwester Anja umgebracht hat.«

Schwester Johanna schien an der unkonventionellen Art der Befragung nichts Besonderes mehr zu finden.

»Weil sie ihn erpresst hat. Aber das wissen nur Dr. Wohlmut und Anja … und ich.«

»Erpresst? Womit?«

War an den Anschuldigungen von Schwester Johanna etwas dran, oder versuchte sie, ihn auf Glatteis zu locken?

»Mit so einer Sache, die einem Arzt eben mal passiert, aber über die er lieber nicht redet, wenn sie niemand mitbekommt. Dr. Wohlmut hat vor ein paar Monaten einen Fehler gemacht. Einer Frau ein falsches Medikament verschrieben … oder so was. Die Frau ist zwar nicht daran gestorben, aber ich glaube, es hat ernsthafte Komplikationen gegeben … die Details weiß ich nicht … ich war ja nicht dabei … und ich weiß auch nicht, wie die Frau hieß. Anja hat es aber mitgekriegt und hat mir davon erzählt … damals waren wir ja noch Freundinnen. Später, als sie mir Dr. Wohlmut ausspannen wollte, hat sie ihr Wissen schamlos ausgenutzt und ihn damit erpresst … diese Schlampe … wenn ich gewusst hätte …«

Schwester Schwerzigs Stimme wurde lauter, schneller, schriller und starb zum Schluss in einem höhnischen Gelächter. Sie nahm ihre Brille ab und reinigte sie mit einem Zipfel ihrer Bluse. Nachdem sie die Brille wieder aufgesetzt hatte, konnte sie weitersprechen. Dieser Vorgang hatte nur wenige Sekunden gedauert, während Marder sich fragte, ob dieser Fehler, der Dr. Wohlmut angelastet wurde, der Grund für seine Nervosität und Unsicherheit gewesen sein konnte, die Marder während der Visiten von Dr. Wohlmut gespürt hatte.

»Sie hat ihm gedroht, sie würde seine Vorgesetzten über seinen Fehler informieren, wenn er sich nicht von mir trennen würde und mit ihr … na, Sie wissen schon. Er konnte sich leicht ausrechnen, dass er seinen Job verlieren würde und so schnell nicht wieder als Arzt arbeiten durfte, wenn Anja ihre Drohungen wahr machen würde. Ich kann mir gar nicht vorstellen, wie eine Frau so tief sinken kann, um sich Sex von einem Mann mit einer Erpressung zu erzwingen – von Liebe kann man da sowieso nicht reden. Aber die Anja war ja in der letzten Zeit sowieso nicht mehr ganz zurechnungsfähig. Dr. Wohlmut wusste wohl keinen anderen Ausweg, als sich mit dieser blöden Kuh einzulassen, bis er auf eine Idee kam, wie er sie wieder loswerden konnte.«

»Wenn Sie so sicher sind, dass Dr. Wohlmut Anja beseitigt hat, warum sind Sie nicht zur Polizei gegangen?«

»Zuerst hatte ich ja keinen Verdacht, weil ich geglaubt habe, dass Anja einfach ihren Urlaub überzieht, als sie nicht wiederkam, und das war mir sowieso egal. Als dann die Sache mit dem Messer und ihrem Blut in der Zeitung stand, habe ich mir gleich gedacht, dass Dr. Wohlmut das gewesen sein muss. Aber ganz sicher konnte ich mir nicht sein. Außerdem, warum sollte ich mir über eine Frau Gedanken machen, die mich so hinterfotzig behandelt hatte? Ich wollte erst einmal abwarten, wie sich Dr. Wohlmut mir gegenüber verhält, zur Polizei gehen kann ich immer noch.«

Schwester Johanna sprach in einer Mischung von Hysterie und Berechnung, in ihrem Kopf schienen sich Gedanken abzuspulen, die weder logisch noch einleuchtend waren.

»Was haben Sie denn gedacht, wie sich Dr. Wohlmut Ihnen gegenüber verhalten sollte?«

»Das kann ich nicht genau sagen. Vielleicht würde er sein Glück wieder bei mir versuchen, dachte ich. Dann könnte ich mir immer noch überlegen, ob ich mich darauf einlasse oder ob ich ihn abblitzen lasse und bei der Polizei anzeige.«

Sie überlegte für einige Sekunden. Auf ihrem Gesicht spiegelten sich im Schnelldurchlauf die unterschiedlichsten Emotionen, von glühender Liebe bis heißem Hass. Johanna kam zu einem Schluss.

»Inzwischen glaube ich, dass ich doch nichts mehr mit ihm zu tun haben will. Wenn Sie nicht gekommen wären, hätte ich mich wahrscheinlich in den nächsten Tagen bei der Polizei gemeldet.«

Marder verabschiedete sich von Schwester Johanna mit dem Hinweis, dass sie sich zur Verfügung halten solle, es könne sehr gut sein, dass die Polizei noch einmal mit ihr sprechen müsse. Er fragte sich, ob man Schwester Johanna, juristisch gesehen, einen Vorwurf daraus machen konnte, dass sie ihren Verdacht der Polizei nicht mitgeteilt hatte, vor allem, wenn es sich herausstellen sollte, dass Dr. Wohlmut tatsächlich Anjas Mörder war. Als er in sein Auto stieg, fiel ihm ein, dass Johanna kein einziges Mal den Vornamen von Dr. Wohlmut erwähnt hatte. Oder hatte sie es doch getan und er hatte es nicht mitbekommen oder wieder vergessen?

20.

Dr. Einhardt Wohlmut wunderte sich, wo Kommissar Marder abgeblieben war, sie hatten sich für acht Uhr dreißig im Café *Lila* verabredet. Inzwischen war es neun. Das Café lag in der Nähe seiner Wohnung in der List, dem Teil von Hannover, der überzeugt war, etwas Besseres zu sein als die übrigen Stadtteile. Seine Bewohner waren der Ansicht, dass die Einwohner der Stadt, die nicht hier lebten, zu bedauern waren. Die Hannoveraner, die außerhalb der List wohnten, waren allerdings der gegenteiligen Überzeugung. Dr. Wohlmut frühstückte an seinen freien Tagen gern im Café *Lila*, weil er dabei Gesellschaft hatte, ohne gesellig sein zu müssen. Leute, die in das Café kamen, nickten denen, die hier bereits saßen, mit einem freundlichen Lächeln zu, um sie dann für den Rest ihrer Croissants zu ignorieren. Kommissar Marder hatte ihn am Abend vorher bedrängt, sich mit ihm zu treffen, und nun kam er nicht einmal rechtzeitig. Noch besser wäre es, der Kommissar würde überhaupt nicht kommen, denn an einer Unterhaltung mit ihm lag Dr. Wohlmut nicht viel.

Ein paar Minuten warte ich noch, dann gehe ich, dachte er, ich brauche mir dann keine Vorwürfe zu machen, dass wir uns verpasst haben. Er wurde ungeduldig, schließlich schuldete er diesem Kommissar nicht seinen Tag, so wie er niemandem etwas schuldete, auch wenn die Sache mit Anja Matuschek höchst unglücklich gelaufen war. Warum hatte sie sich auch so aggressiv verhalten? Dabei musste er zugeben, dass er ihr gegenüber nie ganz ehrlich gewesen war. Er fragte sich, wie viel sie wirklich gewusst hatte.

Als der Kommissar ihn am Abend angerufen hatte, kam ihm der Name bekannt vor, er konnte ihn jedoch nicht sofort einordnen. Dann fiel ihm ein, dass der Mann vor kurzem wegen eines Nierensteins auf der Station gelegen hatte. Der Kommissar drückte sich ziemlich vage aus, was er von ihm wollte, aber als er Anja Matuschek erwähnte, war Dr. Wohlmut höchst alarmiert.

Würde er ihn über seine Karriere oder seine Ehe ausfragen? Was sollte er davon preisgeben? Das Statistische aus seinem Leben würde er natürlich erzählen. Dass er achtunddreißig Jahre alt war, in Siegburg bei Köln aufgewachsen und dort zur Schule gegangen war, das Abitur gemacht hatte, danach an der Medizinischen Hochschule in Hannover studiert hatte, wo er seine Frau kennengelernt hatte. Gabriele war ebenfalls Studentin gewesen, und sie hatten noch vor dem Ende seines Studiums geheiratet, er war immer schon ein Mann schneller Entschlüsse gewesen, manchmal etwas zu schneller – das konnte er auch in Bezug auf Gabriele nicht ganz ausschließen. Sollte er erwähnen, dass er während seiner Kindheit nicht besonders glücklich gewesen war? Er hatte kein harmonisches Familienleben gekannt, denn seine Eltern konnten die Kälte, die zwischen ihnen herrschte, nicht vor ihm verbergen. Warum das der Fall war, verstand er zum ersten Mal als Neunjähriger, als er eines Tages nach der zweiten Schulstunde wegen eines plötzlichen Fiebers nach Hause geschickt wurde und dort einen unbekannten Mann antraf, der hastig sein Hemd zuknöpfte, während seine Mutter mit hochrotem Kopf etwas von einem alten Freund stammelte. Den Rest dieses Tages verbrachte er mit erhöhter Temperatur im Bett. Am Nachmittag brachte seine Mutter einen riesigen Eisbecher in sein Zimmer und sagte:

»Weißt du, Einhardt, der Papa hat auch eine alte Freundin, die er manchmal besucht, ohne mir davon zu erzählen. Deswegen brauchen wir ihm auch nichts von meinem Freund erzählen, der heute Vormittag zu Besuch war. Versprichst du mir das?«

Er versprach es, fragte aber, ob er ein bisschen mehr Schlagsahne auf sein Eis haben könne.

»Aber natürlich«, sagte sie. »So einem lieben Jungen wie dir kann man doch keinen Wunsch abschlagen.«

Wieso kam ihm diese Geschichte immer wieder in den Sinn? Sie hatte überhaupt nichts mit seinen Beziehungen zu Anja und Johanna zu tun. Auf jeden Fall war sie nichts, was er dem Kommissar erzählen wollte, genauso wenig, wie er damals seinem Vater nichts von dem Besuch von Mamas Freund erzählt hatte. Sollte er erwähnen, dass er als Schüler von seinen Klassenkameraden gelegentlich wegen seiner abstehenden Ohren gehänselt wurde? Das hatte er nie vergessen können, und später hatte er sich geschworen, sich niemals mehr etwas gefallen zu lassen. Wenn er es im Leben zu etwas bringen wolle, dann musste er sich allein durchsetzen, notfalls auch gegen die Interessen anderer.

Sollte er dem Kommissar sagen, dass er gern ein paar Zentimeter größer wäre als die einen Meter neunundsechzig, die er von der Natur mitbekommen hatte, oder dass er keine Sehnsucht nach dem Rheinland hatte, weil ihm der jährliche Karnevalsrummel mit den albernen Liedern und infantilen Kostümen auf die Nerven ging? Wohl kaum, aber mal sehen, wie das Gespräch lief.

Nicht verheimlichen würde er, dass er getrennt von seiner Frau lebte, ohne dass sie geschieden waren – das war menschlich und in der heutigen Zeit nichts Ungewöhnliches. Vielleicht auch die Tatsache, dass er ein Ferienhaus in Boltenhagen an der Ostsee besaß, wo er gern seine freien Tage verbrachte? Nicht erwähnen würde er, dass dieses Haus von seiner Frau in die Ehe gebracht worden war, er aber auf dem Haus als Abfindung bestanden hatte, als sie unbedingt die Trennung von ihm wollte. Überhaupt würde er wenig von Gabriele erzählen, auch nicht, dass sie zwei Jahre früher als er ihren »Doktor« gemacht hatte, obwohl sie beide im gleichen Jahr mit dem Studium begonnen hatten. Ebenso wenig würde er erwähnen, dass die Medizinische Hochschule ihr angeboten hatte, nach dem Studium dort als Ärztin zu praktizieren, um sich auf den Weg zu einem Professorentitel zu machen – ein Angebot, das er nicht erhalten hatte. Davon profitierte letztlich das Krankenhaus in Gehrden, das ihn angestellt hatte, als er seine Bewerbung dort einreichte. Das war bei seiner gut benoteten Doktorarbeit nicht verwunderlich, auch wenn Gabriele ihn dabei gelegentlich ein bisschen beraten hatte.

Unsicher war er, was er über seine Verhältnisse mit Johanna und Anja preisgeben sollte. Dass beide ihn mehr geliebt hatten als er sie, ging niemanden etwas an. Ebenso wenig, dass er beide Frauen als Übergangslösungen angesehen hatte, bis er und Gabriele zu einer endgültigen Entscheidung über ihr zukünftiges Verhältnis kommen würden – das war ausschließlich seine private Angelegenheit. Jetzt spielten die beiden Krankenschwestern keine Rolle mehr in seinem Liebesleben, auch wenn es vor allem Anja nicht wahrhaben wollte. Johanna war seine erste Geliebte aus dem großen Fond des weiblichen Personals der Klinik gewesen. Sein Interesse an ihr war schlagartig gesunken, nachdem sie einmal zusammen in das Dorf in der Heide gefahren waren, wo sie aufgewachsen war. Ihre Eltern hatten ihn unermüdlich nach seinen Plänen für die Zukunft befragt – in offensichtlicher Unkenntnis, dass er bereits verheiratet war. Zumindest hatte deren Ignoranz ihm erspart, Erklärungen abgeben zu müssen, warum er sich von seiner Frau getrennt hatte, aber nicht geschieden war. Als sie andeuteten, wie froh sie wären, dass Johanna ihn mit nach Hause gebracht und ihnen vorgestellt hatte, bevor sie mit ihm intim wurde, konnte er ein höhnisches Lachen kaum unterdrücken. Die Leute schienen von ihrer Tochter völlig irrige Vorstellungen zu haben, wenn die wüssten, wie freudig Johanna schon bei ihrem ersten Date in sein Bett gehüpft war.

Auf keinen Fall würde er dem Kommissar gegenüber seine gelegentliche Konzentrationsschwäche zur Sprache bringen. Diese war ihm bewusst und sie war ihm peinlich, manchmal mehr als das. Er hatte in der letzten Zeit – eigentlich schon seit dem Ende seines Studiums – einige kleine, unbedeutende Irrtümer bei der Behandlung von Patienten gemacht, die zum Glück nie zu ernsthaften Folgen geführt hatten, weil er sie immer noch rechtzeitig erkannt und korrigiert hatte. Nur die Sache mit Frau Stielmann war relativ schiefgegangen, sie musste zu einer Nachbehandlung ein zweites Mal ins Krankenhaus und danach zur Kur in eine Reha-Klinik. Eigentlich habe ich der Frau nicht geschadet, sondern ihr zu vier Wochen Erholung auf Kosten der Krankenkasse verholfen, beruhigte er sich. Ihm war klar, dass das weder sein Chef noch die Krankenkassen oder die Ärztekammer so sehen würden und dass seine Karriere als Arzt auf einen ungeplanten Umweg geraten könnte, wenn sein kleiner Schnitzer bekannt werden sollte. Zum Glück war es niemandem aufgefallen, dass nicht die Natur, sondern menschliche Fehlbarkeit den Rückfall von Frau Stielmann verursacht hatte.

Niemand war nicht ganz korrekt. Zu dumm, dass Anja als Krankenschwester diesen belanglosen Fehler irgendwie mitbekommen hatte. Sie hatte schon länger zu erkennen gegeben, dass sie ihm gern näherstehen und -liegen würde, und eine Weile nach der Sache mit Frau Stielmann wurde sie sehr deutlich. Sie nötigte ihn geradezu, seiner damaligen Geliebten Johanna den Laufpass zu geben, und bot sich unmissverständlich als Ersatz an. Eines Tages erwähnte sie, dass sie seine Fehlleistung – ja, sie hatte tatsächlich Fehlleistung gesagt – bemerkt habe, worüber sie selbstverständlich mit keinem Menschen zu sprechen beabsichtige. »Aber ich frage mich, ob womöglich der Chefarzt besorgt ist, warum Frau Stielmann zweimal kurz hintereinander operiert werden musste«, hatte sie unschuldig lächelnd gesagt. Nein, kein Wort darüber würde jemals über ihre Lippen kommen, hatte sie beteuert. Es bestehe natürlich die Gefahr, fügte sie noch dazu, dass sie sich aus Versehen einmal verplappern könnte, wenn er weiterhin ihre Freundschaft ablehne – er wisse schon, was sie meine. Das war noch gar nicht so lange her, aber es schien Dr. Wohlmut heute bereits wie vor einer Ewigkeit.

Dabei war diese lächerliche Nötigung völlig überflüssig gewesen, er hatte längst entschieden, sich von Johanna zu trennen und etwas Neues auszuprobieren, da war Anja so gut oder besser wie manche andere. Er wusste, dass es ein Spiel mit dem Feuer war, als er scheinbar auf Anjas Erpressung einging. Das ging eine Weile gut, weil es aufregend war, mit einer so erfahrenen Gespielin wie Anja einen guten Teil der Freizeit zu verbringen – aber eben nur eine Weile. Er war in dem Alter, in dem die Hormone mit den Männern verrückte Sachen machen, und bald begann er, wieder anderen Krankenschwestern freudig und lustvoll hinterher zu schauen. Ein weiterer Grund dafür war, dass Anja in dieser Zeit immer depressiver, manchmal richtig hysterisch wurde, nichts mehr schien ihr Freude zu machen, sogar Sex wurde weniger aufregend mit ihr. Als Anja mitbekam, dass er mit anderen Schwestern flirtete, und ihm deswegen Vorwürfe machte, versuchte er, ihr sein Verhalten auf medizinischer Basis zu erklären. Seine Hoffnung, durch den Hinweis auf den Hormonspiegel und dessen Auswirkungen auf Männer in bestimmten Jahren auf Verständnis zu stoßen, wurde bitter enttäuscht. Sie meinte, das halte sie für Ausreden eines unverbesserlichen Schürzenjägers und würde sich das nicht gefallen lassen. Sie wurde dabei ausgesprochen zickig und fing wieder mit Frau Stielmann und ihrer doppelten Operation an. Das war zu blöd von ihr, und er wusste zuerst nicht, wie er mit dieser Situation umgehen sollte.

Ein junges Paar kam Hand in Hand ins Café. Sie hatten Tennisschläger in ihren freien Händen, wirkten frisch geduscht und ebenso verliebt, dabei erschöpft. Toll, dachte Dr. Wohlmut, die müssen ja richtig früh aufgestanden sein, wenn sie um diese Zeit schon den Frühsport hinter sich haben. Schön, wenn Leute ein gemeinsames Hobby haben, das sie in Bewegung hält.

Einhardt Wohlmut nahm sich vor, auch in seinem Leben Hobbys mehr Raum zu geben. Aber welchen? Seine liebste Freizeitbeschäftigung war nun einmal der Umgang mit dem anderen Geschlecht und den sich daraus ergebenden Freuden. Wenn schon ein weiteres Hobby, dann bot sich eigentlich nur Golf an, das konnte nebenbei seiner Karriere guttun. Die meisten Ärzte im Krankenhaus sprachen von ihren Erfolgen auf dem Golfplatz oder ihrem Handicap (was das war, war ihm nicht ganz klar), da würde er gern mitreden können – vor allem, da der Chefarzt im Vorstand eines Golfclubs zwischen Deister und Süntel war. Außerdem würde Sport sicher seiner Konzentrationsfähigkeit helfen und ihn vor weiteren Irrtümern bei der Behandlung von Patienten bewahren, er konnte schließlich nicht sicher sein, dass sie immer so harmlos endeten wie bisher.

Es war jetzt fast halb zehn, Dr. Wohlmut war mit dem Frühstücken fertig. Er hatte sich gerade entschlossen, nicht länger zu warten, als der Kommissar das *Lila* betrat. Marder merkte sofort, dass er etwas falsch gemacht hatte. Nachdem Dr. Wohlmut ihn wissen ließ, dass er bereits eine Stunde hier gesessen habe, sagte Marder, das täte ihm unendlich leid, er wäre überzeugt gewesen, sie hätten sich für neun Uhr dreißig verabredet, und er hätte deswegen bereits im Hotel gefrühstückt.

»Das ist wirklich unverzeihlich, Herr Dr. Wohlmut, ich entschuldige mich in aller Form. Da habe ich leider etwas durcheinander gebracht. Ich hoffe, Sie haben trotzdem ein bisschen Zeit für mich.«

»Ja, aber noch länger hier im Lokal zu hocken, dazu habe ich keine Lust. Lassen Sie uns einen Spaziergang in der Eilenriede machen. Dabei können wir reden, und ich kann eine rauchen.«

Als sie im Freien waren, zündete sich Dr. Wohlmut sofort, fast hastig, eine Zigarette an. Die Hände des Doktors schienen leicht zu zittern, aber Marder war nicht sicher, ob es tatsächlich so war, oder ob es nur der Wind war, der an Wohlmuts Hemdärmeln zupfte. Der Kommissar war in Versuchung zu bemerken, dass er als Arzt eigentlich wissen sollte, wie gefährlich Rauchen sei. Er entschied sich, es nicht zu tun. Wohlmut hatte offensichtlich Marders Gedanken erraten.

»Ich weiß, ich weiß, Herr Marder, sagen Sie es nicht. Ich weiß natürlich, dass Rauchen der Gesundheit schadet … es steht ja auf jeder Schachtel … das ist auch gut so … ich meine das mit der Aufschrift … man sollte die Leute immer wieder darauf hinweisen. Ich rauche ja nur eine oder höchstens zwei Zigaretten am Tag, am liebsten direkt nach dem Essen, so wie jetzt, oder nachdem ich … Na, Sie können sich denken, was ich meine.«

Oder, wenn du besonders aufgeregt bist, dachte Marder.

Die Eilenriede war eine Kreuzung und eine Straße vom Café *Lila* entfernt. Auf der einen Seite dieser Straße war noch Großstadt, auf der anderen fing übergangslos die Natur an. Der Wald hier hatte allerdings wenig mit dem Wald an den Hängen des Deisters gemeinsam. Vielleicht lag es daran, dass die Abstände zwischen den Bäumen hier größer waren als in den Hügeln dreißig Kilometer von der Stadt entfernt. Die zahlreichen Wege durch den Wald waren grau, aber fahrradfreundlich asphaltiert. Man konnte die Geräusche und die Auspuffgase der Autos wahrnehmen, die den Wald umkreisten.

»Viele Leute nennen die Eilenriede die grüne Lunge der Stadt, andere sind eher der Ansicht, sie sei eine ungeheure Verschwendung erstklassiger Baugrundstücke«, sagte Dr. Wohlmut, wobei er nicht erkennen ließ, mit welcher Seite er sympathisierte. Auf dem Weg vom Café hatte der Arzt über die Vorzüge der List referiert, dabei betont, wie wohl er sich hier fühle, und wie viele Restaurants, Clubs und kulturelle Einrichtungen dieser besondere Teil der Stadt biete. Dr. Wohlmut war offensichtlich nervös. Marder war bisher kaum zu Wort gekommen, er hatte den Eindruck, dass Dr. Wohlmut durch seine langatmigen Ausführungen Fragen des Kommissars verhindern wollte. Marder riss Dr. Wohlmut aus seinen belanglosen Betrachtungen über das Yuppie-Leben.

»Herr Dr. Wohlfahrt … Entschuldigung … Herr Dr. Wohlmut, ich muss Ihnen gestehen, dass mich das Leben in der List und deren Vorzüge nicht sonderlich interessieren. Was mich interessiert, ist ausschließlich, wo Anja Matuschek jetzt ist. Können Sie mir das sagen? Sie ist doch Ihre Freundin, nicht wahr?«

Dr. Wohlmut reagierte nicht so bestürzt, wie Marder es erhofft hatte, vielleicht war Marders Fauxpas mit dem Namen schuld daran. Der Arzt war trotz seiner Ausführungen über das *Schöner Wohnen* in der List auf ein Verhör wegen Anja Matuschek offensichtlich vorbereitet.

»Ja, Anja ist eine gute Bekannte von mir. Leider kann ich Ihnen nicht sagen, wo sie sich im Moment aufhält. Sie ist in den Urlaub gefahren, ohne mir zu sagen, wohin sie will. Darüber habe ich mir keine Gedanken gemacht, weil ich die persönlichen Entscheidungen meiner Bekannten grundsätzlich respektiere. Das gilt selbstverständlich auch für Anja.«

»Aber Anja ist nicht irgendeine Bekannte von Ihnen, sondern Ihre Freundin. Da sagt man sich normalerweise, was man im Urlaub vorhat, und verschwindet nicht einfach.«

»Ja, wir waren zusammen, aber das bedeutet nicht, dass sie mir für alles, was sie tut, Rechenschaft schuldet, oder mir immer gesagt hat, welche Pläne sie hatte.«

Dr. Wohlmut blieb stehen und schaute den Kommissar auffordernd an, als suche er Zustimmung. Marder stellte fest, dass der Mann leicht abstehende Ohren hatte. Das war ihm vorher nicht aufgefallen. Vielleicht spreizen sie sich nur, wenn sich das Gehirn dazwischen anstrengt und Lügen erfindet, dachte er.

»Sie sagen, dass Sie mit Anja zusammen *waren?* Also sind Sie es nicht mehr, vielleicht weil Sie wissen, dass Anja nicht mehr lebt?«

Dr. Wohlmut zuckte zusammen, blieb stehen und fing an, mit den Händen herumzufuchteln, als würde er sich gegen einen unsichtbaren Feind verteidigen. Er schnalzte mit Daumen und Mittelfinger seiner rechten Hand, als wolle er sich zu Wort melden, um eine vorherige Aussage zu korrigieren.

»Natürlich *ist* ... ja natürlich ... sie *ist* meine Partnerin. Ich habe *war* gesagt, weil sie schon eine Weile weg ist. Um ehrlich zu sein, ich war ganz außer mir, als ich gehört habe, dass sie vermisst wird ... und jetzt noch die Sache mit dem Messer und ihrem Blut, da im Deister ... ich bin völlig erschüttert ... das habe ich erst vorgestern von einem Kollegen im Krankenhaus erfahren.«

»Können Sie mir sagen, welcher Kollege das war?«

»Ja, selbstverständlich ... warten Sie mal ... das war während der Mittagspause ... da saßen wir zu mehreren am Tisch ... nein, es tut mir leid, ich kann mich doch nicht mehr erinnern, wer genau das war. Es tut mir wirklich leid, aber so ist es nun einmal.«

Dr. Wohlmut wirkte konfus und hilflos. Marder hatte den Eindruck, dass sich seine Gedanken so schnell im Kreis drehten, dass er ihnen selbst nicht folgen konnte.

»Und vorher hatten Sie nicht gehört, dass Anja vermisst wurde? Das kann ich kaum glauben.«

»Ich lese ja die lokale Zeitung von diesem Ort am Deister nicht ... und in unserer Zeitung war das nur eine kleine Notiz, wenn überhaupt, die ich wohl übersehen habe ... ich bin mit den Nerven völlig fertig, wenn ich mir vorstelle, dass Anja etwas Schreckliches passiert sein könnte, das kann ich ...«

Bevor er seinen Zustand weiter beschreiben konnte, unterbrach ihn Marder.

»Dafür, dass Sie mit den Nerven völlig fertig sind, haben Sie mich bis vor ein paar Minuten ausgesprochen munter über die Qualitäten des Wohnens in der List informiert. Es gibt übrigens jemanden, der sagt, Anja Matuschek sei tot und Sie seien für ihren Tod verantwortlich.«

Marder hatte sich entschieden, Dr. Wohlmut einem Schock auszusetzen. Deswegen sprach er von Tod und nicht von Verschwinden oder von Vermisstsein.

Wohlmut blieb stehen und blickte Marder fassungslos an, als sei er in eiskaltes Wasser gefallen.

»Das ist ja ungeheuerlich. Aber ich kann mir denken, wer das gesagt hat … das kann nur Schwester Johanna gewesen sein.«

Wohlmut schnalzte wieder mit seinen Fingern, das war offensichtlich eine ihm unbewusste Geste bei Nervosität in hoher Potenz.

»Wieso sind Sie sich da so sicher?«

»Bevor ich mit Anja zusammen war, war ich mit Johanna befreundet. Die hat nicht verkraften können, dass ich mich von ihr getrennt habe, und ist schrecklich eifersüchtig. Jetzt macht sie offensichtlich vor nichts halt, um sich an mir zu rächen.«

»Warum haben Sie Johanna eigentlich sitzen lassen?«

»Warum fragen Sie das? Haben Sie früher nie ihre Freundin gewechselt? (Das hatte Marder tatsächlich nicht. Iris war seine erste Liebelei gewesen und danach seine erste ernsthafte Liebe und war es bis zum heutigen Tag geblieben. Manchmal fragte er sich, ob er etwas versäumt hatte.) Also, mit Johanna war das so: Sie war mir zu anhänglich geworden, so mit Eltern besuchen und solchen Sachen, als ob man verheiratet wäre … außerdem … na, ja … wie soll ich sagen … es war nach einer Weile mit ihr nicht mehr so aufregend wie am Anfang … dann habe ich mich halt in Anja verliebt. Johanna hat darauf hysterisch reagiert. Deswegen erfindet sie solche Sachen, wie, dass ich ein Mörder bin.«

Ein Mann und eine Frau joggten ihnen entgegen. Wohlmut hob seinen Kopf und lächelte die Frau an.

»Hallo Gaby«, sagte er.

»Hallo Einhardt«, antwortete sie. »Wie geht's?«

Die Frau war an einer Antwort auf ihre Frage nicht interessiert. Bevor Einhardt ihr mitteilen konnte, wie miserabel ihm im Moment zumute war, hatte sie sich wieder entfernt.

»Wer war das?«, fragte Marder.

»Niemand Besonderes, nur meine Frau. Die treffe ich gelegentlich hier in der Eilenriede. Sie joggt regelmäßig mit ihrem Freund, oder soll ich sagen, mit ihrem gegenwärtigen Freund. Der ist schon der dritte, seit wir getrennt leben. Wetten, dass der auch nicht von Dauer sein wird.«

»Also, sind Sie nun der Mörder von Anja Matuschek oder nicht?«

»Können Sie nicht was Intelligenteres fragen? Nein, der bin ich natürlich nicht. Die Johanna weiß nicht, was sie sagt. Die spinnt.«

»Spinnt Johanna auch, wenn sie behauptet, dass Anja Sie wegen eines Fehlers erpresst hat, den Sie bei der Behandlung einer Patientin gemacht haben?«

»So ein Schwachsinn. Ich fand Anja einfach toll, sie hat mich überhaupt nicht zu erpressen brauchen.«

»Gab es diesen Behandlungsfehler an einer Patientin oder nicht?«

»Selbstverständlich nicht. Wissen Sie, man kann bei der Behandlung einer Krankheit durchaus unterschiedlicher Meinung sein, das kommt jeden Tag in den besten Ärztekreisen vor. Ich habe mich in einer bestimmten Situation für eine bestimmte Behandlung entschieden, und Anja meinte wohl, ich hätte etwas anderes machen sollen. Dabei hat sie weder die Ausbildung noch die Erfahrung, um das zu beurteilen.«

»Und woher wusste Johanna von dieser, sagen wir mal ›Meinungsverschiedenheit‹ zwischen Ihnen und Anja?«, fragte Marder, während er einen grün-weiß-schwarzen Plastikfußball auf einen Spielplatz zurückschoss, der auf den Weg gerollt war. Auf den Ball war in großen Ziffern »96« gedruckt.

»Damals waren Anja und Johanna noch befreundet und haben sich wohl darüber unterhalten. Aus irgendeinem Grund muss Johanna dann später die fixe Idee gekommen sein, Anja hätte mich erpresst, weil sie es sich anders nicht erklären konnte, warum ich sie wegen Anja verlassen hatte. So einfach ist das.«

»So einfach finde ich das alles nicht.«

Marder war verwirrt und konnte es nicht verheimlichen. Er versuchte sich daran zu erinnern, was Schwester Johanna genau über ihre Beziehungen zu Anja und Dr. Wohlmut gesagt hatte, aber er konnte sich nicht mehr an alle Details erinnern.

»Doch, doch, glauben Sie mir. So einfach ist das.«

Dr. Wohlmut wurde vehement. Seine Ohren spreizten sich einen Hauch weiter.

»Die Johanna ist immer noch verdammt eifersüchtig. Die will mich unbedingt zurückhaben – ganz bestimmt nicht, weil sie unsterblich in mich verliebt ist, sondern weil sie gegenüber Anja nicht zugeben will, dass sie den Kürzeren gezogen hat. Dafür schreckt sie vor nichts zurück. Wenn jemand Anja umgebracht hat, dann … dann …«

Der Arzt geriet ins Stocken, als getraute er sich nicht auszusprechen, was er dachte.

»Wollen Sie damit sagen, dass Johanna …«

»Beweisen kann ich natürlich nichts. Johanna hasst Anja mit totaler Hingabe, seit sie mit mir zusammen ist. Ich könnte mir vorstellen, dass sie da nicht in ihrer Wut … aber ich frage mich, ob Johanna die Nerven dazu hätte … aber man weiß ja nie, letztlich kann man in niemanden hineinschauen. Wenn sie das getan hätte, wären ihre Eltern am Boden zerstört, die denken ja immer noch, Johanna ist das brave und unberührte Mädchen vom Lande.«

Die Äußerungen von Dr. Wohlmut ließen offen, was er wirklich dachte. Erst beschuldigte er Johanna und dann relativierte er alles. Marder fand den Mann in keiner Weise überzeugend, aber er wollte darüber im Moment nicht diskutieren. Er würde erst gründlich über alles nachdenken müssen, was er heute erfahren hatte, um daraus Schlüsse zu ziehen. Er hoffte, dass ihn dabei sein Gedächtnis nicht allzu sehr im Stich ließ. In dieser Phase der Ermittlung wäre das absolut fatal.

Eine professionelle Frage blieb noch.

»Können Sie sich irgendjemand anderen vorstellen, der ein Motiv hätte, Anja Matuschek verschwinden zu lassen?«

»Tut mir leid, Herr Kommissar, da kann ich Ihnen nicht

weiterhelfen, so gut kenne ich mich im Leben von Schwester Anja auch wieder nicht aus.«

Marder verabschiedete sich von dem Arzt, indem er das tat, was alle guten oder schlechten Fernsehkommissare tun, wenn sie das Gefühl haben, ihr Gesprächspartner hat nicht gründlich genug nachgedacht oder nicht alles gesagt, was er denkt oder was er weiß – oder wenn der Drehbuchautor mit sich selbst noch nicht im Reinen ist, wie die Geschichte weitergehen soll. Er schrieb seine Handynummer auf einen Zettel, gab sie Dr. Wohlmut und sagte:

»Sollte Ihnen noch etwas einfallen, dann rufen Sie mich bitte an.«

Als Marder sich umdrehte, um in die andere Richtung zu gehen, hörte er, wie Dr. Wohlmut zweimal mit den Fingern schnippte.

21.

Marder war Teil der Menschenmasse geworden, die unaufhörlich durch die Halle des Hauptbahnhofs floss. Hier reduzierte sich die Menschheit zu einem endlosen Strom von Körpern. Er fragte sich, warum gleichzeitig so viele Menschen in Hannover ankommen und abfahren müssen. Zwei schwarz gekleidete Mitarbeiter einer privaten Sicherheitsfirma kamen ihm entgegen, sie waren offensichtlich von der Deutschen Bahn beauftragt, im Bahnhofsgelände für Ruhe und Ordnung zu sorgen. Die Männer blickten düster und entschlossen auf die Menge, jederzeit bereit, ein Verbrechen im Keim zu ersticken.

Er überquerte den Vorplatz des Bahnhofs, grüßte die herrschaftliche Figur eines Kaisers, Königs oder Herzogs auf einem bronzenen Ross, die auf einem Sockel thronte, und schlenderte die Bahnhofstraße entlang zum offiziellen Mittelpunkt der Stadt, einem Platz mit einer gewaltigen Standuhr, den die Hannoveraner *Kröpcke* nannten. Marder hatte keine Ahnung, warum sie das taten. Von hier waren es nur wenige Minuten und zwei Baustellen bis zur Markthalle. Freunde, die sich in dieser Stadt auskannten, hatten ihm die Markthalle als den unterhaltsamsten Ort zum Mittagessen empfohlen.

Die Markthalle war in der Nachkriegszeit als nüchternes, eher langweiliges Gebäude wiedererstanden. Vor dem Krieg war sie eine geschwungene Sinfonie aus Glas und Stahl gewesen, die durch Bomben zerstört worden war. Am Eingang hing ein schwarz-weißes Foto, welches das Gebäude in seiner früheren feingliedrigen Pracht zeigte. Zu schade, dachte Marder, dass man es nicht wieder so aufgebaut hat, wie es einst gewesen war. Aber nach dem Krieg haben die Hannoveraner an das Praktische gedacht, es war ihnen erst einmal wichtiger, ein Haus zu bauen, das den Magen füllte und nicht den Sinn für Ästhetik befriedigte.

Innen war die Halle eine Kreuzung aus Einkaufsmarkt und Fressmeile. Das Angebot deckte die wesentlichen Bedürfnisse des täglichen Überlebens: Obst, Gemüse, Fleisch, Fisch, Kuchen, Blumen. Neben den Imbissständen mit europäischer Kost gab es eine Reihe exotischer Alternativen: Sushi aus Japan, Nudeln aus Thailand, Lamm aus Nahost. Die Halle roch wie die Speisekammer der Welt. Auf der Empore war eine Niederlassung einer deutschen Drogeriekette. Hier roch es nach 4711, Haarwasser und Zahnpasta.

Gedränge herrschte beim Stand mit bayrischen Spezialitäten, hier konnte man norddeutsch unüblich essen: Kalbshaxen, Eisbein, Weißwurst und Semmelknödel. Die Männer aus Hannover drängten sich dicht, als litten sie unter einer unerfüllten Liebe zur süddeutschen Küche, die sie von ihren Frauen nicht serviert bekamen. Der Wirt hatte an der Wand hinter den bajuwarischen Delikatessen ein Wappen des hannoverschen Bundesligavereins gehängt – die Sechsundneunzigerfans konnten hier mit gutem Gewissen einkehren und über Bayern München lästern.

Marder bestellte bei einem Italiener Spagetti mit Meeresfrüchten und setzte sich mit dem Teller an einen Bistrotisch. Rechts neben ihm saß eine Frau in den mittleren Jahren mit einer roten Perücke. Sie streichelte ihrem Begleiter mit den Fingerkuppen über den Oberschenkel. Links von ihm starrte ein älterer Herr in ein kleines Notizbuch, während er an einem Rotwein nippte. Ab und zu machte der Notizen. Ob der ein Schriftsteller ist, der seine Einfälle festhält? Oder ein Professor von der Uni, der seine nächste Vorlesung vorbereitet? Vielleicht nur ein Rentner mit einem nachlassenden Gedächtnis, der sich aufschreibt, was er noch einkaufen wollte oder sollte. Marder hatte volles Verständnis für ihn.

Sein Handy klingelte.

»Ja, hier Marder.«

»Und hier Wohlmut. Sie haben doch gesagt, ich soll Sie anrufen, wenn mir noch etwas einfällt.«

»Ja, das sagen wir von der Kripo immer, wenn wir vermuten, dass der Gesprächspartner nicht alles gesagt hat, was er weiß. Was ist Ihnen noch eingefallen?«

Aggressiv zu sein, ist dumm von mir, war Marder sich bewusst, aber er hatte keinen Nerv mehr, nett mit Dr. Wohlmut umzugehen.

»Es gibt doch jemanden, mit dem Anja sich, meines Wissens nach, öfter gestritten hat. Genau genommen ist das nicht nur eine Person, sondern es sind zwei.«

»Und wer wäre das?«

»Die beiden Mädchen, die in der Wohnung neben ihr wohnen.«

»Können Sie mir etwas Genaueres sagen? Zum Beispiel, worüber die sich gestritten haben.«

»Nee, tut mir leid. Genaues weiß ich nicht. Nur, dass sie Sandra und Tatjana heißen, und dass sich Anja über sie aufgeregt hat, weil sie lesbisch sind. Darüber hat sie ein paar Mal gelästert, irgendwie schien ihr das ziemlich zuzusetzen.«

»Aber darum werden die Anja doch nicht gleich umgebracht haben.«

«Das sage ich ja auch nicht. Aber Sie wollten doch wissen, ob ich jemanden kenne, mit dem Anja Streit gehabt hat.«

Dr. Wohlmut wurde ungehalten und wirkte enttäuscht.

»Ja, natürlich. Ich bin Ihnen ja auch für den Hinweis dankbar«, versuchte Marder ihn zu besänftigen. »Können Sie mir sonst noch etwas über das Verhältnis zwischen den dreien sagen.«

»Ich weiß nur, dass es zwischen ihnen zu unerfreulichen Diskussionen gekommen ist. Das hat Anja mehrmals angedeutet. Worum es dabei im Einzelnen ging, hat mich nicht genug interessiert, um nachzufragen. Ich muss jetzt los. Auf Wiedersehen.«

»Vielen Dank, dass Sie angerufen haben«, wollte Marder noch sagen, aber da hatte Dr. Wohlmut das Gespräch bereits beendet. Wahrscheinlich tat es ihm leid, dass er Marder überhaupt angerufen hatte. Immerhin hatte Marder erfahren, dass es noch andere Leute gab, mit denen Anja nicht zurecht kam. Es schien, als ob sie mit allen, mit denen sie in Berührung kam, Konflikte hatte. Marder konnte sich nicht erinnern, dass das so gewesen war, als er ihr früher wegen des Todes ihres Vaters und dann wegen des Todes ihrer Mutter begegnet war. Anja war es seitdem offensichtlich gelungen, sich jede Menge Feinde zu machen.

Die Spagetti auf seinem Teller waren kalt. Marder verzichtete darauf, sie zu Ende zu essen, die Meeresfrüchte hatte er ohnehin als Erstes herausgepickt. Die waren immer das Beste an dem Gericht, durch die Gewürze des Mittelmeers schmeckten *Frutti de mare* interessanter als Meeresfrüchte von der Nordseeküste.

Warum hatte Dr. Wohlmut ihn angerufen? Marder versuchte, sich über den Charakter dieses Mannes klar zu werden. Er ist ein eitler Mensch, der glaubt, ein Geschenk für das weibliche Geschlecht zu sein. Aber es reicht natürlich nicht, jemandem einen Mord zu unterstellen, weil ihm eine, oder in diesem Fall zwei Liebschaften aus dem Ruder gelaufen sind. Das ist zumindest bei normalen Menschen so. Aber konnte er Dr. Wohlmut unter die *Normalen* einsortieren? Marder bezweifelte, dass ihm Anjas Nachbarinnen wirklich erst im Nachhinein eingefallen waren. Möglicherweise war er doch in das Verschwinden von Anja involviert und durch die

Unterhaltung mit Marder verunsichert worden? In diesem Fall lag ihm sicherlich daran, den Kommissar von sich abzulenken und auf eine falsche Spur zu schicken? Andererseits, hatte er sich vielleicht tatsächlich gemeldet, weil er unschuldig war und helfen wollte?

Hatte Wohlmut überhaupt ein überzeugendes Motiv für einen Mord an Anja? Hass, Leidenschaft, Eifersucht und Gier waren Triebe, die Menschen unter gewissen Umständen zu Mördern machen. Marder überlegte, ob eine dieser Eigenschaften in dem Arzt ausreichend vorhanden war, um ihn zum Töten zu veranlassen. Es konnte sein, aber wie sollte er sich dessen sicher sein? Er zögerte, da gab es noch ein Motiv, das jemanden zum Morden treiben konnte: Angst. Ja, Dr. Wohlmut hatte Angst. Angst vor dem Ende seiner Karriere, Angst um sein Ansehen und seinen guten Ruf, Angst vor dem Rest eines gescheiterten Lebens. Unter Umständen auch Angst vor der Verachtung seiner Frau, von der er sich innerlich vielleicht nicht trennen konnte, von der er immer noch hoffte, dass sie zu ihm zurückkäme. Es schien Marder wahrscheinlich, dass Dr. Wohlmut ein Arzt war, dessen Ehrgeiz größer war als seine Fähigkeiten – sich das einzugestehen, würde ihm wahrscheinlich nie in den Sinn kommen. Vielleicht waren diese Vermutungen nur Hirngespinste, aber Marder hatte oft genug festgestellt, dass er seinen Eingebungen trauen durfte. Überhaupt, musste er eingestehen, war er heutzutage mehr als früher auf Eingebungen angewiesen, da es ihm immer schwieriger wurde, Fakten, die er gesammelt hatte, in eine korrekte Beziehung zueinander zu bringen.

Er ging den Mittelgang zwischen den Ständen entlang, holte sich bei einem Bäcker einen Cappuccino und ein

Gebäck aus Blätterteig und setzte sich an eine Theke. Jemand hatte die Bildzeitung hier liegen gelassen. Marder las die Überschriften auf der ersten Seite und ärgerte sich, wie oberflächlich die wichtigsten Ereignisse der Welt abgehandelt wurden. Sein Blick blieb an dem Foto einer jungen Frau mit nacktem Busen hängen. Er studierte es ausführlich, um sich zu vergewissern, dass er solche Bilder aufdringlich und geschmacklos fand.

Er ließ sich einen zweiten Cappuccino geben, der nicht so gut schmeckte wie der erste, wahrscheinlich, weil er der zweite war.

Marder verließ die Halle. An ihrer Rückseite trennte eine breite Hauptverkehrsstraße das Zentrum der Stadt von ihrem Rathaus. Dieses verschnörkelte Gebäude erhob sich aus einer Rasenfläche, war um die Wende vom neunzehnten zum zwanzigsten Jahrhundert entstanden und gab sich als ein Schloss aus früheren Jahrhunderten aus. Vom Rathaus war es nur ein langer Steinwurf zum Maschsee, wo er sein Auto geparkt hatte. Dieser See war das innerstädtische Segelrevier, das in den dreißiger Jahren des letzten Jahrhunderts als Arbeitsbeschaffungsmaßnahme erfunden wurde und der Schöpfung hinzugefügt worden war.

Er startete den Motor. Was sollte er als Nächstes tun? Marder fragte sich, ob an der Sache mit den beiden jungen Frauen etwas dran war. Selbst wenn es einen Zickenkrieg zwischen Anja und den Nachbarinnen gegeben hatte, war das kaum ein Anlass für ein Kapitalverbrechen. Bisher hatte er aber keinen zwingend Verdächtigen ausmachen können, also würde er nach Barsinghausen zurückfahren und bei den beiden jungen Frauen vorsprechen. Wie waren deren Namen?

Eben hatte er sie noch gewusst, aber er hatte sich nicht richtig konzentriert, als er mit Dr. Wohlmut gesprochen hatte. Bis er am Deister war, würden ihm die Namen bestimmt wieder einfallen.

22.

An der Kreuzung, wo die Landstraße von der Bundesstraße nach Barsinghausen abbiegt, fielen Marder die Namen der beiden Nachbarinnen von Anja wieder ein: Sandra hieß die eine, Svetlana die andere. Ja, Sandra und Svetlana, nun wusste er es wieder. Marder war beruhigt, sein Kurzzeitgedächtnis arbeitete noch zuverlässig. Es wäre tragisch, wenn das nicht so wäre, dachte er erleichtert, ein wesentliches Werkzeug eines Kriminalisten ist sein Verstand und seine Fähigkeit, logisch zu denken, und wir von der alten Garde haben dabei den jungen Leuten einiges voraus. Die benutzen technische Mätzchen wie Gentests oder Ähnliches, hinter denen sie sich verstecken können, um Verbrechen aufzuklären. Ein gut funktionierendes Namensgedächtnis brauchen die nicht mehr, die schreiben alles in ihre Laptops, die sie als Reserveverstand mit sich herumschleppen, oder in eins dieser kleinen elektronischen Dinger, die man in einer Hand halten kann. Marder besaß natürlich ebenfalls einen Laptop, aber er betrachtete ihn nicht als Ersatz für eigenes Denken, sondern nutzte ihn lediglich als Schreibmaschine oder als Zugang zum Internet, er bestand darauf, dass der Computer sein Diener und nicht sein Herr sei.

Er fuhr von einer Nebenstraße in die Neben-Nebenstraße, in der Anja und ihre Nachbarinnen wohnten. Gerade als er einbog, sah er in seinem Rückspiegel das kreisende Blaulicht eines Polizeiautos. Woher wissen die, dass ich hier bin, wunderte er sich. Was ist passiert, dass sich die Kollegen der lokalen Polizei die Mühe gemacht haben, mich zu finden? Er hatte schließlich niemanden wissen lassen, dass er auf dem Weg zu Anjas Haus war. Er fuhr rechts an den Bordstein und öffnete das Seitenfenster, während ein junger Polizist von hinten herankam.

»Was gibt es?«, fragte Marder.

Der Polizist lächelte unverbindlich höflich.

»Ich muss Sie darauf hinweisen, dass Sie soeben ein Stoppschild überfahren haben.«

Marder war perplex. Bevor er etwas erwidern konnte, redete der Polizist weiter, immer noch höflich lächelnd.

»Sie können hier und jetzt zehn Euro bezahlen, wofür ich Ihnen eine Quittung gebe, damit wäre die Sache erledigt. Aber es ist natürlich Ihr gutes Recht, Widerspruch einzulegen, dann ginge sie an die nächste Instanz.«

Marder konnte sich nicht erinnern, ob er ein Stoppschild übersehen hatte oder nicht, aber wenn der Mann es sagte, würde es wohl stimmen. Er war in Gedanken zu weit weg gewesen, um auf einer autoleeren und verlassenen Kreuzung auf bedeutungslose Schilder zu achten. Er überlegte für eine Sekunde, ob er sich dem jungen Polizisten als ein älterer Kollege in einer wichtigen Mission offenbaren sollte, ließ es jedoch sein, weil er den Mann nicht in Gewissenskonflikte bringen wollte. Er holte einen Fünfzigeuroschein aus seiner Brieftasche und überreichte ihn dem Beamten, nahm sich dabei vor, den Betrag über die Spesenabrechnung für diese Reise wieder zurückzuholen.

»Ich hoffe, Sie können wechseln.«

»Kein Problem, Sie sind nicht der Erste, den wir heute hier anhalten«, antwortete der Beamte und reichte Marder vierzig Euro und die versprochene Quittung.

»Ich wünsche Ihnen noch einen schönen Tag«, sagte der Polizist fast entschuldigend. »Bitte fahren Sie in Zukunft vorsichtiger, vor allem an dieser Kreuzung stehen wir öfter.«

Die polizeiinterne Kampagne für mehr Freundlichkeit gegenüber der Bevölkerung scheint erfolgreich zu sein, dachte Marder, als er weiterfuhr, selbst wenn sie Straftäter sind, wie ich eben. Es hat nur noch gefehlt, dass er mich um Verzeihung für den Strafzettel gebeten hätte.

Vor dem Eingang des Wohnblocks, in dem Anja wohnte, kniete eine junge Frau auf dem Rasen und pflanzte gelbe, rote und gelb-rote Blumen neben dem betonierten Zugangsweg zur Haustür. Marder blieb zögernd stehen. Die junge Frau stand auf, wischte sich die Hände an ihren Jeans ab und sagte leise, mehr zu sich selbst als zu ihm:

»Den ersten Preis für den schönsten Vorgarten in dieser Straße werden wir ganz bestimmt gewinnen.«

Sie wandte sich dem älteren Mann zu, der unschlüssig in ihrer Nähe stand.

»Kann ich Ihnen helfen?«

»Ja, vielleicht. Es gibt in diesem Haus zwei Frauen, die zusammen wohnen, die eine heißt Sandra und die andere Svetlana. Können Sie mir sagen, in welcher Wohnung ich sie finde?«

»Können kann ich, aber wollen will ich vielleicht nicht.«

»Entschuldigen Sie, dass ich mich nicht vorgestellt habe. Mein Name ist Marder. Ich bin von der Kriminalpoli…«

Sie unterbrach ihn.

»Wir haben uns schon gefragt, wann Sie endlich auftauchen.«

»Wer ist *wir*?«

»Na, ich und meine Freundin Svetlana. Heute Morgen hieß sie allerdings noch Tatjana.«

»Verzeihung, klar, natürlich Tatjana. *Svetlana* ist mir nur aus Versehen herausgerutscht. Dann sind Sie wohl Sandra?«

»Genau. Die bin ich. Gestatten, my name is Wächter, Sandra Wächter.«

Sie reichte Marder die rechte Hand, an der Erdklumpen klebten, die sie beim Händeschütteln an ihn weitergab.

»Kommen Sie, Herr Marder. Lassen Sie uns hineingehen. Es muss ja nicht jeder alles mitbekommen, worüber wir uns gleich unterhalten werden.«

Sie ging voraus und stieg die Treppe in den zweiten Stock hinauf.

»Seien Sie doch so lieb und ziehen Sie Ihre Schuhe aus«, sagte Sandra, als sie die Wohnung betraten. »Wissen Sie, Tatjana und ich, wir arbeiten beide und haben nicht viel Zeit zum Saubermachen. Wir haben im Flur Filzpantoffeln stehen, da sind bestimmt auch welche dabei, die Ihnen passen.«

Marder gehorchte. Sandra bat den Kommissar, sich auf ein Sofa zu setzen, das sich unter einer bunten Decke und farbigen Kissen aus Patchwork versteckte. Er ließ sich nieder, nachdem er zwei Teddybären zur Seite geschoben hatte, die vor ihm Platz genommen hatten. Einer von ihnen trug einen Hosenanzug aus Patchwork, der andere war nackt. Sandra verschwand in der Küche mit dem Hinweis auf einen ordentlichen Kaffee, den sie unbedingt um diese Tageszeit brauche – ohne ihn nach seinen Wünschen zu fragen. Er hoffte, sie war klug genug, zu erahnen, dass er das gleiche Bedürfnis hatte. Das Zimmer war aufgeräumt, dennoch standen oder lagen ausreichend Gegenstände herum, um gemütlich zu sein – ohne dass Marder den Zustand der von ihm empfundenen Gemütlichkeit definieren konnte. Aber irgendwie hatte das etwas mit der Patchworkdecke, den Kissen und den Teddybären zu tun.

Sandra musste um Anfang dreißig sein, sie war eine zierliche Person, hatte mittellange schwarze Haare mit der Zugabe einiger lila Strähnen. Ebenso unbestimmt, wie er die Wohnung als gemütlich fand, empfand er Sandra als sympathisch. In den wenigen Minuten, seit sie sich vor dem Haus begegnet waren, hatte sie meistens schelmisch geschmunzelt. Bei der gegenseitigen Vorstellung (my name is Wächter, Sandra Wächter) hatte sie etwas verlegen gekichert und sich die Hand vor den Mund gehalten, wie ein scheues Mädchen aus Fernost, das ihre Zähne beim Lächeln nicht zeigen will. Dabei waren ihre Zähne makellos und weiß. Sicher das Original – nicht wie seine eigenen, die nur oberflächlich so aussahen, aber in Wirklichkeit das Meisterstück eines Zahntechnikers in Stade waren.

»Ihre Wohnung ist gemütlich«, sagte er, als Sandra aus der Küche mit zwei großen Bechern Kaffee auf einem Tablett zurückkam, aus denen der Duft seines Lieblingsgetränks stieg. Diese Frau ist keine Mörderin, ging es ihm durch den Kopf.

»Ja, wir haben es gern gemütlich, Tatjana und ich, schließlich sind wir beide berufstätig und froh, wenn wir uns abends in ein schönes Zuhause zurückziehen können. Übrigens, Tatjana muss jederzeit kommen, vielleicht können wir bis dahin ein bisschen belanglos plaudern, damit Sie nicht alle dienstlichen Fragen zweimal stellen müssen.«

Im Interesse der Strafverfolgung war es prinzipiell sachdienlicher, Tatverdächtige einzeln zu verhören. Aber da er bereits wusste, dass Sandra keine Mörderin war, hielt er es für vertretbar, auf ihre Freundin zu warten, um die beiden jungen Frauen gemeinsam nach ihrem Verhältnis zu Anja Matuschek zu befragen.

Marder erkundigte sich bei Sandra, was sie beruflich so mache. Das wollte er im Rahmen seiner Ermittlungen ohnehin wissen, aber die Frage konnte ebenso gut Teil einer belanglosen Konversation sein. Er erfuhr, dass Sandra in einer Seniorenresidenz in der Nähe vom Waldrand als Gesundheitsberaterin, Krankengymnastin und Yogalehrerin arbeitete, allerdings nur halbtags.

»Yoga sollten Sie auch einmal versuchen, Herr Marder, Yoga ist gut für Körper und Geist und hilft gegen das Altern«, meinte sie wohlwollend.

Wenn die wüsste, dass sie einen ausgebufften Yogaguru vor sich hat, würde sie solche Vorschläge nicht so leichtfertig machen. Aber wie kommt sie eigentlich darauf, dass ich Hilfe gegen das Altern brauche, wunderte sich Marder leicht verstört. Vielleicht war ich mit meinem Urteil, dass sie unschuldig ist, doch ein wenig voreilig?

Vorher habe sie in einer Praxis für therapeutische Massagen gearbeitet, fuhr Sandra fort, die aber dem Trend der Zeit entsprechend in ein Wellness-Center umgewandelt wurde.

Dadurch war aus einem Ort für medizinische Anwendungen eine Wohlfühlinsel geworden, in der man sich auf siebzehn verschiedene Methoden massieren lassen konnte, und natürlich gab es dort jede Menge hochmoderner Exercise-Maschinen. Sandra war nach der Neuorientierung der Massagepraxis erst einmal als Instrukteurin dabeigeblieben. Ihre Aufgabe war es nun, vor allem darauf zu achten, dass sich die Kunden nicht während ihrer ersten Übungen an den Geräten verletzten oder sich aus Übereifer umbrachten. Leider machte das Wellness-Center trotz anfänglicher Erfolge nach einem Jahr erhebliche Verluste und musste schließen, was für sie ein großer Schock gewesen war. Inzwischen, versicherte Sandra, betrachte sie diese Insolvenz als Segen, weil ihr die jetzige Arbeit in einer Seniorenresidenz mehr Freude mache. Dort habe sie mehr Freiraum für eigene Entscheidungen, und die älteren Herrschaften, die sie betreute, ließen sie eher Dankbarkeit spüren als die Yuppies in dem Wellness-Center.

»In der Massagepraxis habe ich Tatjana kennengelernt. Die hat dort nicht als Therapeutin gearbeitet, sondern als Buchhalterin und hat sich zusätzlich um alles gekümmert, was unter den Begriff ›Verwaltung‹ fällt. Das hat sie auch später weitergemacht, als das Haus ein Wellness-Center wurde.«

Während sie das sagte, hörte Marder, wie ein Schlüssel in der Tür arbeitete.

»Wie und warum das mit der Pleite war, kann Ihnen Tatjana besser erzählen als ich. Da kommt sie gerade. Ich weiß nur, dass der Betrieb noch früher bankrott gewesen wäre, wenn Tatjana nicht versucht hätte zu retten, was zu retten war.«

Tatjana war größer, kräftiger als Sandra, außerdem blond.

Sie trug eine Jacke aus kleinen zusammengenähten Flecken, also war sie wohl für die Patchworkdecke und die Kissen auf dem Sofa verantwortlich. Den Teddybär mit dem bunten Anzug hatte sicherlich sie in die Wohngemeinschaft eingebracht.

»Hallo«, sagte sie, als sie ins Zimmer kam und einen älteren Herrn zwischen den Bären auf dem Sofa sah. »Ich bin Tatjana zu Leisten. Und wer sind Sie?«

Sie blickte Marder fragend an, nachdem sie Sandra mit einer schnellen, oberflächlichen Umarmung begrüßt hatte.

»Marder. Manfred Marder. Von der Kriminalpolizei.« Marder versuchte, offiziell aufzutreten.

»Ach, dann kommen Sie, um uns wegen Anja Matuschek zu befragen. Das hat aber lange gedauert.«

»Ja, aber erst möchte er noch ein bisschen belanglos mit uns plaudern«, fiel Sandra ihr ins Wort. »Zum Beispiel, was du so tust und wo du arbeitest und ob du Svetlana oder Tatjana heißt. Übrigens, für dich steht noch Kaffee in der Küche.«

»Du bist ein Schatz, das ist genau, was ich jetzt brauche. Kaffee ist unser gemeinsames Laster, Herr Marder, auch wenn ich ihn lieber mit Zucker und ohne Milch trinke und Sandra lieber ohne Milch, aber mit Zucker.«

Tatjana ging grinsend aus dem Zimmer. Hatte sie bemerkt, dass sie gerade Unsinn geredet hatte, oder war es ihre Art von Humor? Marder konnte sich nicht entscheiden. Sie kam mit einer Tasse in der Hand zurück und setzte sich in einen Sessel.

»Das mit Svetlana oder Tatjana verstehe ich nicht, aber das wird sich sicherlich im Laufe des Gesprächs klären.«

Marder beschlich das Gefühl, dass er diesen beiden Frauen nicht gewachsen war, und dass sie ihn nicht ganz ernst nahmen. Aber vielleicht irrte er sich da. Auch bei Svetla… nein, Tatjana konnte er sich schwer ein Verbrechen in Verbindung mit dem Verschwinden von Anja Matuschek vorstellen. Er fragte sich, was er seiner Frau von der Begegnung mit Sandra und Tatjana erzählen sollte.

Marder erfuhr, dass Tatjana zum alten Barsinghauser Adel gehörte. Ihre Vorfahren lebten hier seit unzählbaren Generationen und es gäbe das Gerücht, sagte sie, dass die Urahnin des Geschlechtes derer zu Leisten in einem früheren Jahrhundert als gefallene Nonne aus dem örtlichen Kloster ausgewiesen worden war. Ihr Vater habe noch im Bergwerk gearbeitet und im Klosterstollen Kohle aus dem Gestein gehauen. Das wäre eine echte Knochenarbeit gewesen, oft unter unmenschlichen Bedingungen. Man muss sich wundern, dass die Männer nach der Arbeit noch die Kraft gehabt haben, Kinder zu zeugen. Sie selbst habe einige Semester Betriebswissenschaft studiert, ohne zu einem offiziellen Abschluss zu kommen, aber sie habe genügend Erkenntnisse erworben, um die Buchhaltung eines mittelgroßen Betriebes kompetent zu verschleiern. Sie habe sich trotz des Abbruchs dieses langweiligen Studiums bei dem damaligen Massageinstitut über dem Restaurant »Knuts Gute Stube« als Buchhalterin beworben. Zu ihrer Überraschung und zu ihrem Schrecken sei sie eingestellt worden, obwohl sie in den Tiefen ihres Wesens gehofft hatte, nirgends eine Stellung als Buchhalterin zu finden. Sie wäre lieber Journalistin oder Reporterin geworden, aber ein abgebrochenes Studium der Betriebswissenschaft war nun einmal keine Trumpfkarte im Konkurrenzkampf um eine Position in der Medienwelt. Aber das sei alles Schnee von gestern. Marder fand ihre Wortwahl bei der Darstellung ihrer Karriere gelegentlich amüsant und fragte sich, ob das etwas mit ihrer adligen Herkunft zu tun hatte.

»Kommen wir lieber zu der Angelegenheit, über die Sie mit uns reden wollen, Herr Marder.«

Sie sagte das so unbekümmert, als sei es höchste Zeit, dass die Polizei sie und Sandra wegen Anja Matuschek verhörte.

Marder stellte seine Beine, die er bisher lässig gekreuzt hatte, auf den Fußboden, und setzte sich aufrecht. Jetzt war die belanglose Unterhaltung zu Ende. Er fand es schwierig, als ernst zu nehmender Kriminalpolizist aufzutreten, solange er Filzpantoffeln trug und zwischen zwei Teddybären saß.

»Mit Angelegenheit meinen Sie das Verschwinden von Anja Matuschek.«

»Genau. Wir haben alles gelesen, was die Zeitung darüber geschrieben hat. Wenn die nichts berichtet hätte, würden wir vielleicht bis heute nicht gemerkt haben, dass Anja vermisst wird«, antwortete Tatjana.

»Und warum nicht?«

»Weil wir die Beziehungen zu Anja abgebrochen haben. Um ehrlich zu sein, wir bemühen uns, ihr aus dem Weg zu gehen.«

»Und warum ist das so?«

»Das liegt vor allem an Anja.«

»Das müssen Sie erklären. Was hat sie Ihnen getan?«

»Ich glaube, da müssen wir ein bisschen ausholen, sonst versteht der Herr Kommissar unsere Abneigung gegen Fräulein Matuschek nicht. Willst du das tun oder soll ich?«, übernahm Sandra das Wort und blickte Tatjana fragend an.

»Tu du das ruhig, ich pass sowieso auf, was du sagst.«

Sandra atmete tief durch, lächelte dabei Marder aufmunternd zu.

»Machen Sie es sich ruhig wieder gemütlich, Herr Kommissar. Das wird etwas länger dauern.«

Als sei dies ein Befehl, ließ Marder sich in das Sofa zurückfallen.

»Also früher ging es hier im Haus relativ friedlich zu. Wir haben zwar keine dicken Freundschaften mit den Leuten über, unter oder neben uns. Alle im Haus haben ihre eigenen Interessen und Freunde, aber weil wir uns gegenseitig respektieren, kommen wir gut nebeneinander aus, mal abgesehen von den normalen Nickligkeiten in einem Mietshaus. Auch, dass Tatjana und ich zusammenleben, hat niemanden gestört. Wir fragen ja auch nicht, was hinter den anderen Wohnungstüren passiert.«

»Obwohl das einen manchmal schon interessieren würde«, ließ sich Tatjana vernehmen. »Entschuldigung, ich wollte nicht unterbrechen.«

»Und heute ist das nicht mehr so?« Marder wollte beim eigentlichen Thema bleiben.

»Mit den anderen Bewohnern schon, nur nicht mit Anja Matuschek. Als Anja einzog, dachte sie wohl, dass Tatjana und ich so eine zufällige WG wären, wie sie heute bei jungen Leuten gang und gäbe ist. Auf jeden Fall haben wir uns ihr gegenüber freundlich und nachbarschaftlich verhalten. Sie hat uns nach ihrem Einzug erzählt, dass sie sich gerade von ihrem Freund getrennt hat, der ihren Worten nach ein richtiger Saukerl sein muss. So wie Männer halt meistens sind, aber das hat uns nicht überrascht.«

»Das war Kurt Brenner«, warf Marder ein. Er wollte keine allgemeine Betrachtung über Männer zulassen.

»Nicht Kurt, sondern Burt. Da bin ich mir ganz sicher«, korrigierte Sandra nachsichtig.

»Ja, selbstverständlich Burt, nicht Kurt. Ich wollte nur sehen, ob Sie aufpassen. Ein alter Polizeitrick von mir«, log Marder. »Bitte fahren Sie fort, ich wollte Sie nicht vom Thema ablenken.«

»Als Anja merkte, dass wir ein Paar waren, hat sie versucht, die Leute im Haus gegen uns aufzuhetzen und eine Art Mobbing in Gang zu bringen. Sie hat gesagt, sie wolle nicht mit einem lesbischen Paar unter einem Dach wohnen, und man solle Druck auf uns machen, auszuziehen. Zum Glück ist niemand darauf eingegangen, und man hat uns wissen lassen, dass Anja im Haus über uns lästert. Als sie merkte, dass sie damit nichts erreichte und sich eher selbst unbeliebt machte, hat sie sich an den Vermieter gewandt und ihn aufgefordert, uns zu kündigen. Dazu hatte der natürlich weder eine rechtliche Grundlage noch den Wunsch, denn Mieter, die so zuverlässig ihre Miete zahlen wie wir, sind heutzutage eher Mangelware.«

Sie zögerte eine Sekunde oder zwei, dann fuhr sie fort:

»Was uns beiden aufgefallen ist, dass Anja in den letzten Monaten immer bösartiger und unberechenbarer wurde. Nach den Aussagen unserer Nachbarn soll sie sich dabei über ausgesprochen unappetitliche Einzelheiten aus unserem Privatleben ausgelassen haben, von dem sie allerdings überhaupt nicht wusste und die lediglich ihrer Fantasie entsprangen. Irgendwie schien sie immer mehr durchzudrehen, jedenfalls soweit wir es von den anderen gehört haben.«

Sie nahm einen Schluck Kaffee, sagte: »Igitt, der ist ja schon kalt«, und redete weiter.

»Vielleicht verstehen Sie jetzt, dass wir uns nicht als Anjas beste Freundinnen betrachten und gar nicht so schnell mitbekommen haben, dass sie vermisst wurde. Wir jedenfalls haben sie nicht vermisst. Nachdem wir das mit ihrem Blut im Wald gelesen haben, haben wir uns natürlich unsere Gedanken gemacht.«

»Und ist dabei etwas Bestimmtes herausgekommen?«

»Ja, ist es. Manchmal ist etwas so naheliegend, dass man es fast nicht sieht.«

»Was wäre das in diesem Fall?«

Marder wurde ungeduldig. Er merkte, dass die beiden Mädchen eine Vermutung in Bezug auf das Verschwinden von Anja hatten, aber zögerten, sie auszusprechen.

»Das kann Tatjana besser erzählen als ich, weil sie indirekt daran beteiligt ist. Ich mache inzwischen einen frischen Kaffee, den brauchen Sie wahrscheinlich sowieso, wenn Tatjana mit ihrer Geschichte zu Ende ist. Für den Notfall hätten wir auch etwas Stärkeres.«

Sandra ging in die Küche, ließ aber die Tür zum Wohnzimmer offen, um mitzuhören. Tatjana rückte sich auf ihrem Sessel zurecht. Jetzt war sie an der Reihe.

»Wissen Sie, Herr Kommissar, man soll ja vorsichtig sein, wenn man Leute verdächtigt, und wir waren uns nicht sicher, ob wir überhaupt mit jemandem darüber sprechen sollten, aber jetzt, wo Sie hier sind und ausdrücklich danach fragen … also … es ist schon so, dass wir uns vorstellen können, wer Anja gern loswerden möchte. Ob er deswegen einen Mord begehen würde, weiß ich natürlich nicht, aber ein Motiv hätte er schon und einen ziemlich fiesen Charakter auch. Ich kenne ihn seit Jahren, deswegen kann ich ihn ziemlich gut beurteilen – schließlich habe ich während meines Studiums auch zwei Semester Psychologie als Nebenfach belegt.«

»Vielleicht wäre es gut, Sie würden jetzt sagen, an wen Sie denken.«

»An Knut Wotowski.«

»Sie meinen *den* Knut Wotowski, den von *Knuts Guter Stube*?«

»Sie kennen Wotowski?«, fragte Tatjana überrascht.

Wie kam sie nur auf Wotowski als möglichen Mörder von Anja? Marder kannte ihn seit Jahren, ohne ihn wirklich zu kennen. Seine Meinung über ihn hatte zwischen Duldung und Abneigung geschwankt, aber ohne Wotowskis Hilfe hätte er kaum herausgefunden, wie sein früherer Kollege Alfred Matuschek gestorben war. Wotowski war der einzige Mensch, den man bei großzügiger Betrachtung als einen guten Bekannten von Alfred Matuschek bezeichnen konnte und der Marder einen Brief gezeigt hatte, aus dem hervorging, dass Matuschek seinen Selbstmord geplant hatte. Und ausgerechnet dieser Mann sollte für den Tod von Matuscheks Tochter verantwortlich sein? Zumindest nach Sandra Wächter, Tatjana zu Leisten und ihren Teddybären.

Marder schwieg. Seine Gedanken gingen zu den Gesprächen zurück, die er mit Wotowski geführt hatte. Er fragte sich, wie weit er die Aussagen der jungen Frauen ernst nehmen konnte.

»Sie sagen ja gar nichts mehr. Ich habe Ihnen doch gesagt, dass Sie gleich etwas Stärkeres brauchen«, kam Sandras Stimme aus der Küche.

»Ja, ich kenne Wotowski, der war auch in das Wellness-Center involviert, das sich in den Räumen seines früheren Restaurants befand.«

Tatjana nickte zustimmend.

»Ja, das ist der Wotowski, den ich meine. Aber ich muss etwas weiter zurückgehen, damit Sie nicht denken, ich spinne oder bin völlig durchgedreht.«

»Wie können Sie nur denken, dass ich so etwas denke?«

Aber völlig ausschließen kann ich es nicht, schoss es ihm durch den Kopf. Hoffentlich wird die ganze Sache nicht zu kompliziert.

»Wie ich vorhin schon gesagt habe, habe ich früher die Buchhaltung in dem Massagestudio gemacht, das in dem Haus von Wotowski war, wo er unten sein Restaurant hatte. Als das Restaurant geschlossen wurde, hat er das Haus gemeinsam mit den Mietern der Massagepraxis in ein Fitnessstudio der modernen Art umgewandelt, inklusive der Räume seines Lokals. Dabei ist er auch mit einem nicht unerheblichen Betrag in das Geschäft eingestiegen, weil er dachte, mit dem Fitnesstrend könnte er den großen Reibach machen. Aber ein normales Fitnessstudio war denen zu schofel. Die wollten so eine superduper Wellnessoase daraus machen, mit den neuesten und teuersten Geräten, mit Lounge und allem, was es sonst nur in den großen Luxushotels gibt.«

»Das muss ja ein richtiges Paradies für gestresste Männer gewesen sein.«

»Wieso für Männer, oder glauben Sie, es gibt keine gestressten Frauen?«

»Doch schon, aber die brauchen kein Wellness-Center, die reagieren sich an ihren Männern ab.«

Das war keine sonderlich sachliche Bemerkung, dachte Marder, aber irgendwie muss ich die Mädchen provozieren. Ich sitze hier auf dem Sofa mit diesen blöden Filzschlappen an den Füßen und bin ihnen ausgeliefert. Hätte ich bloß meine Schuhe anbehalten. Außerdem ärgerte er sich, dass er sich nicht mehr hundertprozentig an alles erinnern konnte, was ihm Sandra und Tatjana in der letzten Stunde erzählt hatten. Dazu noch die Informationen aus den Unterhaltungen mit Dr. Wohlmut vom Vormittag. In seinem Kopf brummte es, er hoffte, es war nicht zu hören. Seine Versuche, sich zu konzentrieren, wurden immer angestrengter. Auf keinen Fall konnte er zulassen, dass man ihm es anmerkte. Hatte er sich überschätzt, als er Coello versprochen hatte, in die Ermittlungen einzusteigen? War er doch ein alter Mann geworden, der den Realitäten seines zunehmenden Verfalls nicht ins Auge sehen wollte?

»Wie soll ich das verstehen? Oder wollen Sie mich provozieren?«, fragte Tatjana irritiert.

Sie war sich offenbar auch nicht klar darüber, wie sie ihr Gegenüber einzuschätzen hatte. War der wirklich so nett, wie er tat? Oder war er ein verkappter Frauenfeind?

Marder tat so, als tue ihm seine Bemerkung leid.

»Entschuldigen Sie, das war nur ein Scherz. Meine Frau regt sich auch manchmal über meinen Sinn für Humor auf. Gelegentlich sogar zu Recht. Bitte erzählen Sie weiter.«

»Also, kommen wir zum Wellness-Center zurück. Um es zu finanzieren, mussten Wotowski und seine Kumpels einen Kredit bei der Bank aufnehmen. Dabei muss man wissen, dass der Wotowski damals noch Schulden bei der Mutter von Anja Matuschek hatte. Ihr Mann hatte ihm früher Geld geliehen, damit er seine *Gute Stube* einrichten konnte, die ja bekanntlich ein Reinfall war.«

Marder wurde hellhörig, irgendetwas konnte hier nicht stimmen. Er unterbrach Tatjana.

»Ich muss Sie mal unterbrechen. Irgendetwas kann hier nicht stimmen. Als ich Herrn Wotowski das letzte Mal gesprochen habe, und das ist bald zwei Jahre her, hat er mir erzählt, dass er seine Schulden an die Matuscheks bezahlt habe, und zwar mit dem Geld, dass seine Frau von ihrer Mutter geerbt hatte.«

Tatjana war offensichtlich nicht besonders überrascht.

»Das ist ein typischer Wotowski. Entweder hat er da etwas durcheinander gebracht oder er hat Sie bewusst angelogen. Oder Sie haben etwas verwechselt. Mit dem Geld von seiner Frau hat er die Schulden an die Bank bezahlt, die ihm den Kredit zum Kauf des Gebäudes gegeben hat. Das Geld von Matuschek hat er gebraucht, um das Haus zu renovieren und das Restaurant und die Küche einzurichten. Und diese Schulden hat er definitiv noch nicht zurückgezahlt.«

»Da war ich wohl ziemlich naiv, ihm das zu glauben. Er machte damals einen euphorischen und selbstbewussten Eindruck, als ob alle seine Geldprobleme hinter ihm lägen.«

Tatjana lächelte nachsichtig.

»Nehmen Sie es nicht so schwer, Herr Kommissar. Das ist seine Masche. Der Wotowski ist im Allgemeinen nicht euphorisch, wenn er Schulden abbezahlt hat, sondern nur dann, wenn er jemanden gefunden hat, bei dem er neue machen kann.«

Sandra kam mit einer Kanne frischem Kaffee ins Wohnzimmer zurück. Sie setzte sich schweigend zu Marder auf das

Sofa. Um sich Platz zu schaffen, packte sie den Bären im Patchwork-Outfit und schleuderte ihn mit einem Wurf in eine Ecke des Zimmers.

Tatjana hob ihre Augenbrauen. Das gefiel ihr offensichtlich nicht, aber sie sprach weiter, ohne auf den Vorfall einzugehen.

»Da ich als Buchhalterin in alles Einblick hatte, wurde mir regelrecht schwummerig, als ich sah, mit welchen Beträgen bei dem Umbau zum Wellness-Center jongliert wurde. Ich habe mehrmals gewarnt, aber keiner wollte auf mich hören. Am Anfang lief es ja auch ganz gut, und Wotowski und seine Freunde machten sich über mich lustig und meinten, ich würde immer nur schwarzsehen und wäre eben kein Unternehmertyp. Da aber dann die Fitnesswelle so richtig losging, machten in der Stadt gleich mehrere Fitnessstudios auf, die längst nicht solche Preise verlangten wie wir. Sogar die Volkshochschule bot Fitnesskurse zu vergleichsweise minimalen Gebühren an. Da sind viele Kunden weggeblieben, jedenfalls genug, dass das Wellness-Center nicht mehr rentabel war. Deswegen musste es nach einem Jahr und ein bisschen seine feudalen Tore schließen, und ich war meinen Job los. Seitdem arbeite ich in einer Gemeinschaftspraxis von Ärzten hier im Ort, da mache ich ebenfalls die Buchführung und alles, was so an Papierkram anfällt. Ich kann Ihnen sagen, seit der Gesundheitsreform und der Bürokratie, die die verursacht hat, haben die Ärzte eine Buchhalterin dringender nötig als eine medizinisch-technische Assistentin oder Sprechstundenhilfe. Aber darüber wollen Sie wahrscheinlich im Moment nichts wissen.«

»Da haben Sie nicht unrecht«, stimmte Marder zu.

Über den erheblichen Verwaltungsaufwand im Gesundheitswesen hatte sich sein Hausarzt ebenfalls heftig beschwert, aber sich mit noch einem Thema zu befassen, hätte Marder endgültig überfordert.

»Bitte, bleiben Sie bei Wotowski und seinen finanziellen Nöten.«

Tatjana stand von ihrem Sessel auf, ging in die Ecke, in der der unglückliche Teddy lag, hob ihn auf, wischte unsichtbaren Staub von seiner gepatchten Kleidung und setzte ihn behutsam auf die Fensterbank.

»Bitte tu so etwas nie wieder«, sagte sie zu Sandra. »Ich weiß, dass du den Joachim lieber hast als den Frederick, aber ich quäle den ja auch nicht.«

Dann kam sie auf Wotowski zurück.

»Um auf Wotowski zurückzukommen. Der hat also Schulden bei den Kindern von Vera Matuschek, weil sie die Ansprüche ihrer Eltern geerbt haben. Darüber hinaus hat er noch Schulden bei der Bank für die Investitionen in das Wellness-Center. Ob der Wotowski zurzeit überhaupt ein Einkommen hat, kann ich nicht sagen, aber ich bezweifele das. Solange Vera Matuschek noch lebte, hatte er mit ihr wohl ein Arrangement getroffen, dass er seine Schulden in nur kleinen Raten zurückzahlen musste.«

»Es wundert mich, dass er sie dazu breitschlagen konnte. So wie ich Vera Matuschek kennengelernt habe, hätte ich vermutet, dass sie zielstrebig hinter dem Geld her war, das ihr zustand.«

»Na ja … nur aus Großmut hat Anjas Mutter das auch nicht getan. Sie durfte dafür kostenlos das Studio benutzen, das weiß ich genau, denn von ihr ging nie Geld auf unserem

Konto ein, und falls sie etwas bar bezahlt hat, dann ist das nie durch die Bücher gelaufen. Aber das war offensichtlich nur ein inoffizielles Arrangement zwischen Wotowski und Vera Matuschek. Übrigens habe ich gehört, dass seine ehemaligen Unternehmerkollegen ihn verklagen wollen, weil er angeblich den einen oder anderen Geldstrom an ihnen vorbeigeleitet haben soll. Aber das sind nur gut fundierte Gerüchte.«

Tatjana musste lachen. Dabei hielt sie nicht wie Sandra beim Lachen die Hand vor den Mund, sondern prustete derb befreiend los.

»Als Anjas Mutter gestorben war, haben Anja und ihr Bruder darauf bestanden, dass Wotowski die Schulden in der Höhe zurückzahlt, wie es ursprünglich im Kreditvertrag festgelegt worden war. Solange das mit der Wellness gut lief, war das auch kein Problem für ihn. Als das nicht mehr der Fall war, verlangte er, dass er wieder zu den günstigen Bedingungen zurückgehen durfte, die er mit ihrer Mutter ausgehandelt hatte. Er hat gesagt, er wolle mit Anja darüber verhandeln, mit dem Bruder wäre das ohnehin zwecklos. Wie das letztlich ausgegangen ist, weiß ich allerdings nicht. Das was ich weiß, weiß ich, weil ich damals noch im Wellness-Center gearbeitet habe, und Wotowski hat sich gelegentlich an meiner Schulter ausgeweint. Heutzutage hat er wahrscheinlich jemand anderen zum Ausweinen gefunden, mich versucht er zu meiden, weil er mir noch mein letztes Gehalt schuldet. Dabei habe ich das längst in den Wind geschrieben.«

Marder stand auf, ging in den Flur, zog die albernen Filzpantoffel aus und seine Schuhe an. Er kam zum Sofa zurück und setzte sich wieder. Nun hatte er endlich die Würde, die einem Kriminalbeamten zustand.

»Entschuldigen Sie, ich habe kalte Füße«, sagte er mit einer festen, dienstlichen Stimme, die Tatjana signalisieren sollte, dass jeder Widerspruch sinnlos war.

Ohne auf eine Reaktion zu warten, fuhr er fort:

»Sie sind also der Meinung, dass Wotowski wegen seiner Geldprobleme Anja Matuschek verschwinden ließ?«

»Ich halte es zumindest für möglich, obwohl das auf den ersten Blick nicht unbedingt logisch erscheint. Die Schulden gehen ja nicht weg, nur weil Anja tot ist. Wie vorhin gesagt, hat er versucht, mit Anja darüber zu reden. Dabei ist es vielleicht zu einem Streit zwischen ihnen gekommen, und Wotowski hat sie in einem Wutanfall mit Absicht oder aus Versehen getötet. Danach hat er ihren Körper irgendwie entsorgt, und mit dem blutigen Messer am Waldrand und dem blutigen Holzstamm will er die Polizei nur irreführen. Ich wette, dass er seine Fingerabdrücke vorher sorgfältig abgewischt hat. Und was ist nun mit Svetlana anstelle von Tatjana?«

»Das ist jetzt nicht so wichtig. Das war auch ein alter Polizeitrick von mir.«

23.

Es war dunkel geworden. Auf den Straßen war es still, als hätte sich die Stadt zum Schlafen gelegt und die Bettdecke über den Kopf gezogen. Ob er Coello noch im Büro erreichen würde? Marder wählte die Nummer des Kommissars.

»Ich habe mich schon gefragt, wann ich von Ihnen höre,

Herr Marder. Ich hoffe, Sie sind mit Anja Matuschek weitergekommen. Bei uns hat sich in dieser Angelegenheit nicht viel Neues getan.«

»Herr Coello, ich glaube, ich bin kurz vor dem Ende meiner Ermittlungen. Aber jetzt brauche ich Ihre Hilfe.«

»Was kann ich für Sie tun?«

»Ich bitte Sie, Knut Wotowski morgen Vormittag, sagen wir um zehn Uhr, ins Dezernat vorzuladen. Ich werde eine Stunde früher da sein, da kann ich Sie aufs Laufende bringen, was ich seit unserem letzten Gespräch in Erfahrung gebracht habe.«

Marder sagte das mit Dringlichkeit in der Stimme, Coello sollte nicht das Gefühl haben, er sei aus den Ermittlungen entlassen.

»Okay, dann werde ich eben einen Babysitter besorgen.«

»Babysitter?« Marder war verwirrt.

»Ja, wissen Sie, am Sonnabend muss meine Frau zu ihrer Mutter. Da müsste ich eigentlich zum Babysitten zu Hause bleiben.«

»Kann sich denn niemand anders um Ihren Sohn kümmern?«

»Es ist eine Tochter, Herr Marder, wir haben eine Tochter, keinen Sohn. Ich dachte, ich hätte Ihnen das beim letzten Mal erzählt … aber ist ja auch egal. Es ist nicht so leicht wie Sie denken, am Sonnabendmorgen jemanden zu finden, der auf das Kind aufpasst, aber ich werde es schon managen, wenn es sein muss. Wissen Sie, meine Schwiegermutter ist schwer krank, und meine Frau und ihre Schwester wechseln sich bei ihrer Pflege ab. Leider ist meine Schwägerin an diesem Wochenende mit dem Kirchenchor im Harz zum Wandern, da hat meine Frau gar keine andere Wahl, als ihre Mutter zu versorgen.«

Marder sah durchaus ein, dass eine kranke Mutter Aufmerksamkeit und Fürsorge verdiente. Das sprach für Coellos gutes Herz als besorgter Schwiegersohn. Aus der Sicht eines Kriminalbeamten, der vom Staat bezahlt wurde, um Verbrechen aufzuklären, haderte Marder allerdings mit dieser Einstellung. Wahrscheinlich hat das jedoch wenig mit Coello persönlich zu tun, sondern die jungen Beamten haben grundsätzlich eine lässigere Pflichtauffassung als meine Generation. Das war jedenfalls seine persönliche Überzeugung und deswegen haderte er mit den veröffentlichten Statistiken der Polizeibehörden, dass in den letzten Jahren die Aufklärungsquote der Verbrechen ein gutes Stück gestiegen war. Entweder beschönigte jemand diese Zahlen nach politischem Bedarf, oder er lag falsch mit seiner Annahme, dass die neue Generation der Kriminalbeamten weniger effektiv und motiviert arbeitete als die vorigen. Er nahm sich vor, dieses Thema bei der nächsten Gelegenheit mit Erich Falkenberg zu diskutieren.

Er entschloss sich, Coello ein Stück entgegenzukommen.

»Und wenn wir den Wotowski etwas später legen, so auf zwölf?«

»Ja, das ließe sich einrichten. Da muss meine Frau halt ein bisschen eher nach Hause kommen als sonst.«

»Es wäre mir wirklich wichtig, vorher mit Ihnen zu sprechen, sagen wir so um elf.«

»Ich werde sehen, dass ich um elf da bin, meine Frau war früher auch bei der Polizei, da weiß sie, dass es dringende dienstliche Angelegenheiten gibt, bei denen man flexibel reagieren muss.«

Er liebt seine Frau unendlich, vermutete Marder, er macht sich immer Sorgen, wie sie reagieren wird. Aber in einer guten Ehe ist dagegen wohl kein Kraut gewachsen.

»Notfalls werde ich mich um einige Minuten verspäten. Sagen Sie, Herr Marder, haben Sie den ernsthaften Verdacht, dass Herr Wotowski in das Verschwinden von Anja Matuschek verwickelt ist?«

»Zumindest will ich das zu diesem Zeitpunkt nicht ausschließen. Haben Sie ihn jemals kennengelernt?

»Ich kenne ihn nicht persönlich, sondern nur vom Namen her, vor allem aus den Akten Ihrer Ermittlungen in den Tod von Alfred Matuschek. Ich weiß aber, dass er nicht den besten Ruf in der Stadt hat, vor allem wegen seiner finanziellen Manipulationen. Wussten Sie eigentlich, dass er von seinen Kollegen im Fitnessstudio wegen Betrugs angezeigt worden ist, wobei der zuständige Staatsanwalt allerdings der Ansicht ist, dass die Sache aus Mangel an Beweisen wohl im Sande verlaufen wird.«

»Wegen solchen oder ähnlichen Informationen, die Sie mir geben könnten, möchte ich vor seiner Vernehmung mit Ihnen sprechen. Hoffentlich können Sie ihn heute Abend noch zu fassen bekommen, um ihn für morgen vorzuladen.«

»Solange sich der Wotowski in einem Umkreis von hundert Kilometern aufhält, wird der morgen Mittag auf der Matte stehen.«

Marder beendete das Gespräch mit den Wünschen für einen guten Abend. »Und einen lieben Gruß an Ihre Frau.« Das meinte er nicht ironisch, auch wenn es ein bisschen so klang.

Marder hatte Hunger, aber keine Lust auf ein einsames

Abendessen in einem Restaurant. Er war bedrückt und vermisste seine Frau. Wenn er in seinen Berufsjahren tief in einen Fall verwickelt gewesen war, war es gelegentlich vorgekommen, dass Iris für eine kurze Dauer aus seinem Bewusstsein verschwunden war, hinterher tat es ihm leid und er entschuldigte sich bei ihr, ohne es unbedingt laut zu sagen. Das erleichterte sein Gewissen, und er wusste, dass er sie nach vielen Jahren gemeinsamer Freuden, Leiden und gelegentlicher Meinungsverschiedenheiten immer noch liebte.

Er entdeckte am Straßenrand einen Imbissstand. *Hähnchen-Corner* stand auf einem Schild, das sich über die Vorderseite des Kiosks hinzog, der eher einer Gartenlaube als einem Restaurant glich. Marder ging hinein und bestellte sich ein halbes Hähnchen. Der Mann hinter der Theke nahm einen Metallstab aus dem Grillgestell, auf dem vier Hähnchen wie Perlen an einer Kette aufgespießt waren, und teilte eins der knusprigen Tiere in zwei Teile. Marder sagte, er wolle es mitnehmen, die Hälfte, an der der Bürzel war. Der Geruch erfüllte den Raum und versetzte Marder in eine nostalgische Stimmung. Immer wenn es nach frisch gegrillten Hähnchen duftete, erinnerte er sich an das Glücksgefühl, als er sich zum ersten Mal von eigenem Geld ein halbes Hähnchen leisten konnte. Auf mich treffen zweifellos die neuesten Erkenntnisse der Geruchsforschung zu, die behaupten, dass Gerüche einen stärkeren Einfluss auf das menschliche Verhalten haben als intellektuelle Argumente, tröstete er sich.

Bis zum Hotel waren es fünf, höchstens sechs Kilometer. Auf halbem Weg, als er an dem Ortsschild von Hohenbostel vorbeifuhr, überfiel ihn eine unendlich tiefe Müdigkeit, die ihn wie ein Schlag traf. Alle seine Gedanken und Erinnerungen schienen sich ins Nichts aufzulösen und seinen Körper zu verlassen. Obendrein hatte er das Gefühl, die Kontrolle über sich und den Wagen zu verlieren. Für eine Sekunde überlegte er, ob er anhalten sollte und warten, bis der Anfall vorüber ging, befahl sich aber, weiterzufahren, es waren nur noch zwei Kilometer bis zum Hotel, die würde er von seinem Körper erzwingen. In der Ferne zuckten Blitze über das Calenberger Land, ein Gewitter näherte sich dem Deister aus dem Norden. Seine Hände zitterten. Er öffnete die Seitenfenster und hoffte, dass die kühle Abendluft ihn wachhalten würde, dann stellte er das Autoradio auf volle Lautstärke. Das zog ihm vorwurfsvolle Blicke der wenigen Fußgänger und Radfahrer zu, denen er begegnete, nahm es aber kaum wahr. Als er den Parkplatz vor dem Hotel erreichte, fing es an zu regnen, das Gewitter war näher gekommen. Am liebsten wäre er im Auto eingeschlafen, aber die letzten Meter bis zu seinem Zimmer würde er seinem Körper noch abtrotzen. Der Weg dorthin schien endlos, er befand sich in einem Trancezustand und hatte das Gefühl, auf schwankendem Boden zu gehen. Zum Glück war der Empfangstisch in der Eingangshalle nicht besetzt, man hätte ihn sonst sicherlich angehalten und gefragt, was mit ihm los sei und ob es ihm nicht gut gehe.

Er setzte sich aufs Bett, streifte im Sitzen die Schuhe ab, zog Jacke und Hose aus, kippte nach hinten und blieb regungslos liegen. Er atmete tief ein, danach langsam aus, wieder ein, wieder aus, mehrmals, so wie er es beim Yoga gelernt hatte. Er registrierte, dass er keine Kontrolle über seinen Körper hatte, es kam ihm vor, als schwebe seine Seele über seinem Körper. Er fragte sich, ob er vielleicht tot sei, weil diese Sicht aus der Höhe auf den eigenen Körper immer wieder von Leuten beschrieben wurde, die klinisch bereits tot waren, aber ins Leben zurückgefunden hatten. Nein, er lebte noch, er konnte seine Arme und Beine fühlen. Sie waren schwer, und er war nur mit Mühe in der Lage, sie in kleinen Schüben zu bewegen, um sich in eine bequemere Stellung auf dem Bett zu bringen. Wenn es mir morgen früh nicht besser geht, muss ich zum Arzt oder ins Krankenhaus, nahm er sich vor. Am besten fahre ich mit der Straßenbahn … die Straßenbahn ist ziemlich altmodisch, so wie die Linie Neun, mit der er in seiner Jugend manchmal in Hamburg gefahren war. Die Sitzbänke aus lackierten Holzlatten befinden sich in Längsrichtung links und rechts an den Seitenwänden des Wagens. In der Mitte, zwischen den Sitzreihen steht ein Sarg, er ist offen. Anja Matuschek liegt darin, ruhig und tot, ihre Füße schauen barfuß unter einem weißen Laken hervor, sie hat rotlackierte Fußnägel. Neben ihrem Kopf auf dem Rand des Sarges liegt ein Messer. Die Klinge ist rot, voller Blut, Blut, das an der Seite des Sarges herab auf den Boden tropft. Jemand hat offensichtlich einen Finger in das Blut getaucht und damit auf die schmale Rückseite das Wort *Blutholz* geschrieben und dahinter ein Kreuzzeichen gemalt.

Zu beiden Seiten des Sarges sitzen Leute auf den Bänken. Alfred, Vera und Bertram Matuschek. Burt Brenner, Dr. Wohlmut, Schwester Johanna und Frau Thann befinden sich ebenfalls im Wagen. Sandra und Tatjana stehen neben dem Sarg, jede von ihnen hält eine Hand von Anja. Marder sieht den Fahrer der Straßenbahn nur von hinten, er kann sein Gesicht nicht sehen, aber er ist sicher, dass es Knut Wotowski ist. Die Passagiere streiten miteinander. Soweit er es verstehen kann, beschuldigen sie sich gegenseitig, für den Tod von Anja verantwortlich zu sein. Nur Frau Thann weint. Die Schiebetür am Ende des Wagens geht auf, ein Schaffner kommt herein, um die Fahrkarten zu prüfen, es ist Coello. Marder stellt mit Schreck fest, dass er vergessen hat, seine Fahrkarte abzustempeln. Er will aufstehen und aus dem Wagen springen, aber er kann sich nicht bewegen, seine Füße sind schwer wie Blei und gehorchen ihm nicht, er schreit, hört sich selbst schreien, kann aber nicht aufwachen.

Zu Hause würde ihn jetzt seine Frau wecken und beruhigen, wie sie es meistens tut, wenn er einen Albtraum hat, aber Iris ist nicht da. Es dauerte eine Weile, bis er sich selbst aus dem Traum erlösen kann. Er richtete sich im Bett auf, starrte vor sich hin, ganz langsam setzte sein Denken wieder ein und gewann Kontrolle über sein Bewusstsein. Er schaute auf die Uhr, es war noch nicht Mitternacht, er musste ungefähr zwei Stunden geschlafen haben. Um sich zu vergewissern, dass er er selbst war, stand er auf, ging ins Badezimmer und blickte in den Spiegel. Ja, er war es, sein altes, verbrauchtes Gesicht schaute ihn an, das Leben und die Seele hatten seinen Körper noch nicht verlassen. Er zog seinen Schlafanzug an, putzte die Zähne, nahm seine abendlichen Medikamente und legte sich wieder auf das Bett. Er war nicht mehr so erschöpft wie vor zwei Stunden. Er wusste, dass er nicht sofort einschlafen würde, er wollte es auch nicht, weil er Angst hatte, der Traum könnte zurückkommen. Ihm fiel ein, dass er im Auto das halbe Hähnchen liegen gelassen hatte. Das war inzwischen sicherlich kalt und unappetitlich, nicht der Mühe wert, dafür im Schlafanzug auf den Parkplatz zu gehen. Außerdem hatte er keinen Hunger.

Er tastete nach der Fernbedienung des Fernsehgerätes und

drückte auf eine zufällige Taste. Nach wenigen Sekunden füllte sich das Zimmer mit dem graublauen Licht des Bildschirms: Ein Mann läuft in Schwarz-weiß über ein endloses leeres Feld. Er wird von einem Kleinflugzeug verfolgt. Marder kommt es vor, als hätte er diese Szene schon gesehen, aber er erinnert sich nicht an den Titel des Films. Da Marder nicht versteht, warum der Mann von dem Flugzeug verfolgt wird, drückt er auf eine andere Taste.

Eine junge Dame fordert ihn auf, anzurufen und ihr die Lösung des eingeblendeten kindisch leichten Rätsels zu geben, dann hätte er sofort fünftausend Euro gewonnen. Marder wundert sich, warum der Sender es sich nicht leisten kann, der jungen Frau ein Kleid zu kaufen. Niemand scheint anzurufen. Entweder schauen nur ganz Dumme zu oder Leute, die nicht daran interessiert sind, im Handumdrehen fünftausend Euro zu kassieren. Marder weiß, dass es sich um eine Abzocke handelt, und wechselt den Kanal.

Ein Schild mit der Aufschrift *World Championship Wrestling* hängt über einem Boxring. Zwei maskierte Männer werfen sich gegeneinander. Einer von ihnen trägt einen roten Latexanzug, der andere eine Mönchskutte und eine Fellmütze. Sie schlagen mit voller Wucht in die empfindlichsten Regionen des Körpers ihres Gegners, schleudern sich gegen die Eckpfosten des Ringes und stechen sich in die Augen. Plötzlich wachsen dem anfänglich unterlegenen Mönch mit der Pelzmütze Zauberkräfte und er schlägt seinen Peiniger mit einigen gezielten Schlägen k. o. Was gibt es sonst noch im Fernsehen?

Eine Frau in bunten Tüchern liest aus den Karten das Schicksal eines Mannes, mit dem sie telefoniert. Der Mann bedankt sich bei der bunten Frau für die Lebenshilfe und meint abschließend, er hätte immer schon gewusst, dass seine Freundin nicht die richtige Frau für ihn sei, und er sei froh, dass sie ihm das bestätigt habe. Marder findet das zu blöd. Weiter.

Ein Dokumentarbericht über Luftschlachten im Ersten Weltkrieg. Der Rote Baron gewinnt, aber die Deutschen verlieren auch dieses Mal. Das hat Marder schon oft gesehen, immer mit dem gleichen Ausgang. Noch einmal drücken.

Zwei Mädchen, die alles zeigen, was sie haben, blenden ihre Telefonnummern ein und fordern Marder ungeduldig auf, sie endlich anzurufen, damit sie ihm unbeschreibliche Freuden bereiten können. Marder fällt seine Frau ein und drückt ihr zuliebe auf eine andere Taste.

Er landet bei der Wieder-Wiederholung eines »Tatort« aus den frühen Jahren dieser Serie. Damals, in den Siebzigern, war Götz George noch richtig knackig. Marder findet die Handlung albern und unrealistisch. Sein eigenes Leben ist Krimi genug, deshalb schaltet er endgültig den Fernseher aus.

Die Müdigkeit hat ihn eingeholt. Sie ist nicht so überwältigend wie vor ein paar Stunden, aber er wird jetzt schlafen können. Ihm fällt ein, dass er sich über die Gespräche vom Tag keine Notizen gemacht hat. Das hatte er zu seinen aktiven Zeiten bei komplexen Fällen grundsätzlich getan, obwohl damals sein Gedächtnis noch funktionierte. Heute Abend ist er zu müde, um es zu tun. Jetzt möchte er schlafen. Wie soll ich nur alles das, was ich heute erfahren habe, morgen wieder in mein Gedächtnis zurück … Aber selbst diesen Gedanken kann er nicht zu Ende bringen.

24.

Der Sonnabend begann, wie man es von einem Tag im späten Winter oder frühen Frühling nicht schöner erwarten konnte. Der Himmel war wolkenlos, die Sonne erwärmte die Welt, ein freundlicher Wind kam von den Höhen des Deisters. Wäre es ein paar Grad wärmer, könnte man glauben, der Mai sei gekommen. Die Welt wirkte sauber und frisch gereinigt, das war dem Gewitterregen der letzten Nacht zu verdanken.

Um zehn Uhr drei betrat Marder das Gebäude der Polizei. Zwei Polizisten saßen hinter dem Tresen im Eingangsbereich, einer von ihnen trug Zivil, der andere eine Uniform. Der in Zivil blickte angestrengt auf den Bildschirm eines Computers, hackte auf der Tastatur herum, schüttelte seinen Kopf und schimpfte leise. Der andere schaute Marder erwartungsvoll an.

»Wie kann ich Ihnen helfen?«, fragte er dienstbereit, als erwarte er, sich gleich um eine wichtige Angelegenheit kümmern zu dürfen.

»Mein Name ist Marder. Ich komme von der Polizei in Stade und habe eine Verabredung mit Kommissar Coello.«

Der Beamte schaute verwundert, leicht ratlos.

»Jetzt?«

»Ja, um zehn Uhr.«

»Sind Sie sicher, dass es für zehn war? Herr Coello hat vorhin angerufen und gesagt, dass er Sie um elf Uhr erwartet.«

Das war peinlich, der Mann hatte natürlich recht. Auf elf hatten sie sich geeinigt, nach ein bisschen hin und her, kein Wunder, dass dieses Hickhack ihn verwirrt hatte. Dennoch hätte ihm das nicht passieren dürfen.

Der Beamte sprach weiter.

»Eigentlich hat er angerufen, um zu sagen, dass er es bis elf nicht ganz schaffen wird. Er hat uns gebeten, Sie davon zu informieren, dass er erst kurz vor zwölf kommen wird. Es tut ihm leid, hat er gesagt, aber es lässt sich wirklich nicht ändern. Er hat auch gesagt, Sie wüssten, warum es später werden könnte.«

Marder nickte zustimmend.

»Hat Kommissar Coello sonst noch eine Nachricht für mich hinterlassen?«

»Ja, ich soll Ihnen ausrichten, dass er Herrn Wotowski gestern Abend erreicht hat, und dass der auf jeden Fall um zwölf hier sein wird. Kann ich inzwischen etwas für Sie tun?«, fragte der Beamte hilfsbereit, geradezu besorgt um den älteren Kollegen, der verlegen und betreten wirkte, aber auch unwirsch.

Marder fühlte sich tatsächlich verlegen und betreten, auch ein bisschen unwirsch. Ihm fiel nichts ein, was der Kollege für ihn tun konnte.

»Nein, mir fällt nichts ein, was Sie für mich tun können. Wissen Sie, ich mache inzwischen einen kleinen Spaziergang. Die frische Luft wird mir guttun.«

Er hoffte, dass eine Extraportion Sauerstoff seine Erinnerungen auf Vordermann bringen würde. Er wollte vor seiner Unterhaltung mit Wotowski noch einmal die Informationen, die er über Anja Matuschek und Wotowski gesammelt hatte, in eine logische Reihenfolge bringen. Da waren vor allem die Schulden, die Wotowski zu verschiedenen Zeiten bei verschiedenen Leuten für verschiedene Projekte gemacht hatte. Wie passte Anjas Beziehung zu Wotowski in dieses Gestrüpp aus Verbindlichkeiten? Darüber hatte er bereits auf seinem Weg zur Polizei gegrübelt, es aber nicht vollständig auf die Reihe gebracht. Es wird mir wieder einfallen, wenn ich mit Wotowski rede, hatte er sich am Ende beruhigt. Außerdem hatte er darauf gebaut, dass ihm das Gespräch mit Coello helfen würde, seine Konzentration wiederzufinden.

Im Freien blinzelte er in die Sonne, die ihn mit voller Kraft ins Gesicht traf. Er schaute sich um. Er stand auf einem Platz, auf deren einen Seite sich das Gebäude der Polizei befand, auf der anderen die Halle der städtischen Feuerwehr. Hinter Milchglastüren konnte er die roten Fahrzeuge zum Löschen und Retten erkennen. Nichts rührte sich bei den beiden wesentlichen Sicherheitsorganen der Stadt – zurzeit herrscht offensichtlich Frieden und Ordnung in Barsinghausen. Über die Dächer der umliegenden Einfamilienhäuser kam vom Zentrum der Stadt der blecherne Klang einer kleinen Kirchenglocke, vor einer offenen Garage standen zwei Polizisten und rauchten, vermutlich, weil es im Innern des Gebäudes nicht erlaubt war. Als Marder langsam an ihnen vorbeiging, warfen sie die Stummel ihrer Zigaretten auf den Boden, traten sie aus, schlossen die Garagentür und gingen in das Haus zurück. Hoffentlich habe ich sie nicht erschreckt, dachte Marder. Haben die etwa ein schlechtes Gewissen, weil sie während der Dienstzeit rauchen? Er wäre der Letzte, sie deswegen zu verurteilen, denn als er noch ein junger Polizist war, hatten er und seine Kollegen die Dienststuben hemmungslos zugequalmt. Er selbst hatte an seinem dreißigsten Geburtstag mit dem Rauchen aufgehört, nachdem ein älterer Kollege an Lungenkrebs gestorben war, obwohl der nie geraucht hatte.

An der hinteren Seite des Platzes zwischen Polizei und Feuerwehr lag ein Parkplatz für Campingwagen. Alle Plätze waren frei – es gab um diese Jahreszeit noch keine Temperaturen, bei denen Touristen mit Campingwagen am Deister unterwegs waren. Wenn Camper im Sommer nach Barsinghausen kommen, finden sie hier einen ungewöhnlich sicheren Platz zum Übernachten, kam ihm in den Sinn: bewacht von der Polizei und beschützt von der Feuerwehr. Schlechte Aussichten für Diebe und Brandstifter.

Ein asphaltierter Weg führte den Abhang hinab. Marder folgte ihm und stand nach wenigen Metern vor einem alten Gebäude aus roten Backsteinen, das offensichtlich erst vor kurzem renoviert worden war. Die Ziegelsteine der Mauern und der gepflasterten Wege um das Gebäude leuchteten hell in der Sonne. Ein Informationsschild klärte ihn auf, dass es der Zechensaal eines früheren Kohlebergwerks war und als Besucherbergwerk eine neue Chance zum Überleben bekommen hatte. Schwarz-weiße Fotos von Kumpels aus der Zeit, als noch Kohle gefördert wurde, hingen in Übergröße an den Seiten des Gebäudes. Die Männer hatten schmutzige, hagere Gesichter, lächelten jedoch in die Kamera, als seien sie in ihren verstaubten Arbeitsanzügen zu Modeaufnahmen abgeordnet worden. Er dachte daran, dass Tatjana zu Leisten gesagt hatte, dass die Kumpel Knochenarbeit unter unmenschlichen Bedingungen leisten mussten. Das sah man diesen Gesichtern nicht an.

Unter einem Torbogen aus Sandstein, der durch ein schmiedeeisernes Gatter abgesperrt war, führten Gleise in den Berg. Darüber stand in großen Buchstaben GLÜCKAUF. Eine Tafel am Rand dieser Öffnung in die Unterwelt wies darauf hin, dass es der Eingang zum Klosterstollen war, heute Teil des Museums. Auf dem Gelände hinter den Gleisen standen alte Kohlewagen und schulterhohe Diesellokomotiven, die früher das schwarze Gold aus dem Berg gezogen hatten.

Er betrat das Gebäude. Ein Greis in der typischen Arbeitskleidung eines Minenarbeiters saß entspannt hinter einem Empfangstisch, sonst war niemand zu sehen. Der Mann musste um die achtzig sein, hatte weißes Haar und ein zerknittertes Gesicht. Er blätterte gelangweilt in einer Zeitschrift. Der Mann tat Marder in seiner Einsamkeit leid.

»Sie sind heute Morgen schon der zweite Besucher«, sagte er und grinste. »So einen Andrang haben wir am Vormittag lange nicht mehr gehabt.«

Der Mann sprach mit einem leichten Akzent, der nicht aus diesem Teil der Welt stammte. Er war vermutlich ein Flüchtling aus den östlichen Provinzen des verschwundenen Deutschen Reiches, der, wie Marders Eltern, nach dem großen Krieg seine Heimat verlassen musste. Marder beschloss, den Mann in ein Gespräch zu ziehen, da er fast eine Stunde totzuschlagen hatte.

»Sie scheinen nicht von hier zu sein, genau wie ich«, eröffnete Marder die Unterhaltung. Der Mann hob die Augenbrauen, sein Gesicht nahm Leben an. Marder setzte nach.

»Meine Eltern sind nach dem Krieg als Flüchtlinge nach Niedersachsen gekommen und haben mich im Gepäck mitgebracht. Damals ging ich noch nicht einmal zur Schule.«

Der Mann wurde an seinem Besucher interessierter.

»Ja, so ist es, da haben wir einiges gemeinsam. Allerdings war ich schon zwanzig Jahre alt, als ich hierherkam.«

»Da mussten Sie wohl einen Job im Bergwerk annehmen, um überhaupt Arbeit zu finden?«

»Was heißt hier *mussten*? Ein Job im Bergwerk war genau das, was ich wollte, ich habe schon in Schlesien in einer Mine gearbeitet. Wie man Kohle aus dem Berg holt, habe ich von der Pike auf gelernt. Die haben mich hier in Basche mit Kusshand genommen, weil viele von den hiesigen Bergarbeitern nicht aus dem Krieg zurückgekommen waren. Ich habe im Klosterstollen gearbeitet, bis der in den fünfziger Jahren stillgelegt wurde, obwohl es noch viele Tonnen Kohle in diesem Berg gibt.«

Basche muss wohl die Kurzform von Barsinghausen sein. Er war unsicher, ob er als Fremder auch berechtigt war, den Ort so zu nennen.

»Und warum wurde der Stollen hier in Barsinghausen dann geschlossen?«

Marder vermutete, dass dies ausführlich auf den Schautafeln an den Wänden erklärt wurde, aber er fand es kurzweiliger, das Wesentliche von einem Betroffenen zu erfahren.

»Das lag vor allem daran, dass die Kohlenflöze im Deister nur zwischen sechzig Zentimeter und einem Meter dick sind – da ist es sehr zeit- und kostenaufwändig, sie zwischen den Steinen herauszuholen. Das wurde mit Hammer und Brecheisen gemacht und die Bergarbeiter mussten dabei meistens auf dem Rücken liegen und über Kopf arbeiten, weil man kaum Maschinen einsetzen konnte. Da ist der Abbau bei den dicken Flözen im Ruhrgebiet effizienter, weil man dort Maschinen einsetzen kann, und deswegen hat man die hiesigen Bergwerke geschlossen.«

»Da gab es bestimmt viele Arbeitslose.«

Der alte Bergarbeiter nickte freundlich, er freute sich offensichtlich über das Interesse des Besuchers an der lokalen Geschichte.

»Ja, das ist richtig. Aber als ein paar Jahre später fast überall in Deutschland die Kohlegruben dichtgemacht wurden, hatte man hier einen Vorsprung bei der Suche nach Firmen mit neuen Arbeitsplätzen.«

Der Alte zeigte mit der Hand hinter sich nach draußen und erzählte weiter.

»Wenn Sie da drüben von der alten Kohlehalde aufs Land runter schauen, können Sie in den Feldern ein paar Fabriken sehen, die damals angesiedelt wurden. Vor allem können Sie es riechen, wenn Herr Bahlsen seine Schokoladenkekse oder Kuchen backt. Ich selbst habe damals einen Job im Volkswagenwerk in Hannover bekommen. Eigentlich war das ein Glück für mich, weil die Arbeit an den Autos besser bezahlt wurde als die mit den Kuchen und Keksen.«

Während der Mann sprach, hatte er sich heftig geräuspert. Seine Stimme klang, als würde sie über ein Schmirgelpapier rutschen. Er zog eine Rolle Drops aus der Tasche, steckte sich einen in den Mund und bot Marder ebenfalls davon an. Marder lehnte ab, obwohl er sich ebenfalls räuspern musste, wie gewöhnlich, wenn jemand es tat, mit dem er sich unterhielt.

»Ich will ja nicht zu persönlich werden, aber mir scheint, der jahrelange Kohlenstaub unter Tage hat Ihrer Lunge nicht gutgetan.«

»Das ist halb richtig und halb falsch«, meinte der alte Bergarbeiter nachsichtig. »Das Problem ist nicht der Kohlenstaub, den hustet man nach der Schicht wieder aus der Lunge. Das Schlimme ist der Staub von dem Gestein, das man wegräumen muss, um an die Kohle zu kommen. Der ist ätzend und macht die Lunge auf die Dauer kaputt. Na ja, ich bin trotzdem ziemlich alt geworden.«

Die Augen des alten Mannes wirken jünger, als man es nach den tiefen Falten in seinem Gesicht vermuten sollte, dachte Marder. Er scheint stolz darauf zu sein, hier sitzen zu dürfen.

»Übrigens«, schloss der Bergarbeiter seinen Vortrag ab, »wir machen das hier mit dem Museum alle ehrenamtlich. Neben der Tür steht aber eine Büchse für Spenden.«

Marder machte sich auf den Weg zurück zum Polizeigebäude. Vielleicht war Coello doch etwas früher gekommen? Einer der Polizisten stand wieder vor der offenen Garage und rauchte. Marder vermied es, ihn zu ignorieren, hob eine Hand zum Gruß und schüttelte leicht den Kopf, gerade so deutlich, dass es der rauchende Gesetzeshüter erkennen konnte. Der Beamte am Tresen im Eingangsraum erwartete ihn bereits ungeduldig.

»Herr Coello hat noch einmal angerufen und wollte Sie sprechen.«

Marder ahnte, was jetzt kommen würde.

»Er hat gesagt, es täte ihm unendlich leid, aber er könne es wirklich nicht schaffen. Seiner Schwiegermutter geht es sehr schlecht, und seine Frau musste den Notarzt rufen und mit ihr ins Krankenhaus fahren, und er kann seine kleine Tochter unmöglich alleine lassen. Auf jeden Fall wird aber Herr Wotowski pünktlich hier sein, hat er gesagt, und Sie sollen sich mit ihm in seinem Büro unterhalten. Ich habe hier die private Nummer von Herrn Coello. Er hat gemeint, Sie können ihn gern anrufen.«

Marder entschied sich, Coello nicht anzurufen. Er wollte sich nicht in Versuchung bringen, ihm einen Vortrag über die Dienstauffassung der alten Garde der Polizei zu halten. Nein, eigentlich gab es nichts Wichtiges zu besprechen, denn so gut wie alles, was Coello in Bezug auf Anja Matuschek wusste, wusste er auch, wahrscheinlich mehr. Er musste sich eingestehen, dass sein Wunsch, mit Coello zu sprechen, in erster Linie der Angst vor seiner eigenen Vergesslichkeit zuzuschreiben war. Er musste sich eben konzentrieren und selbst versuchen, die Lücken in seinen Erinnerungen zu schließen.

»Ich hoffe, es gibt eine funktionierende Kaffeemaschine hier im Haus. Oder nimmt die am Wochenende auch eine Auszeit?«

Obwohl ihm klar war, dass er Coello eigentlich keinen Vorwurf machen konnte, war Marder ungehalten. Dem Polizisten am Tresen noch weniger, der war nur der Überbringer der Nachrichten, deswegen lächelte er ihn versöhnlich an, als er Coellos Büro aufschloss. Die Kaffeemaschine stand in dem Raum dort, wo sie schon zu Zeiten von Volkert und Brenner gestanden hatte, und war zu Marders Erleichterung dienstbereit. Er fand eine Keramiktasse mit dem Aufdruck *Fröhliche Weihnachten* – es war einer der Becher, in denen auf Weihnachtsmärkten Glühwein ausgeschenkt wird.

Bis Wotowski eintraf, wollte Marder darüber nachdenken, was er seinen Besucher im Detail fragen würde. Aber war es wirklich nötig, sich zu viele Gedanken zu machen? Er würde Wotowski einfach erzählen lassen und ihn dann durch geschickte Fragen dazu bringen, das zu sagen, was er wahrscheinlich nicht von sich aus preisgeben wollte. Marder war neugierig, was das war. Ein Geständnis, dass er Anja Matuschek umgebracht hatte? Das wäre optimal für seine Ermittlungen, jedoch unsagbar tragisch für Anja.

25.

Wotowski trug denselben quergestreiften Pullover, den er bereits vor vier Jahren getragen hatte. Das sportliche Aussehen der Wellnesszeit, das ihn vor zwei Jahren in einen fast attraktiven Mann verwandelt hatte, war verschwunden, nun war er wieder der leicht ungepflegte korpulente Typ auf der hinteren Seite der Midlife-Krise. Er trug Turnschuhe, die er sich vermutlich zugelegt hatte, als er an seiner Fitness gearbeitet hatte, sie wirkten ähnlich verbraucht wie er selbst. Außerdem eine Sonnenbrille, das musste eine neue Marotte sein, die hatte er früher nicht getragen. In der rechten Hand hielt er eine Leine, an deren Ende ein Hund von unbestimmter Farbe und Form hing. Der Hund passte zu Wotowski, er war hässlich, eine Mischung aus Rassen, die im Einzelnen nicht zu erkennen waren. Das Tier wirkte verwildert, ein Bad hätte ihm nicht geschadet, vielleicht auch ein starkes Parfüm.

Bevor Marder seinen Gast begrüßen konnte, fing Wotowski an zu sprechen.

»Sie müssen entschuldigen, Herr Kommissar, dass ich diesen Hund mitbringe, aber ich habe ihn erst vor zwei Tagen aus dem Tierheim geholt, und man hat mir gesagt, ich dürfe ihn in der ersten Woche nicht allein zu Hause lassen, weil er dann Angst kriegen könnte und eventuell die Wohnungseinrichtung in ihre Einzelteile zerlegt. Er hat lange auf der Straße gelebt und ist allen und allem gegenüber misstrauisch. Also seien Sie nett zu ihm, sonst zerfleischt er Sie, bevor ich ›sitz‹ sagen kann.«

Er blickte den Hund wohlgefällig an und strahlte, als hätte er mit der Adaption eines verlassenen Tieres alle Schuld gesühnt, die er jemals auf sich geladen hatte. Er zog eine Plastiktüte aus seiner Hosentasche, kramte darin herum und zog einen unappetitlich aussehenden Hundekuchen hervor. Dann steckte er seine Hand noch einmal in die Tüte und fischte eine bunte Serviette mit Blumenmuster heraus. Er legte den Hundekuchen auf die Serviette und dann beides auf den Fußboden.

»Man sagt ja schließlich nicht umsonst, dass das Auge mitsieht«, meinte er und wendete sich Marder zu.

»Ich freue mich, Sie wiederzusehen, Herr Marder. Es sind bald zwei Jahre her, dass wir uns das letzte Mal unterhalten haben. Man sieht es Ihnen kaum an, dass Sie älter geworden sind. Ihnen bekommt der Ruhestand offensichtlich vorzüglich. Wie reagiert eigentlich Ihre Frau darauf, dass Sie neuerdings jeden Tag zu Hause herumhängen? Vielleicht haben Sie sich ein paar neue Laster zugelegt, die man heutzutage Hobbys nennt?«

Fragen über Fragen, die Wotowski auf dem Herzen hatte, aber er gab Marder keine Chance, darauf zu reagieren. Bevor der etwas erwidern konnte, redete Wotowski weiter.

»Also schießen Sie mal los und sagen Sie, was Sie von mir wissen wollen, das so wichtig ist, dass Ihr Kollege mich gestern Abend spät noch anrufen musste. Da war ich schon schön im Bett, wenn Sie wissen, was ich meine.«

Wotowski zwinkerte vertraulich mit dem rechten Auge. Er hatte die Sonnenbrille abgenommen, sein linkes Auge war dunkel umrandet. Deswegen also die Brille, dachte Marder. Aber ich werde es mir verkneifen, ihn nach dem Grund für das Veilchen zu fragen. Vielleicht war es ja nur der Türrahmen, gegen den ihn sein vierbeiniger Schützling gezogen hatte.

Marder fand die gespielte Vertraulichkeit seines Besuchers unangenehm. Zumindest brauchte er sich keine Sorgen zu machen, wie er Wotowski zum Reden bringen würde. Die Lust am Schwafeln hatte bei dem Mann nicht gelitten, sie musste nur in die richtige Richtung gelenkt werden.

»Setzen Sie sich erst einmal, Herr Wotowski. Ich hoffe, Sie und Ihr Hund haben etwas Zeit mitgebracht. Unsere Unterhaltung könnte länger dauern. Soll ich dem Hund eine Schale Wasser geben, damit er merkt, dass er hier willkommen ist und sich nicht an den Möbeln oder dem Personal der Polizei vergreift?«

Marder sagte diesen Unsinn, um Wotowski für eine kurze Weile zum Schweigen zu bringen.

»Danke für die Nachfrage. Ja, geben Sie dem Hund ruhig Wasser und mir auch. Bier haben Sie ja wohl nicht im Angebot.«

Marder erledigte die Getränkewünsche für Mann und Tier, nachdem er im Sozialraum der Dienststelle eine kleine Plastikschüssel gefunden hatte, die er mit Wasser füllte und dem hässlichen Hund hinstellte. Der schlabberte sie leer, wobei er die Hälfte des Wassers auf dem Teppich verteilte, danach machte er es sich unter dem Schreibtisch so gemütlich, als wäre er hier seit eh und je zu Hause.

Ein breites Grinsen zog über Wotowskis Gesicht. Er schien

bester Laune zu sein, von schlechtem Gewissen oder Verunsicherung keine Spur.

»Ich nehme an, Herr Kommissar, Sie wollen von mir wissen, wo ich seit Neujahr null Uhr eins bis gestern Abend dreiundzwanzig Uhr neunundfünfzig gewesen bin.«

Wotowski wusste offensichtlich, warum er ins Dezernat gebeten worden war. Lose Sprüche, aufgepeppt mit einem Schuss Überheblichkeit, waren immer schon sein bevorzugter Konversationsstil gewesen. Marder war genervt, hier ging es schließlich um ein Verbrechen, vermutlich sogar um einen Mord. Er bedauerte, dass er nicht wusste, was genau Coello als Grund für die Vorladung angegeben hatte.

Jetzt pack ich mal den Holzhammer aus, dachte er. Schauen wir mal, wie Wotowski darauf reagiert.

»Sie sollten die Angelegenheit nicht so leicht nehmen, Herr Wotowski, es geht in unserem Gespräch um das Verschwinden von Anja Matuschek, wahrscheinlich sogar um ihren gewaltsamen Tod. Ich kann mir vorstellen, dass Sie darin involviert sind, und deswegen habe ich einige Fragen an Sie.«

Das saß. Wotowski riss die Augen auf, er war erschrocken und kämpfte um eine Antwort.

»Ich soll was? Ich soll was mit dem Verschwinden von Anja Matuschek zu tun haben? Wie kommen Sie denn darauf? Warum in aller Welt sollte ich so etwas tun?«

Er hatte keine Antwort gegeben, nur Gegenfragen gestellt. Das ließ alles offen. Marder setzte nach.

»Wie geht es Ihnen im Moment finanziell? Mir ist bekannt, dass Sie erhebliche Probleme haben, Herr Wotowski. Schulden sind oft genug Motiv für Mord.«

Wotowski beugte sich vor und streichelte den Hund. Der

stieß einen langen Seufzer aus, als wolle er sich der Gemütsverfassung seines Herrn anschließen.

»Um Ihre Frage nach meinen Finanzen zu beantworten: Es geht mir nicht besonders gut, eher schlecht, genau genommen so schlecht, dass ich überlegt habe, persönliche Insolvenz anzumelden. Aber was interessiert Sie das? Ich verstehe nicht, was meine Finanzen mit Anja Matuscheks Verschwinden zu tun haben sollen.«

»Weil unter anderen Anja und Bertram Leute sind, bei denen Sie Schulden haben.«

»Die Schulden an die Matuscheks sind meine kleinsten Sorgen.«

»Das glaube ich nicht. Ich weiß, dass Sie mit Vera Matuschek einen Deal gemacht hatten, der Ihnen günstige Bedingungen für die Rückzahlung Ihrer Schulden eingeräumt hatte. Das wollten die Kinder von Vera wahrscheinlich rückgängig machen. Ich weiß ebenfalls, dass Sie mit Anja verhandeln wollten, um die Rückzahlung Ihrer Schulden zu strecken.«

Eigentlich beabsichtigte Marder noch weiterzusprechen und seine Ausführungen mit einem Mordverdacht zu beenden, aber eine Änderung in Wotowskis Zügen ließ ihn anhalten. Dessen Gesicht wurde geradezu fröhlich, ein Grunzen der Erleichterung kam aus seiner Kehle.

»Ach, Herr Kommissar … Herr Kommissar, wenn Sie schon mit Informationen aus zweiter Hand arbeiten, sollten die zumindest korrekt sein. Es ist richtig, dass die Matuscheks zuerst auf den alten Konditionen bestanden haben, und es ist richtig, dass ich darüber mit Anja gesprochen habe, wobei ich nicht einmal wusste, ob sie die Vollmacht hatte, für ihren Bruder mit zu verhandeln, aber das war schließlich deren Sache. Ich habe sie mit Erfolg darauf hingewiesen, dass sie es ihrer Mutter schuldet, mit dem Erbe so zu verfahren, wie die es gewollt hätte. Und das hat sie am Ende eingesehen und akzeptiert, sodass ich den unerheblichen Rest des Kredits in kleineren Raten zurückzahle.«

Marder wunderte sich über Anjas Großzügigkeit, kam jedoch nicht dazu, sich dazu zu äußern. Wotowski zog ein Papier unter seinem Ringelpullover hervor und hüstelte triumphierend.

»Schauen Sie mal … so ganz unvorbereitet bin ich nicht gekommen.«

Es war die Kopie eines Schriftstücks, an dessen oberem Rand *Kreditvertrag* zu lesen war. Das Blatt trug die Unterschriften von Anja Matuschek und Knut Wotowski. Marder verzichtete darauf, die Details zu studieren, er war gegen eine virtuelle Mauer gelaufen.

»Schauen Sie es sich ruhig genau an, Herr Marder, dann werden Sie feststellen, dass die verbleibende Summe so belanglos ist, dass ich deswegen keine Kopfschmerzen zu haben brauche, nicht bei der Höhe der monatlichen Zahlungen. Es wäre absolut unsinnig, deswegen einen Mord zu begehen. So etwas passiert wahrscheinlich nur in der Fantasie eines ehemaligen Kriminalkommissars im jetzigen Ruhestand.«

Marder sagte nichts, die Umstände um Wotowskis Schulden verwirrten ihn, das Gespräch war ihm unangenehm geworden, seinem Gegenüber weniger. Der genoss die Situation und ließ sich zu weiteren Erklärungen herab.

»Meine momentanen Geldprobleme kommen nicht aus der Zeit von *Knuts Guter Stube*. Die Schulden, die ich damals gemacht hatte, um das Gebäude zu kaufen, habe ich längst mit dem Geld getilgt, das meine ehemalige und jetzt von mir geschiedene Frau von ihren Eltern geerbt hatte. Vielleicht erinnern Sie sich daran, das habe ich Ihnen bei Ihrem Besuch vor zwei Jahren erzählt. Und was Sie darüber denken, ist mir heute so egal wie damals. Sie wollte ja unbedingt die Scheidung, und das hat sie halt ein bisschen was gekostet.«

»Ja, ich erinnere mich«, flüsterte Marder. Dass diese Erinnerung sehr schwach war, sagte er nicht. Eigentlich so schwach, dass sie nicht existierte. Er fühlte Hitze in sich aufsteigen. Bloß nicht wieder so einen Anfall wie im Auto, dachte er, damit würde ich mich endgültig lächerlich machen. Er schloss die Augen für ein paar Sekunden, so als denke er konzentriert nach, langsam erholte er sich. Wotowski schien von Marders Problemen nichts bemerkt zu haben, er war zu beschäftigt mit seinen eigenen Gedanken. Er hatte weitergesprochen. Marder wusste nicht, ob er etwas Wichtiges verpasst hatte.

»... Geld von dem alten Matuschek habe ich gebraucht, um das Restaurant einzurichten – Renovierung, Küche, Tische, Stühle, Dekor und so weiter. Aber das erledigt sich nun langsam, aber sicher durch die frisch renovierten Zahlungsbedingungen an die Kinder der Matuscheks – dass ich deswegen jemanden umgebracht haben soll, ist absolut lächerlich. Das können Sie nur von jemandem gehört haben, der böswillig oder schwachsinnig ist.«

»Wenn es so ist, wie Sie sagen, woher kommen dann die Geldprobleme, wegen denen es Ihnen finanziell so schlecht geht, dass Sie eine persönliche Insolvenz anmelden wollen?«

Eigentlich wusste Marder die Antwort, aber nach den

Ereignissen der letzten Minuten wollte er erst Wotowskis Seite hören, bevor er sich weitere Peinlichkeiten leistete.

»Das kommt alles von der Wellness. Die lief am Anfang ganz toll. Wenn ich Sie erinnern darf – Ihre Erinnerungen scheinen ja nicht mehr optimal zu funktionieren –, hatten wir das Studio gerade eröffnet, als Sie das letzte Mal in Barsinghausen waren.«

»Ja, Sie sagten damals, dass es die beste Entscheidung Ihres Lebens war, da einzusteigen, weil Sie damit viel Geld verdienen würden«, antwortete Marder mit Stolz auf sein gutes Erinnerungsvermögen.

»Zuerst war das ja auch so. Obwohl wir sehr viel Geld in den Umbau und die Einrichtung investiert hatten, hat es sich gelohnt. Wir haben dafür allerdings einen Kredit aufnehmen müssen, von dem auch auf mich ein Anteil fiel. Diesen Kredit konnten wir am Anfang ohne Probleme mit den Einnahmen aus der Wellness tilgen. Dann kamen alle diese Nachahmer in der Stadt.«

Der hässliche Hund stand auf, entließ einen mittellauten, schlecht gelaunten Wind. Er beschnupperte erst Marders, dann Wotowskis Füße, stellte fest, dass sein neues Herrchen noch da war, legte sich beruhigt wieder auf den Fußboden und setzte seinen Schlaf fort. Dabei stöhnte er leise, als hätte er einen schlechten Traum.

Wotowski geriet ins Stocken, der Hund hatte seinen Gesprächsfaden durcheinander gebracht.

»Sie waren gerade bei Nachahmern, Herr Wotowski.«

»Das ist wie mit den Supermärkten, gegen die haben die kleinen, aber feinen Lebensmittelgeschäfte auch kaum eine Chance, selbst wenn sie bessere Qualität und freundlicheren

Service bieten. Diese neuen Fitnessstudios sind wie Kaninchen aus dem Boden geschossen und waren fast um die Hälfte billiger als wir und haben einen regelrechten Preiskrieg veranstaltet. Wir haben den Kunden zwar bessere Beratung, bessere Geräte und ein schöneres Ambiente geboten – und das hat natürlich seinen Preis –, aber das hat die Leute nicht interessiert. Vielleicht hätten wir das Steuer herumreißen können, wenn meine Kompagnons meine Vorschläge für außergewöhnliche Therapien akzeptiert hätten. Da hätte ich dann auch aktiv mitgearbeitet.«

»Was waren das für Therapien?«

Marder tat interessiert, obwohl er sich vorstellen konnte, in welche Richtung Wotowskis Therapievorschläge gegangen waren.

»Na ja … zum Beispiel … Brustvergrößerung durch Handauflegen.« Wotowski prustete los, er fand das urkomisch.

»Das war nur ein Scherz«, tat er kund, nachdem er sich wieder gefangen hatte.

Marder hätte am liebsten mitgelacht, bemühte sich aber, jeglichen Anschein von Heiterkeit zu unterdrücken, es ging in diesem Verhör schließlich um ein mögliches Verbrechen.

»Es heißt, Sie hätten in Ihrem Club überzogenen Luxus angeboten, der für eine Kleinstadt nicht zu rechtfertigen war, und es heißt auch, Sie wären gewarnt worden, dass das nicht gut gehen konnte.«

»Wer hat Ihnen denn das erzählt?«

»Svetl… äh, Tatjana zu Leisten.«

In dem Moment, als Marder den Namen nannte, tat es ihm bereits leid. Es war eine Todsünde für einen

Kriminalbeamten, die Quelle seiner Informationen preiszugeben, solange das nicht unbedingt nötig war. Wie konnte ihm das nur passieren? Er war kaum ein paar Jahre im Ruhestand und schon verstieß er gegen Grundregeln seines Berufs.

»Jetzt weiß ich, woher Ihr Wind weht, Herr Marder. Von der haben Sie also Ihre Informationen, kein Wunder, dass Sie auf einem falschen Dampfer durch die Welt trödeln.«

Marder versuchte zu retten, was zu retten war.

»Ich glaube, dass Tatjana zu Leisten eine vertrauenswürdige Person ist, obendrein mit einem ausgezeichneten Beurteilungsvermögen, was finanzielle Angelegenheiten betrifft.«

»Da stehen Sie ziemlich allein mit Ihrer Meinung. Ich kenne sie schon lange und kann das besser beurteilen als Sie. Und von unternehmerischen Risikos hat die keinen blassen Schimmer.«

Risiken, dachte Marder. Aber das ist jetzt Nebensache.

»Was meinen Sie damit?«, fragte er anstelle der grammatikalischen Korrektur.

»Die sitzt immer an ihrem Schreibtisch und überlegt, wie sie das Geld einmauern kann, das die Firma eingenommen hat. Die versteht nicht, dass man Kapital erst einmal investieren muss, wenn man mehr davon verdienen will. So, wie die wirtschaftet, kann man am besten gleich arm bleiben wollen. Außerdem ist sie sowieso jemand, von dem man nicht weiß, was man von ihr halten soll.«

»Und was meinen Sie nun damit?«

»Das gehört eigentlich nicht hierher, aber wenn Sie schon so fragen: Na, sie hat doch eine Freundin, eine gewisse

Sandra, mit der sie in einer WG zusammenlebt. Die sind ein eigenartiges Pärchen, irgendwie bizarr.«

»Was meinen Sie damit?«

»Na ja … erst dachte ich, dass die lesbisch sind, aber ich bin mir jetzt nicht mehr sicher, ob das wirklich so ist. Ist ja auch egal, jeder soll ja nach seinem Gustav glücklich werden.«

Wotowski setzte ein breites Grinsen auf.

Marder war verblüfft. Die beiden jungen Frauen waren ohne Zweifel ein Liebespaar, sie hatten ihm gegenüber kein Geheimnis daraus gemacht. Auch er hatte die jungen Frauen als ein wenig eigenwillig empfunden, aber er würde sie nicht als bizarr beschreiben wollen.

»Mir sind sie auf jeden Fall sympathisch und machen einen vertrauenswürdigen Eindruck. Sie sind zwar eigenwillig, aber keinesfalls bizarr. Aber warum denken Sie heute nicht mehr, dass sie lesbisch sind, obwohl Sie es früher geglaubt haben?«

»Das kann ich Ihnen sagen, da muss ich aber eine kleine Geschichte erzählen: Also … als wir das Wellness-Center zugemacht haben, haben wir eine interne Abschiedsparty gefeiert, wir mussten schließlich die halbleeren, beziehungsweise halbvollen Flaschen aus unserer Bar austrinken, verkaufen konnte man das Zeug nicht mehr, und zum Wegschütten war es zu schade. Jeder von uns konnte einen Partner oder Freund mitbringen. Sie können mir glauben, das wurde eine sehr lustige Fete, die sich ziemlich lange hinzog.«

Marder hatte keinen Zweifel an der Wahrheit dieser Information.

Wotowski griff in seine Hosentasche, holte noch einmal die zerknautschte Plastiktüte heraus, wühlte darin herum, fand einen letzten Hundekuchen und legte ihn vor die Schnauze des Hundes, der das Leckerli ignorierte und weiterschlief.

Marder wollte mit dem Verhör weiterkommen.

»Sie wollten über Tatjana und ihre Freundin erzählen.«

»Ja, genau, zu denen komme ich jetzt. Also, es war schon ziemlich spät, und die beiden saßen auf einem Sofa, wo ich zufällig in der Nähe stand. Da habe ich gehört, wie sie sich gestritten haben. Beide sind gegenseitig über ihre Freunde ziemlich heftig hergezogen. Ich habe zwar im Einzelnen nicht genau mitbekommen, was sie gesagt haben, aber auf jeden Fall haben die sich richtig angemacht und wurden immer wütender. Schließlich ist die Sandra aufgestanden und ist nach Hause gegangen. Und daraus habe ich logischerweise geschlossen, dass sie doch nicht lesbisch sind, es sei denn, sie sind mehrseitig.«

Marder hatte einen Verdacht.

»Haben die jungen Frauen dabei zufällig die Namen ihrer Freunde genannt?«

»Das kann schon sein … aber daran kann ich mich nicht mehr erinnern … warten Sie mal … jetzt, wo ich darüber nachdenke … ich glaube, der eine hieß Frederick und der andere hatte auch so einen Prinzennamen.«

Marder konnte ein Grinsen nur schwer unterdrücken, er wollte aber nicht, dass Wotowski ihm das anmerkte. Gut, dass der hässliche Hund unter dem Tisch gerade einen bösen Traum hatte, im Schlaf hektisch zuckte und vor sich hin heulte. Die Aufmerksamkeit seines Herrn wurde abgelenkt und Wotowski schob den Leckerbissen mit dem Fuß direkt vor die Nase des Tiers, das im Schlaf danach schnappte, ohne aufzuwachen. Danach setzte er sein Geheul fort, jetzt in einer wohlklingenderen Tonart.

Marder sah keinen Grund, Wotowski über die Beziehungen zwischen Sandra und Tatjana und ihren Teddybären aufzuklären, das sollte das Geheimnis der Mädchen bleiben. Er wechselte das Thema.

»Sie haben vorhin erwähnt, dass Sie darüber nachgedacht haben, Insolvenz zu beantragen. Warum haben Sie es nicht getan?«

»Das ist so eine Sache. Ich bin zu einem Anwalt gegangen, der sich auf Schuldnerberatung spezialisiert. Bevor er Einzelheiten von mir wissen wollte, sollte ich erst einmal vierhundert Euro als Anzahlung auf seine Anwaltsgebühr berappen. Ich habe ihn gefragt, ob er mir dieses Geld vorschießen könnte, denn sonst hätte ich mir es bei jemand anderem leihen müssen. Das hat er abgelehnt, und da habe ich auf seine Beratung verzichtet, sonst wären meine Schulden erst einmal größer statt kleiner geworden, und das kann ja nicht der Sinn einer Schuldnerberatung sein. Er meinte, es gäbe Wohlfahrtsverbände, die würden kostenlose Beratung machen, an die könne ich mich wenden. Mal sehen, vielleicht tue ich das noch. Im Moment komme ich mit Hartz Vier, dem einen oder anderen versteckten Konto und dank Anja Matuscheks Einsicht gerade so über die Runden.«

Marder hatte auf alles Antworten bekommen, was er von Wotowski wissen wollte. Natürlich konnte er sich nicht sicher sein, ob der immer die Wahrheit gesagt oder ob er Tatsachen so verbogen hatte, wie er sie zu seinem Vorteil sehen wollte. Wenn dem so war, dann sah er keine Möglichkeit, Wotowski zur Wahrheit zu zwingen. Außerdem hätte er sich dazu an alle

Einzelheiten erinnern müssen, die ihm Sandra und Tatjana erzählt hatten.

»Wie heißt eigentlich Ihr neuer Freund unter dem Tisch?«

Er zeigte dabei auf den Hund, der sich gerade erhoben hatte und Wotowski mit erwartungsvollen Augen anblickte.

»Ich habe ihn *Pavarotti* genannt.«

»Pavarotti?«

»Ja, Pavarotti.«

»Wie sind Sie denn auf den Namen gekommen?«

»Haben Sie nicht gehört, wie schön er im Schlaf gesungen hat? Das tut er meistens. Im Tierheim haben sie ihn nur *Februar Drei* genannt, weil er der dritte Hund war, den sie im Februar von der Straße aufgelesen hatten. Und ich denke, so ein schöner Hund verdient auch einen schönen Namen.«

Dort, wo der Hund gelegen hatte, war ein nasser Fleck auf dem Teppich. Da sich das Tier in seinem unruhigen Schlaf hin und her bewegt hatte, war Marder nicht sicher, ob es ein bisschen gesabbert hatte oder ob Schlimmeres passiert war.

26.

»Amen«, rief der Pfarrer der Gemeinde zu, als er seine Predigt beendete und zwischen den Messdienern Platz nahm.

»Amen«, antwortete Marder leise. Er hatte aufmerksam zugehört, der Priester hatte über Schuld und Vergebung gesprochen. Er hatte darauf hingewiesen, dass es wichtiger sei, zu vergeben, als Schuld zu suchen. Außerdem sei Vergebung für den, der sie gewährt, ebenso wichtig wie für den, der sie empfängt. Wer nicht vergeben kann, sei selbst schuldig. Oft gäbe es ohnehin keinen Schuldigen, auch wenn es so scheint, betonte der Pfarrer. Aber manchmal gäbe es Schuldige, deren Schuld seinen Mitmenschen nie offenkundig würde, für die wäre der Oberste Gerichtshof der Ewigkeit zuständig.

Marder hing den Gedanken über Schuld und Vergebung eine Weile nach. Steckte darin vielleicht ein wichtiger Hinweis in Bezug auf Anja Matuschek? Wenn er ihn nur sehen könnte. Konnte es sein, dass er einen Schuldigen suchte, den es nicht gab? Nein, es musste einen Schuldigen geben, die Frage war nur, ob er in der Lage war, ihn zu finden.

Erinnerungen an seine Jahre in der katholischen Grundschule tauchten bei den Gedanken an Schuld und Vergebung auf. Er dachte an die regelmäßigen Beichten, die damit verbundenen Schuldbekenntnisse und gewährten Vergebungen. Er fürchtete sich damals jeweils vor dem Tag im Monat, an dem die Klasse geschlossen zur Beichte gehen musste. Er war ein schüchterner Junge, der versuchte, brav zu sein und seinen Eltern und Lehrern alles recht zu machen. Trotzdem musste er jedes Mal bekennen, welche Sünden er seit der letzten Beichte begangen hatte. Er marterte sein kindliches Gehirn mit der Suche nach dem, was er falsch gemacht haben könnte, aber es wollte ihm wenig einfallen. Er verfiel darauf, bei jeder Beichte zu gestehen, dass er seine Eltern nicht genügend geehrt und ihnen nicht ausreichend gehorcht hatte, weil seine Lehrer stets darauf hinwiesen, dass man Eltern ehren und ihnen gehorchen müsse, und dass es eine Sünde sei, wenn man es nicht tue. Wenn der Priester nachfragte, was er konkret damit meinte, stammelte er etwas von »nicht aus ganzem Herzen geliebt« oder »es nicht schnell getan habe, wenn sie etwas gewollt haben« oder »sich mit der Schwester gestritten«. Der Priester zeigte sich dann großzügig und versicherte ihm, seine Sünden würden ihm nachgelassen sein, nachdem er fünf *Gegrüßet seiest Du Maria* und fünf *Vaterunser* gebetet habe.

Auf die Dauer erschien ihm das immer gleiche Eingeständnis seines Ungehorsams nicht glaubhaft. Glücklicherweise sagte eines Tages der Religionslehrer, dass unkeusche Gedanken eine große Sünde seien. Unter unkeuschen Gedanken konnte er sich nichts Konkretes vorstellen, aber er gestand bei der nächsten Beichte, dass er solche gehabt habe. Zu seiner Verwunderung fragte der Priester nicht nach, was er damit genau meine, wie er es bei dem Geständnis der Ungehorsamkeit getan hatte, und entließ ihn mit einer erhöhten Auflage an Bußgebeten.

Marder war nach der Schulzeit nie wieder zur Beichte gegangen. Dennoch war ihm später klar geworden, dass Beichten für viele Leute ein großer Segen war, weil die gewährte Vergebung es ihnen leichter machte, mit ihren Fehlern und dem daraus resultierenden schlechten Gewissen zu leben. Wenn es die Beichte in der Kirche nicht gäbe, hätten sie die Psychotherapeuten erfinden müssen. Diesen Gedanken fand er beruhigend, denn trotz seiner Zweifel an der Weisheit der Kirche hatte er auf die tröstende Kraft des Glaubens nie verzichten wollen.

Er war deswegen sein Leben lang der katholischen Kirche treu geblieben, wenn auch mit einer relativ liberalen Überzeugung. Daher saß er auch an diesem Sonntagmorgen in der *Heilig-Geist-Kirche* in Stade. Iris war über das Wochenende zu ihrer Tochter gefahren. Sie hatte nicht damit gerechnet, dass ihr Mann schon am Sonnabend nach Hause kommen würde. Als Marder sie am Morgen angerufen hatte, hatte er gesagt, er könne nicht voraussehen, wann er zurückkäme. Er habe gegen Mittag ein wichtiges Verhör zu führen, und danach würde sich entscheiden, wie lange er noch in Barsinghausen bleiben müsse. Sie solle heute lieber nicht auf ihn zählen. Sie hatte daher ihrer Tochter zugestimmt, deren Kinder und Hund am Wochenende zu hüten, damit sie mit ihrem Mann nach langer Zeit wieder einmal ein romantisches Weekend in einem romantischen Hotel an der Ostsee verbringen konnte. Iris freute sich darauf, die Enkel für sich allein zu haben, weil sie aus Erfahrung wusste, dass sich Enkelkinder nur dann uneingeschränkt auf ihre Großmutter konzentrieren können, wenn die Eltern nicht in der Nähe sind. Als Marder am Abend doch in Stade ankam, war Iris längst dabei, den Kleinen das Abendbrot zu servieren.

Das Ehepaar Marder ging an Sonntagen ziemlich regelmäßig zum Gottesdienst. Iris war in einer evangelischen Familie aufgewachsen, aber für beide Ehepartner war gelebte Toleranz wichtig, daher gingen sie abwechselnd in die katholische und evangelische Kirche. Sie waren sich einig, dass zwei getrennte christliche Kirchen heutzutage keinen Sinn mehr machten. Die *Heilig-Geist-Kirche* in Stade erinnerte Marder an *Sankt Barbara* in Barsinghausen, wo er bei seinen Besuchen am Deister manchmal zur Messe gegangen war. Beide Kirchen wirkten innen wie große Zelte, in denen die Bänke im Kreis um den Altar angeordnet waren. Rom war glücklicherweise zu der Erkenntnis gekommen, dass der Platz des Priesters zwischen den Gläubigen war, und die Menschen mehr als die Sicht auf seinen Rücken verdienten.

»Credo in unum deum – Ich glaube an den einen Gott«, sagte der Pfarrer. Die Anwesenden erhoben sich und sprachen das Glaubensbekenntnis. Das mit dem Glauben ist so eine Sache, dachte Marder. Früher war ich überzeugt, dass mein Glaube, der katholische, der einzig wahrhaftige Glaube ist. Eigentlich war ich damals ein Fundamentalist, ohne mir dessen bewusst zu sein. Heute glaube ich, dass es für einen Menschen entscheidender ist, überhaupt zu glauben, als das, woran er glaubt. In einer Talkshow hatte einmal ein kluger Mann gesagt, dass *das* Glauben wichtiger sei als *der* Glaube. Das hatte er richtig gut gefunden, so wie er es immer gut fand, wenn jemand etwas sagte, von dem er bereits überzeugt war. Marder blieb sitzen. Er entschuldigte sich beim Liebengott, und bat um Verständnis, dass er für den Rest der Messe über Anja Matuschek nachdenken müsse. Er kehrte mit seinen Gedanken an den Deister zurück, um darüber zu grübeln, was er in den letzten Tagen erlebt hatte und welche Schlüsse er daraus ziehen konnte.

Nach seiner Unterhaltung mit Wotowski war Marder ins Hotel gefahren, hatte seine Rechnung bezahlt und sich auf den Weg nach Hause gemacht. Er hatte in Barsinghausen niemanden von seiner Abreise informiert, er hoffte immer noch, dass ihm unterwegs eine Eingebung kommen würde, was er als Nächstes unternehmen sollte. Falls das tatsächlich geschehen würde und eine weitere Anwesenheit in Barsinghausen notwendig erschien, würde er umdrehen und seine Ermittlungen wieder aufnehmen. Wenn nicht, würde er weiterfahren, um zu Hause auf eine Inspiration zu warten.

Er vermied die Autobahn und fuhr auf Landstraßen durch die Heide, das gab ihm Zeit zum Nachdenken. In einem Dorf in der Nähe von Soltau ging er in das örtliche Gasthaus. Er saß als einziger Gast in der großen Gaststube, trank einen Milchkaffee und betrachtete eine Tafel an der Wand, auf der die Namen der Schützenkönige eingraviert waren, die in diesem Ort über die Jahre regiert hatten. Der erste von ihnen, vor mehr als achtzig Jahren, hieß Abraham Moorhauser, der letzte Jens Podgorny. Marder fiel ein, dass er selbst vor dreißig oder so Jahren an einem Königsschießen teilgenommen hatte, aber zum Glück nie in die Nähe der Siegertrophäe gekommen war. Das hätte er sich als junger Polizist nicht leisten können, denn die erste und wichtigste Amtshandlung für einen Schützenkönig war, Freibier für alle zu bestellen. Zu Anja Matuschek fiel ihm immer noch nichts Erhellendes ein, er befürchtete, dass sich daran nichts ändern würde. Er entschloss sich endgültig, nach Hause zu fahren.

Sicherheitshalber wollte er nun doch seine Frau auf seine Rückkehr vorbereiten. Er wählte die Nummer zu Hause, aber Iris meldete sich nicht. Das war die Situation, für die Marder seiner Frau zu Weihnachten ein Handy geschenkt hatte, obwohl sie immer beteuerte, dass sie *ohne* sehr gut leben könne und sich nicht von so einem Gerät tyrannisieren lassen wolle. Das war graue Vergangenheit – in den letzten Monaten hatte das mobile Telefon einen festen Platz in ihrem Herzen und Tagesablauf gefunden, dass sie *ohne* nur noch selten das Haus verließ. Marder wählte die Handynummer und wartete geduldig, da er vermutete, dass seine Frau erst ihre Handtasche öffnen und dann eine Weile darin wühlen musste, bis sie das Gerät fand. Als Iris sich meldete, reagierte sie deutlich ungnädig auf Marders Sinneswandel und überstürzte Heimkunft. Tochter und Schwiegersohn seien bereits an die Ostsee abgereist und »ich kann die Kinder jetzt natürlich nicht alleine lassen«. Sie würde eventuell Sonntagabend wieder nach Hause kommen, vielleicht auch erst am Montag, falls die Eltern erst spät am Sonntag von dem Wochenende am Meer zurückkämen. Sie erklärte Marder, wo er in der Küche etwas zu essen fände, und sagte, sie müsse jetzt auflegen, weil sie den Hund retten müsse, den die Kleinen gerade attackierten, oder umgekehrt.

Marder spürte einen sanften Druck gegen seinen Ellbogen. Ein mit rotem Samt ausgepolstertes Körbchen wurde durch die Kirchenbänke gereicht. Marder griff hastig in seine Hosentasche, wo er meistens ein paar Münzen deponiert hatte. Er holte fünf oder sechs Geldstücke heraus und warf sie in das Körbchen, ohne zu schauen, was ihr Wert war.

In der letzten Nacht hatte er schlecht geschlafen, eigentlich so gut wie gar nicht. Das lag nicht nur daran, dass das Bett neben ihm leer war, er hatte unablässig über das Verschwinden von Anja grübeln müssen, ohne zu einem Ergebnis zu kommen. Mit Verdruss stellte er fest, dass er nicht mehr alles, was er in den letzten Tagen erfahren hatte, den jeweiligen Gesprächspartnern zuordnen konnte. Aber spielte das überhaupt eine Rolle? Hatte er irgend etwas so Schwerwiegendes herausgefunden, das ihm das Recht gab, jemandem ein Verbrechen anzuhängen?

Alle Personen, mit denen Marder gesprochen hatte, hatten ihre Unschuld beteuert, dennoch konnten jeder von ihnen der Mörder von Anja Matuschek sein. Allerdings waren alle nur deswegen verdächtig, weil sie von jemandem als verdächtig bezeichnet wurden, der selbst wiederum von einem anderen als möglicher Täter verdächtigt wurde. Wenn ein Mörder unter ihnen war, und daran hatte Marder kaum noch Zweifel, dann war er offensichtlich gerissen genug, um seine Täterschaft vor ihm als erfahrenem Kriminalkommissar zu verbergen?

Wie müsste die Person, die Anja umgebracht hätte, denken und funktionieren? Wenn jemand einen Mord mit einem Messer begeht und danach die Waffe versehentlich am Waldrand liegen lässt, muss er äußerst sorglos oder extrem dumm sein. Andererseits, wenn jemand das Messer mit Absicht an einer Stelle im Wald ablegt und glaubt, damit die Polizei in die Irre führen zu können, muss er seinerseits davon ausgehen, dass die Polizei extrem dumm ist.

Keinen von den Personen, mit denen er gesprochen hatte, hielt er für dumm genug, um wirklich in dieses Szenario von Dummheit zu passen. Er versuchte, sich zu konzentrieren. Hatte er sich überfordert? Reichten seine Kräfte nicht mehr, um einen komplizierten Fall aufzurollen? Das wollte er nicht akzeptieren, er würde noch einen letzten Versuch machen, seine Gedanken zu ordnen und seine Erkenntnisse zu sortieren. Er musste mit seinen Überlegungen noch einmal von vorn beginnen.

Brenner. Bertram. Dr. Wohlmut. Sandra. Tatjana. Wotowski. Alle hatten ihre Probleme oder Auseinandersetzungen mit Anja Matuschek gehabt, meistens sogar schwerwiegende. Eine Person fehlte noch. Marder kämpfte mit seinem Gedächtnis. Er ging die Tage und die Reihenfolge seiner Unterhaltungen durch, blieb bei Dr. Wohlmut hängen. Richtig, Schwester Johanna gehörte auch dazu. Wie genau war ihre Beziehung zu Dr. Wohlmut? Zu Anja? Es gab ein komplexes Beziehungsdreieck, das ihm in seinen Details nicht mehr ganz durchschaubar erschien. Marder ließ die Frage offen, die Antwort würde ihm sicherlich später einfallen.

Brenner? Die Beziehung zwischen ihm und Anja war eine Geschichte von Liebe, Enttäuschungen, Trennungen und Versöhnungen. Eine Geschichte, wie sie täglich tausendmal in der Welt passiert, vermutlich öfter zu Mord oder Totschlag führt, als es der Umwelt bekannt wird. Brenner war gekränkt und beleidigt aus der Sache herausgekommen, aber ob er Anja verlassen hatte oder Anja ihn, schien Marder nicht wirklich entscheidend. Vermutlich hatten sie gemerkt, dass sie nicht füreinander bestimmt waren, nur wollte keiner als Verlierer dastehen. Weder Brenner noch Anja wollten der sein, der sitzen gelassen wurde. Deswegen verbogen sie jeweils die Tatsachen so, dass sie sich selbst als Sieger in diesem Beziehungskrieg sehen konnten, und vielleicht glaubten sie dabei sogar jeweils an ihre Version der Ereignisse. Was sich genau zwischen ihnen abgespielt haben sollte, hatte Marder nicht länger in der richtigen Reihenfolge und Details in Erinnerung. Das war vermutlich auch nicht so wichtig – wahrscheinlich hatte ohnehin keiner von beiden die objektive Wahrheit erzählt. Erschwerend kam dazu, dass er Anjas Version nur aus zweiter Hand von ihrem Bruder erfahren hatte. Trotzdem war es nicht auszuschließen, dass Brenner in einem Moment der Verzweiflung eine Tat begangen hatte, die ihm hinterher unendlich leid tat. Die er aber mit allem, was er hatte, vertuschen würde, sonst war seine Zukunft bei der Kriminalpolizei für alle Zeiten zerstört.

Marder beobachtete, wie ein Messdiener zur Opferbereitung dem Priester aus einem kleinen Krug Wasser über die Hände schüttete, während der andere ihm ein Tuch hinhielt, damit er die Finger daran trocknen konnte. Der Messdiener mit dem Tuch war eine Dienerin. Das hatte es in seiner Kindheit nicht gegeben, damals war es ausschließlich Jungen vorbehalten gewesen, dem Priester am Altar bei der Arbeit zu helfen. Aber wenn es heute schon Boxerinnen, Soldatinnen und weibliche Vorstandsvorsitzende gab, warum sollte es dann nicht auch Messdienerinnen geben?

Bertram? Marder hatte ihn von Anfang an als unausgeglichenen und unglücklichen Menschen eingeschätzt. Und solche Menschen schlitterten oft als Täter in Verbrechen, die sie nicht geplant hatten, in die sie durch Umstände oder ihre eigene Unzulänglichkeit hineingezogen werden. Bertram lag seit seiner Kindheit mit seiner Schwester im Konflikt, das tat er offensichtlich auch mit den meisten anderen Menschen, mit denen er zu tun hatte. Ein weltfremder Kauz, der sich lieber in sich zurückzieht, als seine Probleme zu konfrontieren und nach Lösungen zu suchen. Jemand, der lieber auswandern will, als seine Welt zu Hause in Ordnung zu bringen, aber letztlich doch nicht die Energie dazu aufbringt. Solange Marder ihn kannte, hatte er stets über Schulden geklagt. Daran hatte sich bis heute nichts geändert. Aber Mord an seiner Schwester? Marder war anfangs überzeugt gewesen, dass Bertram seine Schwester nicht umgebracht hatte. Aber inzwischen hielt er es für möglich. Vielleicht war es sogar eine Tat aus kalter Berechnung gewesen. Vielleicht hatte ihn die Wut auf seine Familie und das einzige andere noch lebende Mitglied zu dieser Tat getrieben. Vielleicht hatte dieser Zorn in ihm eine Energie freigesetzt, die er ursprünglich nicht in ihm vermutet hatte. Das konnte ein Irrtum von Marder gewesen sein. War er also auf Bertrams Beteuerungen von Unschuld hereingefallen? Marders Gedanken drehten sich im Kreis. Wenn Bertram schuldig war, dann hatte ihn seine Intuition im Stich gelassen. Früher hatte sie ihn oft zu der Lösung in Fällen geführt, die sich über Logik nicht lösen ließen. Hatte er sich zu schnell auf Bertrams Unschuld festgelegt? War er das Opfer seiner eigenen Unfähigkeit zu kritischem Denken geworden? Und wie passte die Sache mit dem Ehrenamt im Tierschutzverein … nein, nein, es war ein Literaturverein … zu Bertram? Marder musste sich eingestehen, dass er in Bezug auf Anjas Bruder in einer Sackgasse gelandet war.

Dr. Wohlmut? Ein unsteter Mensch? Ja, offensichtlich. Ein schlechter Arzt, der nicht immer optimale Entscheidungen traf? Vielleicht. Das mussten jedoch andere Mediziner beurteilen, nicht ein Kriminalkommissar im Ruhestand. Von Treue zu Frauen hält er nicht viel. Wie er mit seiner Ehe umging, die zumindest auf dem Papier noch existierte, ging Marder total gegen den Strich und gegen seine eingestandenermaßen altmodische Moral. Dazu die Verhältnisse mit den Krankenschwestern, erst Anja und dann Johanna. Oder war es umgekehrt? Erst Johanna und dann Anja? Ja, erst Johanna und danach Anja, so war es wohl richtig. Aber warum sollte er Anja umbringen? Er war doch mit ihr zusammen. Oder nicht mehr? Wohlmut hatte etwas in diese Richtung gesagt. Was war das genau gewesen? Ach ja, da war die Sache mit einem Fehler bei einer Patientin – das hatte jedenfalls Johanna gesagt. Gab es diesen Fehler wirklich? Glauben nicht alle Patienten irgendwann einmal, dass sie von einem Arzt falsch behandelt worden sind? Dabei sind Fehler unter Medizinern meistens

Ansichtssache. Es gibt bei vielen Krankheiten bestimmt mehr als eine richtige Art der Behandlung. Soweit er sich erinnern konnte, hatte Johanna behauptet, Anja hätte Dr. Wohlmut wegen dieses vermeintlichen Fehlers zu erpressen versucht. Konnte es sein, dass Johanna etwas verwechselt hatte? Andererseits, hatte er vielleicht selbst nicht verstanden, was Johanna gesagt hatte oder sagen wollte? Und da war noch etwas mit einem Ferienhaus. War das wichtig? Irrelevant? Hätte er Wohlmuts Auto nach genetischen Spuren von Anja untersuchen lassen sollen? Dann hätte er es mit den Autos aller anderen Beteiligten auch machen müssen. Aber was sollte das bringen? Er konnte doch nicht die ganze Welt nach Anja durchsuchen. Wo sollte er anfangen, wo aufhören?

Hatte er in dieser komplexen Situation einfach nur die Übersicht verloren? Lag hinter diesen unbeantworteten Fragen irgendwo die Antwort, warum Dr. Wohlmut es als unumgänglich angesehen hatte, Anja aus dem Weg zu räumen? War Wohlmut ein Mörder, der geschickt und verdeckt genug vorgegangen war, um von einem Kommissar, der alt und vergesslich geworden war, überführt zu werden? Diese Möglichkeit war nicht zu leugnen. Wenn es so war, dann war ausschließlich seine eigene Unfähigkeit schuld daran, das dieses Verbrechen ungesühnt bleiben würde.

Schwester Johanna? Sie war offensichtlich wütend auf Anja, weil die ihr den Liebhaber ausgespannt hatte. Wenn er es realistisch betrachtete, hatten deswegen schon viele Frauen in der Geschichte ihre Konkurrentinnen aus dieser Welt befördert. Johanna hatte angedeutet, dass die Beziehung zwischen Anja und Wohlmut zu Ende ging oder gegangen war? Das konnte eine Lüge sein, um sich selbst aus der Schusslinie zu bringen. Hatte sie nicht behauptet, dass Wohlmut zu ihr zurückkommen würde? Aber was bewies das schon? Das konnte lediglich der zweite Teil ihrer Lüge sein. Oder brachte Marder auch hier etwas durcheinander? Was wusste Johanna wirklich über Anjas angebliche Erpressung von Dr. Wohlmut? War sie wegen ihrer Eifersucht auf Anja überhaupt als Quelle für Informationen ernst zu nehmen? Marders Konzentration fing an zu wandern. Auch über Johanna und ihre Motive konnte er zu keinen logischen und überzeugenden Schlüssen kommen.

Die Orgel stimmte eine Melodie an, es war ein Standardlied aus dem Gebetbuch. Die Gläubigen sangen gemeinsam mit, leider auch der Mann unmittelbar hinter Marder, allerdings laut, falsch und unmelodisch gegen den Rest der Gemeinde. Der Gesang war für Marder schwer zu ertragen, obwohl er nicht besonders wählerisch oder empfindlich in Musikdingen war. Für einen Moment fühlte er sich versucht, den Mann zu bitten, mit dem Singen aufzuhören, ließ es aber sein, er war schließlich im Gottesdienst und nicht in einem Konzert.

Sandra und Tatjana? Die hatten sich irgendwie über ihn lustig gemacht. Das hatte er während ihrer Unterhaltung gespürt, aber trotzdem war es nett und gemütlich in ihrer Wohnung gewesen. Schade, dass die beiden jungen Frauen nur aneinander interessiert waren. Marder war in diesen Dingen konservativ. Er konnte sich keine sinnvollen Beziehungen zwischen Paaren vorstellen, bei denen nicht der eine ein Mann und die andere eine Frau war. Wer hatte die beiden verdächtigt, dass sie etwas mit dem Verschwinden von Anja zu tun hätten? Brenner? Wotowski? Dr. Wohlmut? Egal. Sandra und Tatjana waren absolut unschuldig – davon war Marder von Anfang an überzeugt gewesen, ohne dass sie das zu betonen brauchten. Halt … konnte es nicht sein, dass er sich in seinem Urteil über die beiden Mädchen tatsächlich irrte? Sie hatten zugegeben, extrem wütend auf Anja zu sein, weil sie versucht hatte, sie aus dem Haus zu vertreiben. Hatte es deswegen vielleicht einen Riesenkrach, eventuell sogar eine tätliche Auseinandersetzung gegeben, die Sandra und Tatjana verschwiegen hatten? Hatte die Situation zu einem unglücklichen Ende für Anja geführt? Hatten die beiden Frauen ihn unter Umständen mit ihrer freundlich naiven Art absichtlich in die Irre geführt? Oder gab es vielleicht etwas ganz anderes zwischen den drei jungen Frauen, das sie unerwähnt gelassen hatten? Eventuell hatte sich eine der beiden zu eng mit Anja befreundet, die andere war eifersüchtig geworden und hatte deswegen Anja … nein, das war zu weit hergeholt. Marder musste eingestehen, dass er sich über nichts mehr sicher war. Jeder seiner Gedanken war ein Hinterhalt.

Die Leute in den Bänken um ihn herum waren aufgestanden und gaben sich die Hand. Es war der Moment des Friedensgrußes – es war in Mode gekommen, sich dabei die Hand zu reichen und anzulächeln, manche Leute umarmten sich sogar. In der guten alten Zeit hatte man den Friedensgruß bewegungslos und schweigend ausgetauscht. Eigentlich fand er diese neue Form mit der gegenseitigen Berührung persönlicher und bedeutungsvoller, nur war Marder heute nicht in der Stimmung, daran teilzunehmen.

Wotowski? Ein überheblicher Mensch, der sich überschätzt und gern anderen die Schuld für seine Fehler zuschiebt. Er war ständig nach dem großen, schnellen Geld aus, verkalkulierte sich dabei jedes Mal, weil er die Bedürfnisse der Menschen falsch einschätzte. Marder brachte es nicht mehr in die richtige Ordnung, wann, von wem, wofür und wie viel Geld der Mann sich geliehen hatte. Im Gegensatz zu Bertram beklagt Wotowski sich nicht nur über die Schulden, die er angesammelt hat, sondern noch mehr darüber, dass er nicht genug Leute findet, die ihm etwas leihen. Das Gespräch mit ihm war für Marder unangenehm verlaufen. Er hatte ihn ohne Vorbereitung und Absicherung, nur auf einen Verdacht von Sandra und Tatjana hin, mit Anschuldigungen konfrontiert und war dabei gegen eine Wand gelaufen – so hatte er es jedenfalls in dem Moment empfunden. Das hätte nicht passieren dürfen. Eine derartige Situation war ihm in all seinen Berufsjahren erspart geblieben, auch wenn er bei Ermittlungen mehr als einmal auf einer falschen Spur gewandelt war. Er hatte sich dabei jedoch nie so blamiert wie in dem Gespräch mit Wotowski. Das änderte nichts an seiner negativen Einstellung gegenüber dem Mann, aber als Mörder kam er nicht mehr infrage – zumindest nicht wegen des Motivs, das ihm von den beiden jungen Frauen unterstellt wurde.

Allerdings, konnte er wirklich sicher sein, dass es die Wand, gegen die er glaubte, gelaufen zu sein, gab? Oder war sie von Wotowski lediglich als Schutzwall aufgebaut worden? Er hielt inne. Ein Geistesblitz, der gleichzeitig so hell wie vernichtend war, fuhr durch seine Gedanken. Da war dieser Vertrag zwischen Anja und Wotowski, den Wotowski ihm gezeigt hatte. War das wirklich ein Vertrag? Oder war es vielleicht nur ein wertloses Stück Papier, auf dem Wotowski Anjas Unterschrift gefälscht hatte? Er hatte sich den Vertrag nicht einmal richtig angeschaut, so sehr hatte ihn die plötzliche und unerwartete

Existenz dieses Papieres erschüttert. Dennoch war er sich jetzt sicher, dass er keine Unterschrift eines Notars auf dem Schriftstück gesehen hatte. Also konnte Wotowski sehr wohl still und heimlich dieses angebliche Dokument produziert haben. Und noch etwas fiel ihm ein: Anja war überhaupt nicht berechtigt, einen derartigen Vertrag allein abzuschließen. Schließlich ging es hier um einen Teil des Erbes ihrer Mutter, und dann hätte auch Bertram dieser Vereinbarung zustimmen müssen. Nein, nein, nein, hier war etwas faul. Hier bin ich wahrscheinlich übel hereingelegt worden, dachte Marder verzweifelt, aber wenn es so ist, bin ich ganz allein selbst schuld daran. Das wäre eine Schmach, die mich bis zu meinem Lebensende belasten wird. Im gleichen Moment fragte er sich, ob er noch die Kraft hatte, die Wahrheit zu finden.

Marder befürchtete, dass ihm in den Gesprächen mit den anderen »Verdächtigen« ebenfalls Fehler unterlaufen sein konnten. Hatte er Hinweise nicht erkannt? Kritische Fragen nicht gestellt? Zusammenhänge übersehen oder gesucht, wo keine existierten? Hatte er sich bei den Einschätzungen seiner Gesprächspartner zu schnell von seinen Gefühlen leiten lassen, dabei die Objektivität verloren, die man bei der Lösung von komplexen Fällen unbedingt auch brauchte? Er versank in Mutlosigkeit – von dem inneren Frieden, den ein Gottesdienst bringen sollte, konnte er nichts spüren. Seine Hoffnung, die Lösung um Anjas Verschwinden zu finden, rückte bei jedem Gedanken in weitere Ferne. Langsam kroch von den Fußspitzen her wieder das Gefühl der totalen Müdigkeit seinen Körper hinauf, das ihn während seiner Fahrt im Auto von Barsinghausen zum Hotel überfallen hatte. Das war vor zwei Tagen gewesen. Vor drei? Vor einer Ewigkeit? Marder sank auf der Kirchenbank in sich zusammen, verlor den Kontakt zu seiner Umgebung und nahm nicht wahr, wie die Gläubigen aufstanden, zur Kommunion gingen, zurückkamen, sich an ihren Platz knieten und sich nach einem kurzen Gebet wieder setzten.

Als er zu sich kam, war er allein. Die Messe musste zu Ende gegangen sein, ohne dass er es mitbekommen hatte. Die Gemeinde hatte die Kirche verlassen, die Gläubigen hatten wahrscheinlich gedacht, dass der einsame Mann, der da kauernd sitzen blieb, in Demut betete.

Marder fühlte sich nicht stark genug, aufzustehen und die Welt außerhalb der Kirchentür zu konfrontieren. Er musste sich sammeln und über die Gegenwart und Zukunft nachdenken. Dabei wusste er tief in seinem Innern, dass das Rätsel um Anjas Verschwinden nichts mehr mit ihm zu tun hatte. Marder war erleichtert. Er brauchte sich nicht länger etwas vorzumachen. Er wusste nun, dass nicht er die Suche nach Anja Matuschek zu einem guten oder, gegebenenfalls, schlechten Ende bringen würde. Er blieb auf der Bank in der leeren Kirche sitzen und dachte darüber nach, was er tun musste, um in dieser Angelegenheit zu einem persönlichen Ende zu kommen, selbst wenn dies lediglich darin bestand, seine Niederlage einzugestehen. Das wichtigste war, die Menschen zu informieren, die ihn noch auf der Suche nach Anja vermuteten.

Dazu gehörte auf jeden Fall Kommissar Coello. Coello würde vermutlich bedauern, dass er Anja Matuschek oder ihren Mörder nun ohne die Hilfe des alten Mannes aus Stade suchen musste, aber das war schließlich sein Beruf. Marder war sicher, dass es ihm letztlich gelingen würde.

Was immer Coello über seine erfolglosen Ermittlungen dachte, war für Marder nicht wirklich von Bedeutung. Bestenfalls war es eine Lehre für den jungen Kommissar, dass er seine Verantwortung bei Ermittlungen nicht an jemanden anderen abgeben konnte. Wenn er das nicht lernt, wird seine Laufbahn als Kriminalkommissar bald zu Ende sein. Marder hatte trotz seiner Kritik an Coello das Gefühl, dass hier ein guter Mann nachwuchs, der jedoch noch Zeit zum Reifen brauchte. Es war menschlich und richtig, dass sich Coello neben seinem Beruf um seine Familie kümmerte, aber an der richtigen Balance zwischen Beruf und Familie musste er noch arbeiten. Marder war ein wenig stolz darauf, dass ihm der Spagat zwischen Dienst und Familie in den Jahren bei der Polizei meistens gelungen war – auch wenn Iris sich manchmal beschwert hatte, dass sich seine Gedanken zu sehr in einen Fall verloren und er seine Ehefrau dann vernachlässigte.

Schwieriger würde es sein, Erich Falkenberg von seiner Entscheidung zu informieren. Nicht, weil Erich ein Mann in einer bedeutenden Position bei der Polizei war, sondern, weil er sein Freund war. Marder erinnerte sich, dass Erich Falkenberg ihn nie offiziell beauftragt hatte, in diesem Fall zu ermitteln, er hatte lediglich Kommissar Coello sein Einverständnis signalisiert, falls der den älteren Kollegen aus Stade um Hilfe bitten sollte. Genau genommen schuldete Marder ihm keine Erklärung – aber so kann man einen Freund nicht abspeisen. Also würde er ihn über seinen Ausstieg aus der Suche nach Anja Matuschek informieren, dabei war er sich nicht sicher, wie Falkenberg darauf reagieren würde. Vielleicht würde er ihn trotz guter und tröstender Worte verachten, weil er versagt hatte, es ihn nur nicht spüren lassen? Nein, Marder wollte nicht glauben, dass Erich das tun würde. Er wird mich bedauern und mich verstehen und sich für meine Mühen bedanken. Falkenberg kannte ihn zu gut, um zu wissen, dass er seine Entscheidung nicht leichtfertig getroffen hatte.

Ein Lichtstrahl schien durch ein schmales Kirchenfenster. Er traf sein Gesicht, als wolle es ihn daran erinnern, dass es außerhalb dieses Gebäudes eine Welt gab, in der die Sonne scheint und sich auf den Frühling vorbereitet.

Das wichtigste und schwierigste Gespräch würde er mit seiner Frau führen müssen. Was sollte er ihr sagen? Er hatte Angst davor, wie sie sich verhalten würde. Sie hatte in der letzten Zeit gelegentlich ihre Sorgen über ihren, noch mehr über seinen körperlichen und geistigen Niedergang im Alter durchblicken lassen. In Zukunft wird sie noch dringlicher darauf bestehen, dass er sich mehr um seine Gesundheit kümmert, sich vor allem gesund ernährt. Das hieße, auf manches zu verzichten, was ihm beim Essen Freude bereitete: die gelegentliche Schweinshaxe in der bayrischen Kneipe in der Nähe oder die Zartbitter-Schokolade, die er im Gefrierfach des Kühlschranks hortete. Nein, dachte er, so grausam wird sie nicht sein. Sie liebt mich, sie wird mich trösten, meine Ängste mit mir teilen und mir Mut zusprechen. Vor allem wird sie sich darüber freuen, dass ich nicht mehr in Versuchung geraten werde, mich um die Aufklärung von Verbrechen zu kümmern, die mich nichts angehen. Wir werden uns gemeinsam um unsere Enkel kümmern, auch wenn ich nach einem Tag mit ihnen abends erschöpft ins Bett falle. Wir werden zusammen in das Abendrot des Lebens reiten. Das war natürlich ein kitschiges Bild aus den billigen Cowboyfilmen seiner Jugend – aber dass er Kitsch als schön empfinden durfte, hielt er für einen Vorteil des Altseins. Überhaupt war das Altwerden nicht so beschwerlich, wie er es sich als junger Mann vorgestellt hatte. Manches war sogar einfacher. Man braucht sich nicht länger ständig Gedanken darüber zu machen, ob was man tut, in den Augen der anderen richtig ist. Er dachte daran, wie kompliziert sein Leben früher gewesen war, aber gleichzeitig spürte er, dass seine Gedanken gern zu den Anfängen seiner Erinnerungen zurückgehen würden.

Zu den Anfängen zurückgehen. Er würde seine »Memoiren« zu Ende schreiben, bevor auch sein Langzeitgedächtnis den Dienst verweigerte. Er hatte vor einigen Wochen mit dem Schreiben begonnen und war durch Anja Matuschek davon abgelenkt worden. Nun wartete sein Computer darauf, zu erfahren, wie es in seinem Leben weitergegangen war. Er würde seine Erinnerungen für die Kinder und Enkel aufschreiben, ob sie es jemals lesen würden, war nicht das Entscheidende. Wichtig war, dass er festhielt, wie er der geworden war, der er war – bald vielleicht nicht mehr sein würde.

»Geht es Ihnen nicht gut?«

Marder blickte auf. Das Mädchen, das vorher als Messdienerin am Altar gestanden hatte, saß neben ihm in der Bank. Er hatte sie nicht kommen gehört.

»Warum fragst du das?«

»Der Herr Pfarrer hat gesagt, ich soll mal nach Ihnen schauen, weil Sie hier schon so lange sitzen, ohne sich zu bewegen.«

»Danke, es geht mir gut, du kannst den Herrn Pfarrer

beruhigen. Sag ihm auch, es ist nett, dass er sich Sorgen um mich macht. Und dass du nach mir schaust.«

»Und warum sitzen Sie hier?«

»Weil ich nachdenke.«

»Worüber denken Sie denn nach.«

»Ach, ich glaube, das verstehst du nicht.«

»Und warum verstehe ich das nicht?«

»Weil alte Leute manchmal an Sachen denken, die für Kinder überhaupt keinen Sinn machen. Wie heißt du eigentlich?«

»Anja.«

»Anja? Wirklich? Komisch.«

»Was soll denn daran komisch sein?«

»Entschuldige, daran ist natürlich nichts komisch. Ich dachte nur gerade an eine andere Anja. Aber die kennst du nicht.«

»Und wegen der sind Sie so lange sitzen geblieben?«

»Ja, das bin ich wohl. Aber nun bin ich mit dem Denken fertig. Tschüss Anja. Jetzt muss ich los.«

Marder stand auf, ging den Gang zum Altar hinunter, kniete und bekreuzigte sich. Dann wendete er sich der Kirchentür zu.

27.

»Ich hab's«, sagte die Frau im Bett neben ihm.

Was immer sie hat, muss eine Stunde warten, dachte Marder und schielte mit einem Auge zum Wecker auf dem Nachttisch. Er konnte sich noch nicht an den Gedanken gewöhnen, dass ein neuer Tag angefangen hatte. Im Halbdunkel erkannte er, dass der große Zeiger auf der Drei und der kleine kurz hinter der Sieben stand. Nach dem gestrigen Abend war Weiterschlafen die bessere Alternative.

Gemeinsam mit seiner Frau hatte er eine ganze Flasche Wein getrunken und danach ein bisschen von einer zweiten, wobei auf ihn die ganze und auf seine Frau das Bisschen gekommen war. Iris war am frühen Sonntagabend nach Hause gekommen, weil die Kinder sie bereits am Nachmittag aus ihren Diensten als Babysitter entlassen hatten. Die jungen Eltern hatten das Wellness-Wochenende an der See nach dem Mittagessen beendet und waren früher zu Hause eingetroffen, als sie es ursprünglich geplant hatten.

Zum Abendessen hatte Iris eine tiefgefrorene Pizza und eine Packung Crevetten aus dem Eisfach des Kühlschranks ausgegraben und ein leckeres Mahl produziert. Marder hatte ein Glas Rotwein dazu getrunken, das hatte sein Gemüt aufgeheitert. Dennoch hatte er während des Essens nicht viel gesprochen, Iris übernahm die Konversation und erzählte von den Abenteuern zweier Tage mit den Enkeln. Sie erwartete keine Kommentare von ihrem Mann, sie wollte ihn lediglich an den Freuden einer Großmutter teilnehmen lassen, wenn sie ihre Enkel um sich hat.

Nach dem Essen waren sie in den Keller gegangen und lieferten sich eine heiße Fußballschlacht an dem Krökeltisch, den Marder zu seinem sechzigsten Geburtstag von der Familie geschenkt bekommen hatte. Normalerweise döste das Spielgerät im Dunklen still vor sich hin und kam nur dann zum Einsatz, wenn die Kinder zu Besuch waren. Marder schlug seine Frau zweimal vernichtend, die danach keine Lust mehr hatte, weiterzuspielen. Zur Siegesfeier trank er sein zweites Glas Rotwein.

Iris hatte Revanche bei einer Runde Kniffeln gefordert, dabei rechnete sie sich eine bessere Siegeschance aus. Nicht dass die Würfel sie begünstigten, aber gewöhnlich fällte sie die klügeren Entscheidungen, wo sie die gewürfelten Augen auf der Kniffelliste einsetzte. So auch gestern. Zum Trost trank Marder sein drittes Glas Rotwein, während Iris noch an ihrem ersten nippte – oder vielleicht war es doch schon das zweite.

Es war zu spät für die Tagesschau geworden, deswegen setzte sich Marder auf seinen Lieblingsplatz auf dem Sofa, legte die Füße auf einen Hocker und schaute auf den dunklen Bildschirm des Fernsehers, ohne das Gerät einzuschalten. Normalerweise ließ er sich um diese Zeit am Sonntagabend den neuesten Tatort nicht entgehen, heute aber wollte er sich nicht mit Verbrechen befassen, die sich jemand ausgedacht hatte, um die Zuschauer in ihren Wohnzimmern damit zu unterhalten. Er genoss es zu hören, wie seine Frau im Schlafzimmer ihren kleinen Reisekoffer auspackte und ihre Kleidung in den Schrank hängte. Er freute sich, dass sie wieder zusammen waren.

Nach einer Weile kam Iris ins Wohnzimmer, schenkte ihm ein weiteres Glas Wein ein und setzte sich neben ihn aufs Sofa, sodass er ihren Körper spüren konnte. Sie sagte leise, fast schüchtern:

»Nun erzähl mal.«

Marder wusste, was sie meinte, reagierte jedoch nicht sofort und schwieg. Er saß einige Minuten still neben seiner

Frau, die klug genug war, ihn nicht zum Sprechen zu nötigen. Irgendwann kamen die ersten Worte, stockend und zögernd, dann immer leichter und schneller. Er erzählte, was er in den letzten Tagen erlebt hatte, ebenso das, was er dabei gedacht und gefühlt hatte. Er beschränkte sich auf das Wichtigste, ließ dabei einige Details aus, weil er sie für nicht relevant hielt oder weil er sich nicht mehr daran erinnern konnte. Er machte kein Geheimnis daraus, dass er zu dem Schluss gekommen war, versagt zu haben. Er schloss seinen Bericht mit dem Hinweis, dass keiner von seinen Gesprächspartnern alles erzählt hatte, was er oder sie über Anja Matuschek wusste oder dachte. Jeder hatte seine Beziehung zu Anja so dargestellt, wie es für ihn selbst zum Vorteil war. Früher war ich in der Lage, mir den Rest dazuzudenken, sagte er, ich konnte die Lücken in den Erzählungen anderer schließen und der Wahrheit aus eigenen Erkenntnissen nahekommen. Jetzt ist das nicht mehr möglich.

Er sagte, damit könne er leben – verbesserte sich: damit müsse er leben. Inzwischen hatten sie auch die Tagesthemen kurz vor zehn verpasst. Iris saß schweigend neben ihm, manchmal glaubte Marder, sie sei eingeschlafen, bis sie eine Bemerkung machte, dass er weiterreden solle. Nach einem letzten Glas Wein gingen sie ins Bett, Iris kuschelte sich an ihn und sagte: »Danke.« Dann war sie sofort eingeschlafen. Bis eben, um Viertel nach sieben am Morgen.

»Hast du mich gehört, Manfred? Ich hab's.«

Marder wusste, dass es sinnlos war, sich weiter schlafend zu stellen.

»Was hast du?«

»Die Sache mit Anja.«

»Was meinst du, dass du die Sache mit Anja hast?«

»Ich weiß, warum sie verschwunden ist. Genau genommen habe nicht ich, sondern du hast es herausgefunden. Du hast es mir gestern Abend erzählt.«

»Mein Schatz, du redest in Rätseln. Soweit ich mich trotz des Rotweins erinnern kann, habe ich dir gestern erklärt, dass ich keine Ahnung habe, wie, warum oder wohin Anja verschwunden ist, und erst recht nicht, ob, wie oder warum jemand sie umgebracht hat.«

»Ja, aber das ist doch die Lösung. Du hättest nur noch einen letzten Schritt in deinen Überlegungen machen müssen. Du hast hervorragend ermittelt, wie du es dein Leben lang gemacht hast und ich nicht anders von dir erwartet hätte, du warst nur nicht bereit, die logische Konsequenz daraus zu akzeptieren.«

»Das mit dem Ziehen von logischen Konsequenzen ist neuerdings mein Problem und es wird immer schlimmer. Was sollte denn deiner Meinung nach die logische Konsequenz sein?«

«Du hast keinen Mörder entdeckt, weil es keinen gibt.«

»Wie hast du dir das denn ausgedacht?«

»Das habe ich mir überhaupt nicht ausgedacht. Als ich vorhin aufgewacht bin, wusste ich es, ganz ohne darüber nachzudenken, es war einfach in meinem Kopf. Und ich bin mir absolut hundertprozentig sicher, dass ich recht habe.«

Marder hatte sich aufrecht gegen die Rückenlehne am Kopfende des Betts gesetzt. Er fühlte keinen Neid darauf, dass seine Frau möglicherweise zu einer Erkenntnis gekommen war, die ihm versagt geblieben war. Im Gegenteil, wenn es stimmte, was sie sagte, würde er ihr dankbar sein und es nicht verheimlichen.

»Angenommen, du hättest tatsächlich recht. Das wäre toll. Aber wo ist Anja dann?«

»Keine Ahnung, das ist auch nicht wichtig.«

»Das verstehe ich nicht.«

»Sie hat sich irgendwo versteckt. In den Bergen, auf dem Land oder sonst wo, wo sie niemand kennt. Aber das ist unwichtig, wichtig ist, dass sie nicht ermordet worden ist.«

»Und was ist mit dem Blut an dem Messer und an dem Baumstamm im Wald?«

»Du hast doch selbst gesagt, eine Person, die das Messer dort absichtlich hingelegt oder unabsichtlich verloren hätte, müsste ausgesprochen dumm sein, und dass das auf keinen deiner Verdächtigen zutrifft. Außerdem hast du gesagt, dass zwar alle von diesen Leuten ein Motiv hätten, Anja verschwinden zu lassen, aber du dich nicht entscheiden kannst, wer es tatsächlich getan hat. Dabei muss ich gestehen, dass mir einige von diesen Motiven ziemlich weit hergeholt vorkommen. Ich sage dir, es ist genau umgekehrt, du kannst dich für keinen entscheiden, weil es keinen Mörder von Anja gibt. Die Konsequenz daraus liegt eigentlich auf der Hand: Das mit dem Messer hat Anja selbst gemacht. Ich bin mir sicher, dass sie das Messer dorthin gelegt hat und gehofft hat, dass es gefunden wird. Ich habe immer schon gedacht, dass sie durch den Tod ihres Vaters und ihrer Mutter so durcheinander ist, dass sie unter Stress vielleicht Dinge tut, die man mit Logik und Vernunft nicht nachvollziehen kann.«

Marder blickte seine Frau mit großen Augen an. Wenn sie recht hatte, dann hatte er die Lösung dieses Falles tatsächlich nicht sehen wollen, oder, was noch schlimmer war, nicht sehen können, weil sein Gehirn nicht mehr auf der Höhe seiner früheren Fähigkeiten war. Er erinnerte sich an den Traum mit der Straßenbahn, den hatte er Iris vorenthalten. Er war der Ansicht, dass er ihn ihr nun schuldete.

»Weißt du«, sagte er leise, »ich hatte da in Barsinghausen vor einigen Tagen einen Traum, der darauf hinauslief, dass alle Beteiligten um den Sarg von Anja herumsaßen und jeder behauptete wieder und wieder, unschuldig zu sein. Alle beschuldigten sich lediglich gegenseitig, Anja getötet zu haben. Das war eine ziemlich grausige Szene: Anjas Blut tropfte von dem Messer auf die Erde, und jemand hatte das Wort *Blutholz* mit ihrem Blut an den Sarg geschrieben.«

»Das ist ja interessant. Weißt du, ich bilde mir ja nicht ein, ein professioneller Traumdeuter zu sein. Aber wenn ich mir das so überlege, denke ich, dass dein Unterbewusstsein erkannt hatte, dass es keinen Mörder gab und es dich darauf hinweisen wollte. Du hast es nur nicht erkannt, vielleicht weil du dir wegen des vielen Blutes nicht vorstellen konntest, dass es kein blutiges Verbrechen gegeben hatte.«

»Danke, dass du nicht gesagt hast, dass ich wegen beginnender Demenz dazu nicht in der Lage war. Aber früher wäre mir das nicht passiert.«

Marder ließ seinen Kopf in das Kissen zurücksinken, schloss die Augen mit der Absicht, sich noch einmal in den Schlaf zurückzuziehen.

Iris war jedoch mit ihren Erklärungen noch nicht am Ende.

»Und dann ist da noch die Sache mit den Fingerabdrücken an dem Messer.«

»Aber, an dem Messer gab es doch keine Fingerabdrücke.«

»Ja, genau das meine ich ja. Dass es keine Abdrücke gab, ist der Beweis, dass Anja das Messer selbst in den Wald gelegt hat.«

»Das musst du einem alten Mann erklären.«

»Das ist doch eigentlich ziemlich klar. Gesetzt den Fall, es gäbe einen Mörder, und noch einmal gesetzt den Fall, er hätte das Messer unabsichtlich verloren, dann hätte er kaum vorher seine Fingerabdrücke sorgfältig abgewischt, weil er ja vorher nicht wissen konnte, dass er das Messer verlieren würde. Irgendwelche Spuren oder Reste davon wären dann vermutlich noch daran gewesen. Andererseits, gäbe es doch einen Täter, dann hätte der überhaupt kein Interesse daran, dass das Messer gefunden wird. Der hätte es irgendwo entsorgt, wo man es nie finden würde, und das kann bei einem Küchenmesser ja nicht so schwer sein. Er hätte es nie im Leben so nahe am Parkplatz weggeworfen, wo es jederzeit entdeckt werden konnte. Deswegen bin ich felsenfest überzeugt, dass alles von Anja geplant und inszeniert worden war.«

»Und warum soll sie das getan haben?«

»Das musst du sie fragen, wenn sie wieder auftaucht.«

Marder schob die Bettdecke von sich, blickte an seinem Körper hinab und bemerkte, dass sein Schlafanzug verschlissen und zerknittert war. Der passt genau zu dem Typ, der darinsteckt, dachte er. Ziemlich verbraucht, aber wahrscheinlich hält er noch eine Weile, wenn man ihn behutsam behandelt. Das Nachthemd von Iris wirkte dagegen frisch und neu, er hatte es ihr zu ihrem letzten Geburtstag geschenkt.

»Weißt du, dass du genial bist. Ich muss mir das alles noch einmal durchdenken. Aber, wenn ich ehrlich bin, kann ich es genauso gut sein lassen. Irgendetwas sagt mir, dass es so ist, wie du es sagst. Ich muss mich nur noch daran gewöhnen, dass du klüger bist als ich.«

Iris war aufgestanden, hatte ihren Morgenmantel übergezogen und schaute ihren Mann an:

»Möchtest du jetzt einen Kaffee, oder willst du noch ein bisschen schlafen?«

»Das mit dem Schlafen ist eine gute Idee. Weck mich bitte, wenn der Kaffee fertig ist.«

Epilog

Ihre Füße sanken bei jedem Schritt in den Sand. Sie war froh, als sie endlich den Bohlenweg erreicht hatte, der zum Strand führte. Das Dünengras auf beiden Seiten der Holzplanken neigte sich vom Strand weg, der ständige Wind vom Meer her hatte es in diese Richtung gezwungen. Die Pflanzen waren über den Winter grau geworden, bald würde es wieder grün werden und neue Halme würden aus dem Sand sprießen. Sie hatte gelesen, dass die Wurzeln der Pflanzen bis zu zwanzig Meter tief in den Boden reichten, während die Spitzen der Pflanzen sich in jedem Frühjahr wieder aus den neuen Sandschichten gruben, die die Winterstürme darübergeweht hatten. Anja erlaubte sich ein Lächeln. War das nicht ein passender Vergleich zu dem, was in ihrem Leben in den letzten Wochen passiert war? Auch sie hatte das Gefühl, sich von einer Last befreit zu haben, die ihr Leben zugedeckt hatte. Welche Hirngespinste hatten sie nur gequält, bevor sie auf die Insel gekommen war? Damals hatte ihre Fantasie ihr vorgegaukelt, dass alle Menschen um sie herum ihre Feinde waren, die ihr immer nur Böses wollten.

Die Wochen am Meer hatten ihrem Leben neuen Sinn gegeben. In ihrer ersten Woche nach der Ankunft auf der Insel hatte sie allerdings davon nichts verspürt. Sie hatte kaum schlafen können und ihre innere Unruhe hatte sich eher noch verstärkt. In der zweiten Woche fühlte sie sich etwas besser, langsam normalisierte sich ihr Schlaf und sie begann die Spaziergänge über die Insel zu genießen. Danach ging es ihr Tag um Tag besser, sie stellte über die nächsten Wochen fest, wie eine innere Ruhe über sie kam, ein Gefühl, das sie lange nicht mehr gekannt hatte. Im Rückblick kamen ihr die letzten Monate in Barsinghausen unwirklich vor, sie kam zu dem Schluss, dass es nicht viel gefehlt hätte, und sie hätte ihre Zukunft oder ihr ganzes Leben weggeworfen. Sie wurde sich bewusst, dass das alles kurz nach dem Tod ihrer Mutter begonnen hatte.

Nun fühlte sie sich stark genug, in ihre Welt zurückzukehren. Sie hatte auf Amrum wenig mit anderen Menschen gesprochen, viel über sich selbst nachgedacht. Sie hatte ihr Leben und die Menschen, mit denen sie es verbracht hatte, unter die Lupe genommen, jetzt war der Zeitpunkt gekommen, wieder dorthin zu gehen, wo sie hingehörte. Heute würde sie ihren letzten Spaziergang entlang der Küste machen.

In der Nähe des Strandes war der Steg teilweise nur zu erahnen. Der Sand, den der Wind unaufhörlich vor sich her trieb, hatte ihn größtenteils unter sich begraben. Der Weg endete am Fuß der letzten Dünenreihe, dahinter lag der breite Sandstrand, in der Ferne schlugen die Wellen gegen die Sandbänke, die während der Ebbe aus dem Wasser ragten. In ein paar Stunden, wenn das Wasser zurückkommt, würden sie wieder untergehen. Anja konnte kleine schwarze Figuren auf ihnen wahrnehmen, das waren Robben, die sich dort sonnten und ihre Beute von der letzten Flut verdauten. Auf dem Strand liefen Wasservögel hin und her, stießen ihre Schnäbel in den Boden, zogen Wattwürmer aus dem Sand oder brachen Muscheln auf, die in kleinen Wassertümpeln von der Flut liegen geblieben waren. Andere Vögel saßen am Dünenrand, um wegzuflattern, wenn sie sich ihnen näherte, wieder andere stießen schrille Schreie aus, während sie aufgeregt zwischen den Rastplätzen in den Dünen und dem Rand des Wassers hin- und herflogen.

Anja wunderte sich, wie viel Müll das Meer am Fuß der Dünen abgelagert hatte. Flaschen, Plastikbehälter, Badelatschen, Verpackungen, zerrissene Fischernetze, Undefinierbares – Gegenstände des täglichen Gebrauchs, verbraucht und nutzlos, unappetitlich und abstoßend. Warum ließ die Kurverwaltung diesen Abfall nicht einsammeln? Oder wurde er in solchen Unmengen angetrieben, dass man mit dem Aufräumen nicht nachkam? Vielleicht war die Sturmflut schuld, die vor einer Woche über die Insel und den Strand hergefallen war, sie hatte den Unrat angetrieben, dabei große Mengen Sand aus den Dünen gerissen und ins Meer geschwemmt. Die Abbruchstellen waren deutlich zu erkennen. Ein Sattelschlepper versuchte, die Lücken mit Sand von anderen Stellen des breiten Strandes zu schließen. Sicherlich waren die Reparaturarbeiten in diesen stürmischen Tagen wichtiger als die Beseitigung des angeschwemmten Dreckzeugs.

Seit sie auf Amrum war, war sie am Strand, in den Dünen und durch den Wald auf und ab gewandert. Manchmal auch über die Felder an der Wattseite der Insel. Auf der dem Festland zugewandten Seite glich die Nordsee eher einem Binnensee, weil es dort kaum Wellen gab, und in geringer Entfernung, vielleicht ein oder zwei Kilometer, die Küste der Nachbarinsel Föhr die Sicht begrenzte. Und während der meisten Zeit des Tages gab es überhaupt kein Wasser, sondern nur den Schlamm- und Sandboden des Wattenmeers. Selbst bei Regenwetter war sie unterwegs gewesen, an solchen Tagen hatte sie den Eindruck, die Insel gehöre ihr allein. Sie war ziellos von ihrer Unterkunft losgelaufen, verirren konnte sie sich nicht, nach einer Weile kam sie immer am Meer an. Der Entschluss, wieder nach Hause zu fahren, war in ihr gewachsen, er hatte sich von allein eingestellt. Sie wusste nun, dass sie genau das tun musste – trotz der Probleme, die sie zu lösen hatte und der Erklärungen, die sie Leuten schuldete.

Eigentlich war es dumm gewesen, ihren Problemen weglaufen zu wollen. Das war jetzt natürlich leicht gesagt, jetzt, da sie in die Realität zurückgefunden hatte. Sie wusste, dass es naiv gewesen war, einen Mord vortäuschen zu wollen, aber damals, vor einem ganzen Leben, hatte sie nicht gewusst, wie es weitergehen sollte, hatte sich zu Entscheidungen und Handlungen hinreißen lassen, die sie heute nicht mehr verstand. Damals wollte sie nur weg aus ihrem Leben, weg von den Leuten, die sie so enttäuscht hatten – irgendwohin, wo niemand sie kannte.

Das war auch die Zeit gewesen, als sie angefangen hatte, Gespenster zu sehen. Sie erinnerte sich an den Mann, dem sie bei ihrem letzten Spaziergang im Wald begegnet war. Er war ihr bekannt, aber auch unheimlich vorgekommen. Sie hatte geglaubt, er trüge etwas versteckt unter seiner Jacke, vielleicht eine Waffe oder so. Sie war damals völlig neben sich und hatte Angst vor allen und allem. Später, auf dem Rückweg aus dem Wald, hatte sie den Mann noch einmal getroffen und sie hatten sich sogar kurz unterhalten. Kein Wunder, dass er ihr bekannt vorgekommen war, schließlich ging er, wie sie, regelmäßig im Wald spazieren und dabei waren sie sich sicherlich schon mehr als einmal begegnet. Sie hatte ihn vielleicht deswegen nicht erkannt, weil er bisher stets mit seinem Hund unterwegs gewesen war, der leider gerade wegen eines Hüftleidens operiert worden war und noch nicht wieder laufen konnte. Er erzählte ihr, dass er vor einigen Tagen vom Skifahren zurückgekommen sei, eine Woche früher als geplant, leider habe er sich gleich in der ersten Woche seinen Arm gebrochen, weswegen er nun erst einmal mit einem Gipsverband leben müsse. Den hatte sie als Waffe unter seinem Jackett angesehen. Wie konnte sie nur so blöd gewesen sein?

Als sie von zu Hause abgereist war, hatte sie keine Vorstellung gehabt, wie lange sie auf Amrum bleiben würde. Sie hatte nicht darüber nachgedacht, ob und wann sie wieder nach Barsinghausen zurückkehren würde. Sie war damals nicht in der Lage gewesen, klar zu denken oder etwas Sinnvolles zu planen. Aber selbst in ihrer Verzweiflung hatte sie nie ernsthaft an einen Selbstmord gedacht, dafür hing sie zu sehr am Leben, nur sollte es ein anderes, ein besseres sein, bei dem es richtig Spaß machte, dabei zu sein.

Sie hatte genügend Bargeld zu Hause gehabt, um ihre Reise auf die Insel zu finanzieren, ohne einen Betrag von ihrem Girokonto abheben zu müssen. Das war ihr wichtig gewesen, sonst hätte die Polizei gleich vermutet, dass sie sich irgendwo versteckt hielt. Die Leute in Barsinghausen sollten ruhig an ein Verbrechen glauben. Das Geld hatte ihr ihre

Mutter geschenkt, allerdings ohne es zu wollen, da sie zu diesem Zeitpunkt bereits tot war. Als Vera Matuschek vor zwei Jahren gestorben war, hatte Anja fast dreitausend Euro Bargeld in ihrer Wohnung gefunden und an sich genommen, bevor es unnötige Diskussionen mit ihrem Bruder geben konnte. Sie hatte sich nie getraut, es auf ihr Konto bei der Bank einzuzahlen, weil sie fürchtete, jemand könnte fragen, wo das Geld herkäme. Sie hatte nur wenig davon ausgegeben, und das hatte sich als klug erwiesen, als sie beschloss, unter mysteriösen Umständen zu verschwinden.

Es hatte sie überrascht, wie viel Schmuck ihre Mutter in den Schubladen herumliegen hatte. Im Vorgriff auf das Erbe hatte sie lediglich einige der Stücke an sich genommen, die sie vorher noch nie gesehen hatte, und von denen sie sicher war, dass Bertram sie ebenfalls nicht kannte und daher nicht vermissen würde. Nun ging das Geld, das sie auf die Insel mitgenommen hatte, langsam zu Ende – den Schmuck hatte sie ohnehin lediglich als Notgroschen eingesteckt. Der war sicher und trocken in einer Seitentasche ihrer Kosmetiktasche untergebracht, und sie hätte nicht gewusst, wo und wie sie auf der Insel daraus Bargeld machen könnte. Sie fragte sich, ob das Krankenhaus ihr Gehalt weiterhin auf ihr Konto überwiesen hatte, oder ob die Zahlungen aufgrund ihrer Abwesenheit eingestellt worden waren. Sie hatte darauf verzichtet, den Kontostand im Internet-Café online zu überprüfen, die Abfrage hätte man vermutlich zu dem Café auf Amrum zurückverfolgen können. Außer ihrem Gehalt hatte sie in Barsinghausen keine Einkünfte, außer den paar Euros, die jeden Monat von Wotowski kamen. Und wie sie den einschätzte, hatte der seine Zahlungen sofort eingestellt, als in der Zeitung stand, dass sie vermisst wurde.

Gewohnt hatte sie in den letzten Wochen in Wittdün, dem Hauptort der Insel, dort wo die Fähren vom Festland anlegten. Diese kleine Stadt gefiel ihr nicht besonders, sie hatte keinen richtigen Inselcharakter. Es war, ihrer Meinung nach, eine beliebige Ansammlung von Gebäuden, die man dort seit dem Beginn des letzten Jahrhunderts aneinandergereiht hatte, als man an dieser Stelle im Wattenmeer einen neuen Hafen anlegen musste. Es gab früher offensichtlich ständige Veränderungen der Priele im Watt und der Sandstrände zur offenen See hin, wegen denen man den Hafen von der Meerseite auf die Wattseite verlegen musste. Es hieß, in Zukunft würde so etwas nicht noch einmal notwendig sein, mit den großen modernen Baggern könne man die Natur gefügig machen.

Ihre Ferienwohnung war nicht mehr als ein Zimmer mit einer Bettnische und einer Küchenzeile. Sie bot nur das Notwendigste, das man zum Überleben brauchte, dazu eine zu harte Matratze, die niemand mit ihr teilte – ein weiterer Grund, viel spazieren zu gehen. Natürlich gab es einen Fernseher, durch den sie sich über die Ereignisse auf dem Festland auf dem Laufenden hielt. Sie aß meistens allein zu Hause, nur gelegentlich in einem der wenigen Restaurants, die zu dieser Jahreszeit geöffnet waren. Der Preis für die Unterkunft war günstig gewesen, denn in der Nebensaison machten nur wenige Leute auf einer Nordseeinsel Ferien. Das waren vor allem ältere Ehepaare, die, wie sie, ständig dieselben Wege auf und ab wanderten. Anja traf unterwegs immer die gleichen Leute, vermied es aber, sie anzuschauen oder zu grüßen, weil sie befürchtete, es könnte jemand aus Barsinghausen oder aus dem Krankenhaus in Gehrden darunter sein, der sie erkennen würde. Jetzt, wo die Touristensaison langsam in Schwung kam und Familien mit Kindern anfingen, die Insel zu bevölkern, stieg die Nachfrage nach Unterkünften und damit auch die Mietpreise. Ein weiterer Grund, an die Rückreise zu denken.

Es kam ihr jetzt lächerlich vor, dass sie versucht hatte, vor ihrer Abreise aus Barsinghausen einen Mord an sich selbst vorzutäuschen. Der Plan mit dem blutigen Messer, das sie am Waldrand abgelegt hatte, war ihr damals als genialer Einfall erschienen, heute empfand sie ihn als geradezu peinlich und absurd. Immerhin war sie so clever gewesen, ihre Fingerabdrücke vom Griff abzuwischen, nachdem sie Blut aus einer kleinen Schnittwunde an einer Fingerkuppe großzügig über die Schneide verschmiert hatte. Der Schnitt in den Finger hatte kaum wehgetan, aber es ist erstaunlich, wie viel Blut aus so einer kleinen Wunde sprudelt, wenn man weiß, wo man zustechen muss. Ihre Kenntnisse als Krankenschwester waren dabei hilfreich gewesen. Als genügend Blut geflossen war, hatte sie ihre Hand mit einem Heftpflaster wieder repariert.

Sie hatte gehofft, Burt Brenner mit ihrem Verschwinden und dem blutigen Messer in Angst und Schrecken zu versetzen, da er sich als Kriminalkommissar vor Ort bestimmt um dieses offensichtliche Verbrechen kümmern musste. Sie hatte ihr Auto vor dem Haus stehen lassen, wo sie es gewöhnlich parkte, und war mit dem Zug in den Norden gefahren, damit niemand auf die Idee kam, sie sei vielleicht doch nur weggefahren und sich irgendwo aufhielt, ohne sich zu melden. Brenner verdiente eine Lektion dafür, wie er sie behandelt hatte. Erst von großer Liebe tönen, und sie dann einfach so sitzen zu lassen. Als sie auf der Fähre nach Amrum saß, dachte sie, sie hätte für ihre Aktion im Wald ein Messer aus seiner Küche nehmen sollen, das hätte Burt in Erklärungsschwierigkeiten gebracht. Aber dazu war es da zu spät gewesen, und heute war sie froh, dass sie das nicht getan hatte. Eine Weile hatte sie sich Sorgen gemacht, dass das Messer nicht entdeckt werden würde, obwohl sie es so nahe am Rand des Waldparkplatzes abgelegt hatte, dass früher oder später jemand darauf stoßen musste. Im Internet hatte sie eine Weile nach ihrer Abreise gelesen, dass man das Messer tatsächlich gefunden hatte, und als die Polizei ein paar Tage später die Presse informierte, die Person sei identifiziert worden, von der das Blut stammte, war sie beruhigt.

Wenn sie ehrlich war, musste sie zugeben, dass das mit dem Sitzengelassensein durch Brenner nicht die ganze Wahrheit war. Die Trennung war nicht ausschließlich seine Schuld. Das Leben mit ihm war nach einer Weile einfach nicht mehr so aufregend wie am Anfang. So wie bei ihm hatte sich auch ihre Leidenschaft abgekühlt. Beide gaben sich keine große Mühe, das zu verbergen, aber sie hatten keinen Mut gehabt, darüber zu reden. Es kam wie es kommen musste: Sie machten sich gegenseitig Vorwürfe, und es gab immer öfter Szenen mit zornigen Anschuldigungen. Am Ende bestand Brenner darauf, dass sie auszog.

Sie hatte auf der Insel regelmäßig in einem Internet-Café in die Homepage der Zeitung vom Deister geschaut und feststellen müssen, dass ihre Absicht, sich an Brenner zu rächen, total danebengegangen war. Die Zeitung schrieb, ein gewisser Kommissar Coello kümmere sich um den Fall, der ziemlich belanglose Erklärungen von sich gab, und in der Suche nach ihr oder ihrem Mörder offensichtlich nicht weiterkam. Coello hatte in einer Pressekonferenz verkündet, man habe ihr Konto überprüft und nichts feststellen können, was auf eine geplante längere Abwesenheit hingedeutet hätte. Das wenigstens hatte sie richtig clever gemacht. Sie ging im Computer die früheren Ausgaben der Zeitung durch, bis sie die Information fand, dass Kommissar Brenner ziemlich überraschend von Barsinghausen nach Hannover versetzt worden war. Das war nicht lange nach ihrer Abreise nach Amrum gewesen.

Sie hatte anderen Bekannten gegenüber nie zugegeben, dass Brenner sie mehr oder weniger aus seiner Wohnung geschmissen hatte. Im Gegenteil, sie hatte stets darauf bestanden, selbst die Entscheidung getroffen zu haben, Brenner zu verlassen. Vor allem hatte sie ihrem Bruder gegenüber in einem ihrer seltenen Gespräche mit Vehemenz darauf bestanden, dass sie Brenner den Laufpass gegeben habe, und nicht umgekehrt.

Die Beziehung zu Bertram war eine Angelegenheit, der sie sich nach ihrer Rückkehr annehmen musste. Allerdings … musste sie das wirklich? Eigentlich muss ich überhaupt nichts, dachte sie. Es ist vielleicht das Beste, ihn zu ignorieren und zu warten, bis das Gericht den Streit um das Erbe entscheidet. Das würde sicher zu ihrem Vorteil ausfallen, und danach könnte man endlich reinen Tisch machen, die Vergangenheit vergessen und endlich ernsthaft den Verkauf des Hauses ihrer Eltern angehen. Wohnen wollte sie darin auf keinen Fall, Bertram bestimmt auch nicht, dazu war es viel zu groß und im Unterhalt zu teuer. Ob sie jemals wieder eine vernünftige Beziehung mit ihrem Bruder haben könnte, würde sie der Zukunft überlassen. Und dann, dachte sie, ist da noch diese blöde Sache mit dem Vertrag, da habe ich einen richtigen Aussetzer gehabt, als ich mich darauf eingelassen habe. Eigentlich wollte ich einfach nur von Wotowski in Ruhe gelassen werden und ihn loswerden, und so groß waren die Beträge, um die es ging, wirklich nicht. Außerdem habe ich kein Geld verschenkt, sondern lediglich die Rückzahlungen über einen längeren Zeitraum erlaubt. Ist ja auch nicht schlechter, über vierundzwanzig Monate ein kleines Zusatzeinkommen zu haben, als ein etwas größeres über zwölf.

Bertram ging sicherlich davon aus, dass diese Angelegenheit im Streit um das Erbe vom Gericht mitgeregelt würde, während sie die Absprache mit Wotowski getroffen hatte, ohne ihn zu informieren. Das wird noch eine heikle Diskussion geben, denn dieser Vertrag ist juristisch bestimmt nicht haltbar, wenn Bertram nicht im Nachhinein zustimmt. Darüber musste sie mit ihm sprechen und eingestehen, dass sie einen bösen Fehler gemacht hatte. Sie vermutete, dass Bertram wegen seiner ewigen Schulden auf den ursprünglichen Bedingungen bestehen würde, aber das wäre auch nicht weiter schlimm.

Egal, wie das ausging, sie konnte mit Bertram, genauso gut auch ohne ihn leben. Sie bezweifelte, dass Bertram an einem guten Verhältnis zu ihr viel lag, und sie würde es nicht erzwingen. Die entscheidende Frage war, ob Bertram diese unsinnigen Behauptungen wiederholen würde, ihm stände ein größerer Teil des Erbes zu, weil er angeblich in der Jugend benachteiligt worden war.

Während ihr die Gedanken durch den Kopf gingen, hatte

sie nicht bemerkt, dass Nebel über die Insel gezogen war. Sie konnte das Ende des Sandes und den Beginn des Wassers nicht ausmachen. Die kleinen Dünen, die auf dem weiten Strand zwischen der Flutlinie und den Hauptdünen aufgeweht worden waren, erschienen nun nur noch als Schemen im Dunst. Sie blieb stehen, um sich zu orientieren, wie weit sie in nördlicher Richtung gekommen war. Zu ihren Füßen bemerkte sie das abgenagte Skelett eines Kaninchens. Diese Tiere mussten zu Tausenden in den Dünen hausen. Wenn sie starben, machten sich die Seevögel über ihre toten Leiber her, bis nur noch die Knochen übrig blieben. Widerlich. Sie ging weiter.

Schwieriger war die Situation im Krankenhaus. Sie würde dort gern wieder arbeiten, wenn sie zu Hause war. Würde man es ihr erlauben? Sie war ohne Entschuldigung einfach nicht von ihrem Urlaub zurückgekommen und hatte in der ganzen Zeit nichts von sich hören lassen. Trotzdem war die Situation nicht hoffnungslos. Sie wusste, dass die Kranken ihre Fürsorge und Professionalität schätzten, da hatte es noch nie Beschwerden gegeben, und ihre Vorgesetzten waren immer mit ihr zufrieden gewesen. Ihr Hausarzt würde ihr bestimmt ein Burn-out-Syndrom bestätigen, wonach ihr irrationales Verhalten krankheitsbedingt war und daher keinen Anlass für eine Kündigung darstellte. Vielleicht würde sie ihren Arzt und die Krankenkasse sogar davon überzeugen können, dass sie sich zusätzlich einer Reha-Maßnahme unterziehen sollte, bevor sie wieder in den Stress des Berufs zurückkehrte.

Johanna wollte sie nie wieder sehen. Dieser blöden Kuh würde sie, soweit es im Krankenhaus möglich war, aus dem

Weg gehen. Wenn sie sich zufällig auf den Fluren oder in der Kantine treffen sollten, würde sie sie einfach ignorieren. Johanna war zwar einmal ihre Freundin gewesen … nein, eigentlich nur eine gute Bekannte … und dieses Sensibelchen hatte es nie verwinden können, dass Dr. Wohlmut sie sitzen ließ, um sich Besserem, beziehungsweise einer Besseren, zuzuwenden. Als sich dieser Schürzenjäger in mein Bett gelegt hat, weil er mein Angebot nicht ablehnen konnte, ist Johanna völlig ausgerastet. So spielt das Leben nun einmal, und wenn Johanna das nicht einsehen kann, ist das ihre höchstpersönliche eigene Schuld.

Wenn irgend möglich, würde Anja in Zukunft auch nie wieder etwas mit Dr. Wohlmut zu tun haben wollen. Er erschien ihr im Nachhinein irgendwie wie eine verkorkste Existenz, jemand, den man kaum länger als ein paar Nächte oder Wochenenden lieben kann. Trotz ihrer Wut auf ihn musste sie kichern: Immer, wenn er sich erregte, vor allem beim Sex, spreizten sich seine Ohren, ohne dass er es verhindern konnte. Wenn er den Höhepunkt hinter sich hatte, klappten sich seine Ohren in die Normalposition zurück. Wie hatte sie bloß so dumm sein können, Wohlmut zu nötigen, ihr Liebhaber zu werden? Kein Wunder, dass er sich bald wieder nach anderen Frauen umschaute. Einige von den Schwestern in der Klinik bieten sich ja wie Flittchen an, wenn sie die Absicht haben, einen von den Ärzten in den besseren Jahren und Gehaltsklassen in ihr Bett zu locken. Wie aufreizend sich manche von ihnen anziehen, um auf sich aufmerksam zu machen. Einfach geschmacklos. Trotzdem, auch wenn sie damals Dr. Wohlmut eine Szene wegen seiner Untreue gemacht hatte, war es ihr nicht so unrecht gewesen, dass sein Interesse an ihr nachließ, sonst hätte sie selbst früher oder später die Initiative übernehmen müssen.

Ihre Drohung mit dem vermeintlichen Fehler, den Wohlmut begangen hatte, kam ihr heute töricht und infantil vor. Was würde ihr Wort gegen das eines promovierten Doktors gelten? Das Krankenhaus würde sich nicht blamieren wollen und einen Fehler eines Arztes nicht zugeben – schon gar nicht bei den irrsinnigen Summen, die heutzutage ein guter Anwalt bei einem Arztfehler als Wiedergutmachung herausschlagen kann. Die Leitung der Klinik würde die Angelegenheit eher herunterspielen, selbst gegen besseres Wissen. Außerdem musste sie eingestehen, dass es tatsächlich oft, sogar meistens unterschiedliche Ansichten über die Behandlung einer Krankheit oder eines Kranken gab. Dr. Wohlmut war obendrein nicht auf den Mund gefallen und würde zweifellos jede Menge Argumente für seine Entscheidungen finden, und sie selbst stände dann als Dumme da. Das Beste war, die Sache auf sich beruhen zu lassen und sich in Zukunft in erster Linie um ihre eigenen Angelegenheiten zu kümmern. Außerdem gab es eine ganze Reihe weiterer attraktiver Ärzte im Krankenhaus, die sich freuen würden, von den Kenntnissen und Wissen einer erfahrenen Krankenschwester wie ihr zu profitieren.

Zwei ältere Frauen in grauen langweiligen Windjacken kamen ihr entgegen. Anja schaute ihnen ins Gesicht, es war ihr nun egal, ob sie erkannt wurde, in ein paar Tagen würde sie sowieso wieder zu Hause sein. Die Frauen wirkten abgespannt, schauten bitter und teilnahmslos vor sich hin. Anja hatte sie noch nie gesehen, sie waren wahrscheinlich gerade auf der Insel angekommen und hatten noch nicht begonnen, sich zu erholen. Anja musste an Sandra und Tatjana denken. Ob die in zwanzig oder dreißig Jahren noch zusammen sein werden und dann auch so missmutig und schlecht gekleidet nebeneinander her laufen? Soll mir scheißegal sein, dachte sie, ich werde sie in Zukunft ignorieren, irgendwann werden die ja wohl aus dem Haus ausziehen, und wenn nicht, ziehe ich halt selbst aus. Für den Rest meines Lebens will ich jedenfalls nicht neben einem lesbischen Paar wohnen, da kriegen die Leute eventuell komische Ideen. Sich aber darüber groß aufzuregen, bringt nichts, vor allem nicht, wenn es den anderen Leuten im Haus offenbar egal ist, wer da so wohnt. Andererseits werden die beiden nie Ärger mit Männern haben, und das ist schon die halbe Miete für ein glückliches Leben. Vielleicht sollte ich ihnen eine Flasche Eierlikör von der Insel mitbringen, da würden die vielleicht überrascht gucken. Nee … lieber nicht, das könnten die unter Umständen falsch verstehen.

Anja kam zu der Stelle am Strand, wo sich die Dünen für einen Durchlass teilten, dahinter begann die Straße nach Norddorf. Hier befand sich ein Strandcafé, das offensichtlich im Winter geschlossen war und gerade begann, sich auf die neue Saison vorzubereiten. Sie betrat das Café, setzte sich an einen Tisch am Fenster und blickte auf den Strand und das Meer. Ob sie selbst auch so verloren und unwichtig aussah, wenn sie am Strand entlangging wie die wenigen Spaziergänger da draußen? Sie schaute in die Getränkekarte und staunte über die kreativen Namen, die die Leute auf der Insel dem Kaffee gaben, nachdem sie ihn mit Alkohol angereichert hatten. Außer ihr saß lediglich ein älteres Ehepaar im Raum. Der Kellner, der sich gelangweilt an den Tresen lehnte, sah in seinen dreiviertellangen Strandjeans und dem verknitterten T-Shirt wie ein Beach-Boy aus.

Anja fand ihn in seiner jugendlichen Männlichkeit erfrischend und reizvoll. Ob er eine Freundin hier auf der Insel hatte? Vielleicht nicht. Sie lächelte ihn an, so wie sie früher Männer angelächelt hatte. Sie versuchte es zum ersten Mal seit langem mit einem Lächeln, das man verführerisch nennen konnte.

»Bitte, bringen Sie mir zwei *Tote Tanten.*«

»Warten Sie auf jemanden?«

»Das nicht, aber wenn Sie möchten, können Sie gern eine davon trinken.«

Der Autor

Wolfgang Teltscher, Jahrgang 1941, hat sein Arbeitsleben für eine deutsche Fluggesellschaft als Fachmann für Marketing und Verkauf in einigen zentralen Städten der Welt verbracht. Nun, im Ruhestand, lebt er mit seiner Frau in Barsinghausen am Deister und schreibt.

Weitere Kriminalromane

herausgegeben von Susanne Mischke

Hans-Jörg Hennecke
LindenTod · Kriminalroman
192 Seiten, Hardcover · ISBN 978-3-86674-068-6

Der Fund einer Leiche durchbricht die Schrebergarten-Idylle in Hannover-Linden. Doch kaum sind die Ermittlungen aufgenommen, ist der Tote auch schon wieder verschwunden.

Cornelia Kuhnert
Tanz in den Tod · Kriminalroman
237 Seiten, Hardcover · ISBN 978-3-86674-052-5

In einer Vorstadt Hannovers wird beim Tanz in den Mai eine Journalistin ermordet. War es einer der prominenten Gäste oder hat der Mord etwas mit den Tierversuchsgegnern zu tun?

Heinrich Thies
Das Mädchen im Moor · Kriminalroman
368 Seiten, Hardcover · ISBN 978-3-86674-088-4

In der Lüneburger Heide wird ein Mädchen umgebracht. Ihr Lehrer muss dafür ins Gefängnis. Als er freikommt, versucht er, seine Unschuld zu beweisen.

Rainer Woydt
Der Profiler · Kriminalroman
300 Seiten, Hardcover · ISBN 978-3-86674-086-0

In und um Hannover werden zwei Frauen bestialisch ermordet. Muss Kriminalkommissarin Denkow den Mörder gar in den eigenen Reihen suchen?

Wolfgang Teltscher
Über den Deister · Kriminalroman
251 Seiten, Hardcover · ISBN 978-3-86674-067-9

Vera Matuschek ist verschwunden. Erneut ermittelt Kommissar Marder in Barsinghausen.

Bodo Dringenberg
Die Gruft im Wilhelmstein · Historischer Kriminalroman
256 Seiten, Hardcover · ISBN 978-3-86674-099-0

Liebe, Intrige und Mord beim Bau der Festung Wilhelmstein im Steinhuder Meer.

Norbert Klugmann
Die hölzerne Hedwig · Kriminalroman
ca. 256 Seiten, Hardcover · ISBN 978-3-86674-100-3

Ein lauschiges Heidedorf wird Schauplatz eines mysteriösen Kriminalfalls.

Michael Reinbold
Bachs Todeskantate · Kriminalroman
368 Seiten, Hardcover · ISBN 978-3-86674-056-3

Lüneburg, kurz nach Kriegsende: Jeder versucht auf mehr oder weniger legale Weise durchzukommen. Viele Flüchtlinge finden ein neues Zuhause. Da kommt es auch zu manch unliebsamer Wiederbegegnung. Einer der Zugezogenen wird ermordet aufgefunden. Führt die Spur in die Vergangenheit?

Ilka Sokolowski
Die heimliche Geliebte · Ein Wilhelm-Busch-Krimi
416 Seiten, Hardcover · ISBN 978-3-86674-051-8

Wilhelm Busch hatte eine Geliebte! Niemand wusste davon, bis ein geheimnisvolles Tagebuch es offenbart. Plötzlich häufen sich in Hannover die mysteriösen Todesfälle.

Heinrich Thies
Schweinetango · Kriminalroman
224 Seiten, Hardcover · ISBN 978-3-86674-044-0

Der Maskentanz in der Dorfkneipe ist derb. Und doch lassen sich beim »Schweinetango« zarte Bande knüpfen. Cord Krögers neue Geliebte aber hat nicht mehr lange zu leben …

Bodo Dringenberg
Kleiner Tod im Großen Garten
Kurzkrimis
191 Seiten, Hardcover · ISBN 978-3-86674-045-7

Grün ist die Farbe des Lebens. Im Hannover der kurzen Krimis von Bodo Dringenberg wird das üppige Grün der Parks und Gärten zur Farbe des Todes.

Bodo Dringenberg
Mord auf dem Wilhelmstein
Ein historischer Kriminalroman
175 Seiten, Hardcover · ISBN 978-3-86674-041-9

Major Rottmann hat den Wilhelmstein, die genial konstruierte Festung im Steinhuder Meer, erfolgreich verteidigt – und stirbt doch von fremder Hand. Wer macht das Leben auf der Festung nach dem Krieg gefährlicher als im Krieg?

Egbert Osterwald
Schwarz Rot Blond · Kriminalroman
304 Seiten, Hardcover · ISBN 978-3-86674-049-5

Kommissarin Wilke fahndet nach einem Serienmörder, dem drei Frauen zum Opfer gefallen sind. Wird sie die Ermittlungen überleben?

Wolfgang Teltscher
DeisterKreisel · Kriminalroman
251 Seiten, Hardcover · ISBN 978-3-86674-048-8

Kommissar i. R. Matuschek wird tot in einem kleinen See am Rande des Deisters aufgefunden. War es Mord, Selbstmord oder ein Unfall? Kommissar Marder ermittelt, dass nichts im Leben von Matuschek so war, wie es zunächst aussah.

Günther von Lonski
BlattSchuss – Die ungewöhnlichen Fälle des Ludger Lage
Kurzkrimis
127 Seiten, Hardcover · ISBN 978-3-933156-95-2

Ludger Lage lebt in einem alten Campingwagen am Arnumer See. Eine unvorteilhafte Scheidung hat ihn aus der Bahn und seiner Wohnung geworfen. Sein Hobby: Als selbst ernannter Detektiv hinzuhören, wo andere wegsehen.

Ilka Sokolowski
Böse Affen · Kriminalroman
300 Seiten, Hardcover · ISBN 978-3-86674-142-3

Affen auf der CeBIT? Gartenarchitektin Leo Heller soll einen Messestand in einen asiatischen Zen-Garten verwandeln und ist ratlos, als dort ein Käfig mit drei Affen auftaucht. Als schließlich auch noch ein Toter im Lotusteich schwimmt, beginnt Leo auf eigene Faust nachzuforschen …